我们的未来

一 个 新 世 界 的 诞 生

徐前进

——— 著 ———

上海三联书店

目录 / Contents

敬告阅读这本书的人类和动物们

　　这本书原来的题目是"动物进化"。从初稿到终稿，动物们一直认可这个题目，但付印前，它们改变了主意。

　　小冰期开始后，在温带北部定居的动物成立了识字班。最初，识字班的猪老师想到了这个题目："'进化'是早期人类创造的词，意思是弃绝混沌与蒙昧，获得深奥的理性和情感，以及变化莫测的语言能力和表情能力。早期人类经常说这是进化的结果，我们也可以说自己在进化。"

　　但最后审定的时候，越来越多的动物觉察到其中的问题。在动物委员会主持的讨论会上，一只鳄鱼甚至用生气的方式表达不满："你们知道哪个人发明了这个词吗？达尔文，一个喜欢解剖动物的英国人，他用这个词证明早期人类的高贵。他还说早期人类是从低级动物进化而来的高等生命，然后名正言顺地在动物身上实践各种残酷的因果关系。猪兄，难道你希望我们走他们的路？他们觉得自己高贵，却千方百计地证明自己是存在的。这是一个幼稚的矛盾，而他们深陷其中，是因为他们的第一次进化并不完美，在一些方面进化不够，在一些方面进化过度。他们身上还有一点毛，却不能抵御严寒，只能借助于衣服。如果他们的心理进化是完美的，他们也不会迷失。但不幸的是，他们的心理进化不足，那些本来是御寒的衣服也就有了奇特的功能。为了用衣服证明自己的存在，他们在上面印了各种符号，有时甚至觉得这些符号比生命更重要。"

动物委员会认为这个问题需要慎重考虑。经过大半天讨论，动物们终于明白早期人类曲解了这个词，他们以此说明自己的聪明与高贵，以及其他动物的愚蠢与卑微。然后，动物们想到了另一个词：觉醒。觉醒，不是从无意识到有意识，而是从奴役奔向自由自在。它们认为自己从来都有意识，只是这种意识无法对抗早期人类强大、持久、明确、坚韧或固执的因果关系。以前，它们完全被这种因果关系控制，遭受了无法言说的屈辱。而在这个新时代，在自然正义面前，它们意识到失败并不意味着愚蠢与下贱，胜利也不意味着聪明与高贵。它们本来就遵守自然秩序，而在这个时刻，它们终于感受到了自然正义的眷顾。

动物们认为"觉醒"也可以说明热带人类的变化。早期人类自以为是万物之主、自然的尺度，热带人类却放弃了这些想法。这个世界的能源已基本耗尽，他们完成了第二次进化，克制情感，保卫理性，尊贤与能，热爱和平，厌恶战争。但他们并不怯懦，在危急时刻，坚强的意志会复活，足以击溃殖民主义者的血腥进攻。在新时代开启的时刻，他们已经是自由自在的。在遥远的未来，也就是新时代终结的时刻，他们也将是自由自在的。

最后，动物委员会补充了一个主标题："我们的未来"。关于"我们"的内涵，动物们是有共识的，既包括热带人类，也包括动物和植物，如果有可能，水、风、泥土、石头也包括在内。所以，这是一个指代范围极为广泛的词，等同于早期人类喜欢用的"全世界"。"未来"既包含了对于时间的希望，也包含了对于空间的希望。这种解释有别于早期人类的思维，但动物们对此并不吃惊，因为每个新时代都会发生一次或多次语言学革命，改造旧词汇，创造新词汇。在这个一切已经明确的新时代，未来获得了一种空间性的内涵。

前言

在伟大的自然面前，一个人的无知是可以容忍的。如果人类中的多数沉迷于无知，他们会将无知当作深奥的智慧，然后在它的诱惑下走入迷茫。迷茫让他们感到孤独，但没有人喜欢孤独，所以他们就在孤独中不断地创造希望。

在早期文明时代，人类的确创造了很多希望，并在这些希望的启示下一次次驱赶孤独，却一步步走向虚无。在浓密的虚无中，他们仿佛看到了时间的尽头，就像一个极乐国，所有的希望已经在那里聚集，向他们展开怀抱。他们奔向这个怀抱，在末日的冰冷里蜷缩着，等待着，幻想一个新的开始。

在人类早期文明的最后三四百年，也就是繁华的机器文明时代，当地球能为机器文明提供足量能源的时候，这种无知已经让一些人警觉万分，却被更多人忽视。无知的确引发了很多灾难，他们总以为伟大的自然能为之抚平。在机器文明时代中期，地球异常变暖，很多物种灭绝，但冬季到来后，他们很快就忘记了夏季的酷热，继续生活在无知中。在最终结果没有出现的时候，他们认为这个判断是合理的。

人类最终还是意识到高估了自己的力量，但为时已晚。很久以前，例如两百万年或三百万年前，作为一个杰出的物种出现后，人类历史之轮以残酷又美好的方式向前滚动，一直到 19 世纪都是平静的，有战争之苦，也有群居之乐。他们经常遭遇生命的突然断裂，却享受了理智与情感的巨大满足。战争与和平是人类文明的二元机制，几乎没有人喜欢战争，他们却不否认战争用人性之恶延续了人类文明。但 19 世纪之后，地球的外壳到处被挖空，不过几百年，煤炭、石油、天然气就要耗尽，机器文明难以为继。

　　人类的确高估了自己的力量，在无知中创造了辉煌的文明，却最终因为无知而陷入困境。对于这个问题，动物委员会的诸位代表没有否认。机器让人类觉得无所不能，但这种力量不是他们自己的。动物们甚至觉得他们抢夺了自然的力量，却反过来对抗自然。在对抗自然时，他们展示了卓越的智慧，但在伟大的自然面前，这种智慧不值一提。当石油、煤炭、天然气几乎用尽的时候，自然正义的帷幕落下，曾经横行无忌的无知露出了本来的面目。一个新时代就此开始。

　　这是人类曾经模模糊糊意识到的结局，他们称之为后人类时代。不过，当这个新时代开启的时候，他们的预测还是出了问题。他们本以为这是一个人类与机器共存的时代：人类创造机器，然后像造物主一样看着它们为人类工作，一刻不停，没有怨言，不知疲倦。

　　对于后人类时代的图景，人类有过长久的争论。乐观派认为人类文明将会前所未有的繁荣，21 世纪关于文明危机的话题从此可以结束了。悲观派觉得这个问题并不简单，所以考虑得更深刻，例如机器是否会控制人类，机器造反了怎么办，如果机器生产机器，建立自己的王国又怎么办……他们还有一些更悲观的预测：后人类社会的确是一个机器王国，机器成了生产领袖，人类被赶入消费领域，吃喝玩乐，理智昏聩，情感枯萎，在空虚和懒惰中弃绝了古典美德，然后将厚颜无耻当作无上的光荣。

尽管如此，悲观派仍旧怀着一点希望。他们知道机器不会像19世纪的工人一样厌恶重复、烦闷的生产秩序，并发动政治革命，所以人类即使堕落、退化，但只要不放弃名利欲、求知欲，他们仍然有改造世界、对抗自然的力量，机器文明也就能延续下去，直到世界的终点。然而，悲观派的判断也是错的：在后人类时代，机器没有建立自己的王国，因为它们都消失了；人类也没有灭绝，相反他们开启了第二次进化，变成了新人。

在机器文明时代，石油、煤炭、天然气让人类感受到了物质变形的魔力。他们用煤炭炼铁，用铁锻造各种工具，包括被誉为破碎之王的钻头，无数次钻入地下，将石油取出来，经过一系列让动物们匪夷所思的程序变成汽油、柴油、机油，作为机器文明的动力之源。

那些对抗自然的机器让动物们迷惑了几百年，在它们心里留下难以言表的恐惧与愤怒。自从人类痴迷于机器，动物的古老生活秩序消失了，取而代之的是一种前所未有的情况。它们长得非常快，消失得也非常快，没有自由感知的机会，没有自由爱恋的机会，甚至没有抚养幼崽的机会……以前，人类将路称为马路，也就是马走的路，但燃油机器出现后，路上的马消失了。

对于这个问题，动物委员会在编写《告热带人类书》时，蚯蚓、蜗牛等缓慢爬行动物提了很多建议，或是不满："为了满足机器的需要，路面被水泥、沥青覆盖，我们爬行动物本来方向感就不好，爬得又慢，一旦爬上了这些路，我们就会迷失，太阳出来后九死一生。"

然而，能源即将耗尽，人类引以为傲的机器文明也将走到终点。他们不想接受这个结果，所以在地下挖更深的洞，甚至挖到岩浆喷涌，却很难再找到煤炭或石油。海底是仅存的希望之地，他们为此兴奋了好多年，但海底能源最终也枯竭了。他们还曾寄希望于核能，遭遇多次核泄漏之后，海洋被严重污染，这条路随之断绝。

这时候，人类感到了一种无法撼动的静止。他们还没有来得及适应，这种静止又变成了下滑的力量。他们像被卷入汹涌的瀑布，稀里糊涂地坠落到悬崖下的深坑里。唯一让他们感到幸运的是，那个坑足够深，他们没有摔死，还能在浮泛的水中游荡。

在这个时刻到来前，人类有过反思的机会。21世纪初，新型冠状病毒快速传播，不断变异，种群间的联系减少，公共活动被迫取消，人类遭遇了巨大的困境。一些先知意识到人类并未形成命运共同体，却由于语言、肤色、宗教等因素分化为相互对抗的群体。实际上，这些群体内部也没有形成命运共同体，工作、阶层、财富将之再次分裂。这是危险的情况，但在孤立与对抗中，几乎没有人能够改变。

这些先知的预言没有落空，却是一个悲剧性的应验。当最终结果从模糊的想象变成无法逃避的现实，人类终于发现被自己引以为傲的智慧误导了。他们曾经用科学力量避免这个结果，并一次次延缓了它的出现。然而，从自然正义之外获取的力量是危险的，当其中的危险超过了人类自身的力量，科学不但会颠覆自然正义，也会让人类陷入困境。

地球小冰期再次来临，温带北部不再适合人类居住。冰冷蔓延，洋流变化异常。每逢冬季，北纬60度线以北的地区，包括白令海峡、格陵兰岛、冰岛、阿拉斯加半岛几乎都被冰封，大雪漫漫，寒风凛凛；北纬60度线上的地区，包括波罗的海和哈得逊湾等，终年处于结冰期，而且冰层一年比一年厚；北纬60度线以南的很多地方，例如大不列颠岛、堪察加半岛、拉布拉多半岛、鄂霍茨克海岸等，化冻到结冰的间隔期越来越短，传统的耕作方式也就失效了。

在高纬度地带生活的人类艰难地度过了一个冬天、两个冬天、三个冬天……迁徙之前，他们想过很多补救的办法，例如在城市里恢复农耕生活，或减少生育，想尽一切办法活下去。但随着小冰期的加剧，他们意识到下一个冬天会比前一个冬天更加漫长，更加寒冷。夏末秋初，当青绿的苹果、杏子、玉米、大豆变成了冰雕，所有的希望也就消失了，他们不得不背井离乡，向热带迁徙，哪怕千难万险。

在人类大规模向热带迁徙之前，地球上还发生了一件动物们不愿提及的事：人类的大量减少。即使对于动物，这也是一个难以接受的问题。长期以来，它们生活在人类的食物制度中，已经习惯了生命的突然中断，反而将自然意义的死亡视为异常。可是，当它们目睹了人类的大量死亡，还是有些难以接受，尤其看到很多不谙世事的孩子在父母的怀里永久睡去，它们是已经觉醒的生命，所以无法视而不见。

在人类早期文明的末期，热带以北的美洲曾经是世界中心。

新移民几乎杀光了原住民，获得了空间意义的绝对自由，并创造了无与伦比的繁华。这是让动物们难以理解的繁华，一种只有人类才能创造出来的、剥夺性和压迫性的繁华。无论哪种动物，只要在这里生活一段时间，就能从草原的风里，或是从树叶的纹路中感受到浓烈的悲剧气息。原住民消失了，不是由于自然原因而消失，而是由于机器文明时代的殖民主义而消失。

但在向北迁徙的途中，动物们发现新移民也不见了，开阔的平原上出现了大片简易的墓地。最初，它们觉得不可思议，甚至不相信自己的眼睛。新移民信仰实用主义和因果关系，有无意识的残忍，又有变幻莫测的语言能力，也就是用语言掩盖残忍，将无情的征服变成伟大的理想。他们从来不会轻易认输，现在竟然悄无声息地消失了。在这个时刻，动物们认清了一个道理：机器文明不是殖民主义之母，却放大了殖民主义之恶。当自然秩序恢复的时候，机器文明随之终结，信仰殖民主义的新移民也就无法维持自己的文明。

这个地区曾经无限繁华，是因为新移民控制了地球的能源。但他们回避了这个问题，转而说他们之所以成为世界霸主，是因为种族优越和制度优越。他们用魔幻的语言欺骗纯真的人类，至少迫使他们承认这个幻象。而当能源临近枯竭的时候，新移民不得不面对真实，并且意识到只有放弃言行分裂的歧途，才有希望挽救前所未有的困境。

为此，新移民发动了两场战争，再次走上言行分裂的歧途。就像以前一样，他们首先用语言造势，指责一个国家隐藏了石油储备，指责另一个国家隐藏了黄金储备。他们不知道这些指责对不对，却为此热血沸腾，发誓要为虚无的正义不惜一切："对于人类的前途而言，这是极不负责的。我们是自由国家、民主国家，所以有责任，也有义务为混乱的世界创造和平，为受压迫的人类带去希望……"

隐形无人机群起而飞，向第一个国家发射了1314个智能导弹，向第二个国家发射了1748个智能导弹，袭击采油厂、发电站、储备机构、信息中心等。在漆黑的夜晚，地面机器人出动。在纵横交错的街巷里，每个机器人都坚信是为自由而战。每当被导电液炸弹击中，它们就会启动自我鼓励程序，一边挣扎，一边高喊："上帝保佑制造我的国家，我是为我的国家而战，也就是为神圣的正义而战。"

这是人类早期文明时代的最后两场战争，像以前一样，新移民再次遭遇了难以挽回的败局。但与以前不同，他们没有一点失落感，反而开始厌恶虚伪的战争，再也不想发动虚伪的战争，因为他们开始了第二次进化。

这是一个神秘的过程，他们不知道原因，却看到了结果。他们依然需要维持生命的物质，却驱赶了过度占有的欲望，不再渴慕财富与权力，不再被神秘的符号诱惑，自由自在，无惧生死。他们还在使用语言，却能避免语言对现实的背叛，也就不会陷入语言的迷途，然后用思想制造无限的对立。他们衣衫褴褛，心灵却极为平静，因其认识到生命本身是绝对的存在。他们获得了感同身受的力量，足以理解同类、理解动物、理解植物。母性—父性政治悄然回归，作为共生共存的根基，取代了变幻不定的民主与自由……人类期盼已久的永久和平终于降临了。

在第一次进化之后，人类曾经觉得自己是高贵的生命，他们的内心却很脆弱，所以千方百计地获取存在感，过度占有，过度索取，而且经常从动物身上索取，吃它们的肉，喝它们的血，穿它们的皮……动物们将这个苦难时代称为"人类早期文明时代"。

在这个时代的多数时间里，人类和动物的关系尽管残酷，却是平衡的。但在最后五六百年，由于机器泛滥，人类变成了自然的独裁者。他们希望控制一切，也的确控制了一切：让草地平整，让树枝变形，让道路没有灰尘，让自己的家冬暖夏凉……他们还发明了让动物们惊奇又恐惧的食物制度：果实快速变大，西红柿在大雪埋没的暖棚里疯狂生长，动物从生到死都见不到太阳，甚至觉得自己生来就是人类的食物，也就不再有反抗的愿望……在人类的食物制度里，动物被剥夺了理智和情感。有多少牛妈妈、猪妈妈、羊妈妈在哺乳期就被运往食物生产线，几乎没有人类在意她们最后瞥向孩子的目光。

人类早期文明时代最终落幕，一个新时代开始了。对于人类，这是一个不确定的时代。对于动物，这是一个充满了惊喜的时代。那些曾经容纳一千万、两千万，甚至更多人类的城市失去了整体联系，纵横交错的路上停着被遗弃的汽油车、电力车；各种类型的生产线锈迹斑斑，变成了老鼠、麻雀或蚂蚁的窝；水泥墙、沥青路破碎不堪，裂缝处长出了树和草……不过三五年，这些机器文明时代的象征就被青苔、草木占领，黑熊、驯鹿与草原狼穿梭其间。它们曾经被人类驱赶，现在又回来了，与向北迁徙的动物相遇。在动物觉醒的时代，它们相互注视着，不约而同地期待着一个美好的未来。

一

神奇的时刻

我们可以将这个新时代的开端定在 2300 年或 2400 年，就像那个站在野蛮资本主义的丰厚战利品上，从 1945 年跑到 1984 年，用启示性的高傲嘲笑动物的奥威尔一样，描写这个新时代。这个问题并不重要，重要的是，这个新时代开始了，以人类未曾想过的方式，也以动物未曾想过的方式。这个新时代是突然出现的，被卷入其中的动物和人类甚至不知道具体的原因，所以这个时代又是神秘的。

在人类早期文明即将结束的时候，人类对于电力的信任彻底崩塌。在之前的几百年里，他们相信地球能源是无限的，电力也就是无限的。在无限电力的启发下，他们对于未来充满了希望，从未想过有一天会在没有电的世界中生活。而当这一天真正到来时，他们不只是惊奇，还有懊悔，以及在懊悔中萌生的一点缥缈不定的希望。

这个时刻本来不应该突然出现，因为在人类早期文明最后的时刻，人类还能断断续续地发现煤炭、石油和天然气，不至于瞬间陷入绝望。然而，这个时刻还是突然出现了，电力系统瞬间发生了崩溃。电力系统本来不应该发生这样的崩溃，因为人类已经有很多生产电力的方式。然而，由于人类对于没有电的生活充满了恐惧，当电力消失的谣言出现时，他们开始疯狂地储存电力。几乎每家每户都准备了尽可能大的储电设备，都想比别人更长久地生活在光明里。

在此前的几百年里，人类已经形成了一个常识：要想获得自由，就要战胜黑暗。这个常识有两个内涵。第一个内涵是正确的，也就是战胜蒙昧，获得思想意义的光明。第二个内涵是错误的，因为人类幻想着驱逐自然意义的黑暗，让夜晚也变得明亮。他们甚至绘制了很多世界光学地图，哪里的夜晚被灯光照亮，他们就认为哪里是自由的。长期以来，他们忽视了第一个内涵，沉迷于第二个内涵，所以当电力消失的谣言传来时，他们开始恐慌，担心失去自由。

这种恐慌侵入了自动机器的感知系统。在人类早期文明的最后几百年，人类已经发明了一些具有自我意识的自动机器。这种意识是人类赋予的，所以它们能像人类一样思考。当电力消失的谣言传来时，它们也开始恐慌，然后做了一个类似于人类的决定：抢夺电力，不但与其他机器争抢，也与人类争抢，而且用各种意想不到的方法争抢。

控制电力系统的机器人同样无法克服这种恐慌，但它们身上并没有配备大容量的储电器。它们曾经坚定地以为除非世界消失，否则电力不会中断。这个想法让它们有一种优越感，可是当它们发现配备储电设备的自动机器奋力争抢电力的时候，它们的优越感瞬间被恐惧冲散，各种仪表上的数字起伏变化，无人工作室里的灯闪闪烁烁。出乎意料的恐慌很快将电力机器人的自我意识击垮……

正是由于这些原因，人类的电力系统在一瞬间崩溃。

几年后，在动物与人类谈判的间隙，根据一些曾经在电厂工作的人回忆，电力系统崩溃后，人类有能力修复，但他们没有遏制住恐慌，因为恐慌比电流传播得还快，很快就覆盖了人类文明的各个系统。电力系统的崩溃引起了其他系统的崩溃，例如运输系统、种植系统、声音系统、颜色系统等等。这些系统里的机器人几乎无法应对前所未有的恐慌。人类为它们设计程序的时候，并没有增加对抗恐慌，以及从恐慌中复原的程序，所以它们像一些脆弱的人类一样瞬间崩溃，失去正常功能。负责打印的机器人不再喷墨，负责道路照明的机器人无法辨别白天与黑夜，负责地铁换乘的机器人忘记了停车，餐厅机器人竟然将菜端到了厕所，在愤怒的厨师将它推倒前，它大声高呼："嘿，这是马桶点的菜……"

在这个瞬间，人类的生活变得静止，当然不是绝对的静止，因为还有人类在忙着抢夺煤炭、石油、天然气，也有人在劫掠最基础的生活物资。在人类早期文明时代，总有人喜欢混乱，为混乱狂欢，因为他们以为这是发财的机会。

当夜幕降临时，地球陷入了黑暗，就像人类早期文明开端时的黑暗一样浓厚。一个六岁的孩子跟在满腹忧虑的母亲身后，走走停停。他还不懂事，也就不知道这个世界的剧变。他一边走，一边指着天上明亮的星星，满怀好奇地问："妈妈，你看天上闪烁的光，那是什么？"他停下脚步，仰起头仔细观察："那是黑暗的眼睛吗？"

自从出生后，这个孩子就生活在电力充足的时代，每个夜晚都是明亮的，所以不知道天上闪烁的是星星。他的妈妈从小到大也生活在光明中，但是她从书中知道那是星星，它们的顺序被人类的动物意识所支配，然后获得了一些似是而非的名字，例如小熊座、鹿豹座、大熊座、狮子座、狐狸座、孔雀座……实际上，她也是第一次见到传说中的星星。

当恐惧无限蔓延时，人类就不会感到恐惧本身。这不是因为他们完全接受了恐惧，而是因为无所不在的恐惧会激活求生的力量，让人忘记恐惧，忘记死亡。在不知不觉中，他们远离了以前的时代，也就是他们引以为傲的机器文明时代，然后进入了一个新时代。

然而，电力系统崩溃所引发的恐惧并不能吓倒每一种生命。对于动物而言，它们本来就不喜欢被照亮的夜晚，更不喜欢在夜晚中被照亮的生产线。所以，当漆黑的夜晚再次回归的时候，它们是无比欣慰的，甚至沉浸在一种通向未来的喜悦之中。

在一个高度机械化的养殖场里，一群牛在这里出生、成长，然后根据人类食物订单走向死亡。死亡降临处有一个电击装置，它们的头会被击中，生命瞬间终止，它们的身体进入自动加工程序，去皮、剔骨、分割、包装，然后被电力冷藏车运到大大小小的人类商店。

但在电力系统崩溃的瞬间，所有设备静止不动。一群待宰的黄牛突然觉醒，有了独立的存在意识，它们开始思考："我们为什么在这里？我们生来就是为人类赎罪吗？然而，我们生来就在这个通向死亡的机制里，为人类而死。"类似的疑问还有很多，都是关于生命与奴役的根本问题，它们一时没有答案，唯一确定的是自己觉醒了。而一旦觉醒，这些疑问也就不再重要。在这个新时代，它们要思考新问题。

在牛群觉醒的同时，附近的养猪场也发生了同样的事。一个自动机器正在选择待宰的猪，准备在十五头猪身上喷涂荧光条形码，它们很快会进入肉类加工程序。当自动机器对准一头猪妈妈的时候，尽管她身边有九头未断奶的小猪，但根据预设程序，它判断这头母猪已经不适合生育，所以将荧光喷头对准了她。自动程序刚要喷涂荧光条形码，电力系统崩溃了。它的身上配备了蓄电池，里面有一小时的工作电量，但周围的灯光、换气和禁闭系统已经瘫痪，而它并不知道如何在电力消失的环境中工作，所以也在这个瞬间崩溃。它将荧光喷头对准了一个熄灭的灯，"哧哧……"，又向上肆意地喷，然后静止不动。

在自动机器静止不动的时刻，这群猪已经觉醒。它们也在像那群牛一样思考，而且思考一样的问题："我们为什么在这里？我们生来就是为人类赎罪吗？然而，我们生来就处在这个通向死亡的机制中，为人类而死。"它们也没有获得答案，却意识到从今以后它们将自由自在，身体与精神是一体的，想跑就跑，想睡就睡。

其中三头被涂上荧光条形码的猪突然感到了恐惧，一种类似于麻木的恐惧。但它们很快恢复了平静，因为制造死亡的机械程序已经终止。其中一头猪是那头母猪的伴侣，也就是九头小猪的爸爸。他眯着眼睛向天嘶吼，然后将身体在墙上蹭来蹭去，很快蹭去了荧光条形码。它奔跑过来，九头小猪围着它转。在觉醒的欢呼中，一头小猪被撞倒在地，又被踩了足足七脚。它嗷嗷叫着，奋力站起来。在这个全新的时代，它没有感到一丁点儿不满。

电力系统崩溃后，人类养殖系统几乎都发生了这样的事。养鸡场的机器瞬间失去了功能，屠宰线不再运转，挂在钩子上的鸡挣扎着飞下来，落地的姿势很难看，有些甚至仰着身子摔到地上，还有几只是嘴着地。它们从迷惑中醒来，看着屠宰线上那些已经失去生命的同类，一种复杂的心情出现了，愤怒、恐惧，还有一点庆幸。为了缓解这点庆幸所引起的愧疚心理，它们向死去的同类深深鞠了一躬，然后展开翅膀，缓慢地低下头。

屠宰房的电子锁已经失效，它们从门缝挤出去，怯生生地站在人类文明地带。尽管身心已经自由，但它们不想在这里久留，因为到处是人类的痕迹：一切都是方形的，有棱有角，干净整洁，却充满了死亡气息。它们走在坚硬的水泥地上，最初悄无声息，害怕人类会突然出现，一边追它们，一边高喊："造反了，你们这群愚蠢的鸡。"很快，它们发现这些担心是多余的，因为人类还没有来得及从时代剧变中恢复过来，就陷入了对于未知的恐慌。

对于人类而言，这个改变是灾难性的。他们自以为是最高级的食肉动物，生来就在食物链顶端。他们还以为自己是万物之主，也就不必承担屠戮生灵的自然道德责任。然而，当那些被他们养殖的动物安静地站在他们面前，用单纯又深邃的目光看着他们的时候，他们在恐慌中陷得更深了。更让他们意外的是，在无限恐慌的时刻，他们开始了第二次进化。如果他们想吃肉，这几乎是一个没有疑问的问题，他们就得去野外捕捉，日夜奔波，反复失败，饿着肚子坐在圆圆的月亮下面，不得不接受原始时代回归的现实。

但对于这群生活在人类食用目的之中，并在生命中最好的时光死去的动物而言，一个美好的时代来了。如果它们没有记错的话，这个时代已经消失了五六百年。在这段艰难的时光里，它们的生存空间越来越小，它们的身体状况持续恶化，越来越臃肿，整日精神萎靡。而现在，它们幻想过的美好时代又回来了。

一群生活在水泥围墙中的鳄鱼是最晚察觉这个新时代的物种。它们足足饿了一个星期，却始终没有等到人类投递的食物。迫不得已，它们四处找吃的，两只鳄鱼甚至为了一点腐烂的玉米粒交缠打斗。但在饥饿中，它们感受到了自由精神的生长。这个过程很隐秘，又很坚定，就像一个草籽在它们身体下的水泥缝里生根、发芽，首先碰到柔软的肚皮，然后向上顶，当它们从昏睡中醒来，突然意识到身体下面有一颗向上生长的草。

对于鳄鱼而言，自由自在的精神就是这样出现的，然后瞬间占领它们的心灵，它们的牙齿、尾巴和脚。一只卧在门边的鳄鱼最先发现铁栏门已经打开，它所熟悉又痛恨的人类饲养员消失不见了。它试探着爬出去，向左看，向右看，再向前爬行，向左看，向右看，最后消失在草丛里。其他鳄鱼也觉察到了新时代的气息，它们甩掉身上的懒散，拥挤着从那扇门爬出去，内心中远古的生命力恢复了。

这群鳄鱼本来只会两次经过这扇门：第一次是从蛋里孵出来，然后被运到这里，并在这里长大；第二次是为了死，当它们的嘴被人类缠上胶带，死的时刻即将到来。为了完整地获取它们的皮，人类会在它们的脖子上切一个口，露出脊髓，然后将一根铁棍插入脊柱，身体的痛苦丝毫不会影响皮的状态，所以很多鳄鱼会以这种方式死去。

鳄鱼们痛恨那根铁棍，但更痛恨人类的字母，例如 GUCCI、LOUIS VUITTON、PIERRE CARDIN……它们知道是这些字母让它们失去了生命，然后又掩盖了残忍的过程。一些优雅的女人和时髦的男人都喜欢鳄鱼皮包，不惜重金购买，然后提着鳄鱼皮包，趾高气扬地走在大街上，就像获得了无与伦比的存在感。

想到这里，鳄鱼们无比气愤。对于人类的癖好，它们知道的原因只有一个：这些皮包上印着字母。这些人类优雅地走在路上，将字母朝向人群，像在隐秘地炫耀。但愤怒之后，它们明白了一个道理：对于动物而言，人类的优雅有时候等同于残忍的剥夺，而且是对生命的剥夺。

等到鳄鱼觉醒后，这个世界上的其他动物也都觉醒了，并几乎无一例外地陷入惊奇。在这种惊奇即将消失的时刻，它们清晰地感受到了伟大自然的呼唤。人类也感受到了伟大自然的呼唤，却因为裸露的身体和退化的行为能力，他们对于未来充满了恐惧。但动物们已经开始欢腾，遵从伟大自然的呼唤，向温带北部聚集。凭借着远古时代的感觉，它们知道人类最少出现的地方才是最好的栖息地。

一场大规模的迁徙开始了，既包括牛群、鸡群、羊群、猪群等养殖类动物，也包括曾经在人类早期文明边缘游荡的野生动物，例如野猪、草原狼等。最初，它们小心翼翼，昼伏夜出。为了躲避危险，鸡群暂时克服了夜间失明的困难。哪怕眼前是通向北方的大路，它们也会绕道茂密的树林，至少是低矮的灌木丛。很快，它们发现预想的危险并没有出现。它们的确遇到了一些人类，但他们看起来惊慌失措，领着孩子，背着行李，匆匆忙忙向南而去。

在美洲大陆，向北迁徙的牛群在一个叫"Manitoba"的地方遇到了一群印第安人，他们面容沉静，不同于那些慌慌张张向南迁徙的人类。他们说自己不会向南迁徙，因为这里才是他们的故乡：

"我们的祖先已经在这里居住了三万多年，这里是我们的精神所在之地。后来，新移民来了，驱赶我们，掳掠我们，屠杀我们，然后将活下来的孩子关在寄宿学校里，很多孩子在这些学校里消失了。谁都不知道他们到底经历了什么，但一个确定的事实是，新移民并不珍惜这片土地上的生灵。这里一年比一年冷，我们却不想离开，因为只有在这里我们才觉得心灵平静。"

他们邀请牛群一起去祭奠那些在寄宿学校里死去的孩子们。路途并不远，他们在一栋已经变成废墟的房子面前祈祷，然后仰天高歌，又一起回到定居地。牛群得以饱餐一顿，一觉睡到天明。第二天临别时，他们为牛群送行，再次仰天高歌。

最初的恐惧消失了，这个世界以平静、安宁、荒野、苍凉的方式在所有生灵面前缓缓展开。

在牛群向北迁徙的路上，一头小黄牛引起老黄牛的注意。最初，老黄牛就对它充满了好奇。它差不多已经一岁，身上的毛却极为柔软、细腻，像刚从母胎里出来被风吹干的样子。它的眼神极为清澈，那是一种没有受到任何伤害的清澈。老黄牛却从中发现了一些难以解释的东西，它看着小黄牛的眼睛，里面好像有一种源于被彻底伤害的脆弱。这种脆弱让老黄牛怜爱，又让它愤愤不平，原先的好奇一扫而空。

小黄牛讲述了自己的遭遇。如果这个伟大的时代没有开始，它本来过些天就会死去，不是以一岁牛的身份死去，而是以三个月牛犊的身份死去。它的肉会被切割、分类，然后贴上字符：牛犊肋排、牛犊肩肉、小黄牛腱子、小黄牛牛腩、小黄牛上脑、小黄牛里脊……

"为了让我的肉咬起来细腻柔软，人类不让我吃粗纤维食物，他们每天给我喝奶粉，还把我关在密闭的木板房里，这个房子很小，只能站立，不能转身，更不能到处走。两个月后，我被转运到稍微大一点的木板房。为了让我的肉吃起来细腻柔软，人类想尽了办法。"

看着身边的牛群，小黄牛突然间嚎啕大哭："我想我的妈妈！……哞哞哞……我刚生下来就被关进木板房，我的妈妈从此消失了，我想我的妈妈……哞哞哞……"

一头壮硕的成年母牛从牛群中挤过来，站在小黄牛身边，用舌头舔去它的眼泪，又舔了舔头上的毛发："你看看我们，我们就是你的妈妈，我们很高兴成为你的妈妈……失去的不会再回来，但我们会想办法让你重新长一次。"她知道失去的不会再回来，也不能弥补，但她又知道这是让小黄牛忘记伤痛、感受温暖的最好方法。

几乎每个向北迁徙的动物种群中都流传着类似的故事，一个、两个，或三个、四个，每个故事都让动物们感到迷惑、吃惊、凄凉、愤怒，甚至绝望。在温带北部找到定居地之后，动物委员会将深刻思考这些问题。而在迁徙途中，即使缺少系统的分析，它们也隐约意识到人类的迷途。

在这个世界上出现后，人类逐渐成了万物之主。然而，这是一个蹩脚的霸主。他们有复杂的感觉，关于吃的感觉、关于穿的感觉、关于看的感觉……他们为之骄傲，因为他们发现动物没有这些感觉。然而，他们不知不觉中却变成了感觉的玩物，在这些感觉的诱惑下一点点迷失自我。

人类吃牛肉，这并不是难以接受的问题，但他们被牙齿的感觉所诱惑，陷入了对于牛犊的残酷崇拜。人类需要提包，这也不是难以接受的问题，但他们非要用鳄鱼皮包证明自己的身份……当人类被瞬间的感觉控制，并为了这些感觉而对抗自然正义的时候，他们还是深沉、优雅、高贵的生命吗？

二

恢复野性

这个神奇的时刻开始后，动物们陆陆续续向温带北部迁徙。一路上，它们遇到了人类的零星进攻，但他们的目的不再是奴役或征服，仅仅是为了获取食物。人类在仓促中进入这个新时代，流亡路上充满了恐慌，即使偶尔向动物发起进攻，却不成体系，而且经常失败，所以动物们有一些伤亡，却没有屈辱感。

在机械力量消失的时代，一切都变慢了。人类的迁徙之路很慢，动物的迁徙之路也很慢，走走停停，经常陷入迷途，然后等待伟大自然的启示。

那头小黄牛被一群牛围在中间。它们尽可能地满足它的要求，为它抚平出生当天就永远离开母亲的伤痕。有时候，它是快乐的，尤其是与一群小黄牛在荒草丛里飞奔的时候。但每当夜晚，月亮照耀大地，它会在寒风中醒来。母亲的眼睛会在暗夜的天上出现，就像闪烁的星星。那是一双它永远忘不了的眼睛，因为母亲离开的时候一直看着它。

寒冬将至，青草变黄，树叶飘落，北风越来越强烈。动物们逆风而行，它们知道考验它们的时刻来了。这是一种它们从未经历过的考验，有些动物甚至开始怀念生活在人类食物制度中的美好时光。尽管这个制度通向死亡，但它们至少不会忍饥挨饿，也不会在严寒中瑟瑟发抖。

为此，各个动物种群不得不召开临时会议，说明新时代已经到来，人类没有选择，动物们也没有选择，无论是被迫的还是主动的，总之，所有物种的命运都会被彻底改变，而动物们对此不应该悲观，因为它们将会获得真正的自由。

牛群的会议是在一个背风的小山坡上举行的。"对于这个世界上的所有生命而言，这是一个机会"，说到这里，老黄牛再次强调这是一个极为难得、不能失去的机会，"一旦失去这个机会，我们的种群可能会灭绝。"

此后，向北迁徙的动物获得了走下去的希望。尽管不是所有动物都认同这个希望，但由于这个希望不仅仅是一个关于未来的理想，而且是一个引领性的道德标准，所以动物们加快了迁徙的速度。即使风雪交加，它们也愿意昼夜前行，希望尽快看到北方的森林与荒原。

希望是存在的，但动物的伤亡也是清晰可见的。而牛群之所以最先到达森林与荒原地带，与那头小黄牛有密切的关系。在迁徙途中，它是一个决心忘记过去、拥抱未来的象征。它变得越来越坚强，牛群也就更加向往崭新的未来，并有力量对抗过去的不幸，以及那些不幸所导致的屈辱感。

其他动物没有这么幸运，每天都受到疲惫与虚无的侵袭，尤其是饲养类动物。它们大多年轻力壮，但由于出生后就缺少运动，也缺少激发生命潜能的生存竞争，所以无法快速地从疲惫中恢复。

这时候，希望就会成为负担。在身体力量足以承担疲惫与虚无的时候，动物们还能坚持。它们感到身体越来越累，但也知道希望越来越近。最初，有些动物走在队伍前列，甚至是引领者，但一边走一边落后，从队伍中段落到队伍末端，然后与队伍遥遥相望，直到消失不见。

有些动物是在美好的希望中突然死去的。鸡群里有一只专门下蛋的老母鸡。她本来是鸡群的引领者，时常鼓励那些即将失去希望的小鸡。她还经常驮着两只刚出生的小鸡，因为它们没有稳定的体力和健全的意识，活蹦乱跳，但总是跑错方向。

大概走了一个月后，老母鸡渐渐力不从心，尤其是北风呼号的时候，她已经无法在队伍前列引领鸡群。即使如此，她仍然觉得休息一会儿就能恢复体力。但几天后，她就到了队伍末尾。这个末尾在变长，越来越长。最初，她还能在鸡群卧地休息的时候赶上来，最终还是无能为力。但她不是在荒野中饿死的，而是经过深思，在清晨之际重新燃起希望，然后用尽力气扇起翅膀、斗志昂扬地冲向遥远鸡群的时候，猝然离世的。从地面飞起时，她的身体看起来还是轻盈的，但落地的时候已经变成了失去生命气息的沉重。

自然规则是公平的，也是残酷的。老母鸡死后，她的身体并没有因为生前的希望而受到秃鹫的善待。不过，这是人类的解读。对于饥饿的秃鹫而言，吃掉死去的老母鸡正是自然规则的伟大之处，因为它们也很饿。

在动物向北迁徙的路上，生性野蛮的食肉动物没有放过捕猎的机会。它们知道伟大的时代已经到来，一切生命都是平等的，但它们也要活下去，所以野蛮动物的袭击是北迁动物们遇到的困难，有时候比人类制造的困难还要大。

然而，动物们最终完成了迁徙，一方面是因为它们有力量对抗野蛮动物，另一方面是因为野蛮动物的数量并不多。一群草原狼捕猎一头牛的时候，几乎不会失误；如果它们要从一大群已经具备集体意识的牛群里捕获其中一头的时候，却几乎不会成功。

在抵御野蛮动物进攻的时候，动物们发明了有效的防御队形。不过，"发明"这个词并不准确，因为它们一直就有这种能力，只是在人类食物制度中没有实践的机会。每个种群中都有身体强壮的，经过危险地带时，它们走在最前面，身体状况次之的保护队伍两侧和尾部，队伍中间就形成了一个安全地带。

在动物觉醒的时代，鳄鱼是最迟缓的物种，但在向北迁徙的途中，它们是最洒脱的物种，自始至终都没有采用古老的防御队形。它们有很好的隐身能力，也有强大的攻击能力，更重要的是，作为古老的生命，它们有理解沧桑的悟性，勇敢无畏，看淡生死。实际上，它们没有迁徙到温带北部，而是就近游进河里，露出眼睛，向着匆忙而行的动物们展示着来自远古的注视。

向北迁徙的动物很快意识到人工驯养所导致的恶劣身体状态。出生后，它们的存活率出奇得高，因为自然选择在人类食物制度中失去了效力。但这不是一个生命关怀的问题，也就是说人类不是为了保护这些生命，而是为了实践一个残酷的因果关系：动物出生了，无论是一只鸡、一头牛或一匹马，它们就要活下来，而且必须活着，作为营养丰富的食物走向生命终点。

这是人类所信仰的因果关系。如果这个关系断裂，他们会感到茫然，自我怀疑，甚至失去存在感。在人类早期文明时代，他们将因果关系视为最重要的信仰，有时会沉浸在这个关系所塑造的虚拟世界里。

然而，这个因果关系却导致了动物精神的沉沦，以及身体力量的严重退化。几乎所有向北迁徙的动物都认识到了这个问题。日益加剧的寒冬要求它们做出改变，而且要尽快改变。很多动物已经由于长途劳苦而殒命，活下来的却不知道如何抵御日复一日的严寒。

寒冬还未结束，牛群已经损失了四分之一，羊群也差不多如此。最困难的是鸡群，至少损失了二分之一。它们多数是白羽鸡，通身白羽毛，由于过量地吃激素食物，出生后两个月，甚至一个月就有成年鸡的体格，尽管它们的眼睛里充满了天真。人类从来不看它们的眼睛，只在意它们的身体，鲜嫩柔软，适合咀嚼，容易消化。在迁徙途中，白羽鸡意识到人类的罪业。夜晚到来时，羽毛能抵御寒气，但它们总是感到浑身无力，几乎无法长途迁徙。它们对此束手无策，看着结识不久的同伴在黎明时分僵硬地躺在草丛里，而它们也不知道自己能不能活过下一个黑夜，或这个冬天。

自然淘汰总是残酷的，活下来的动物将会担起正在到来的希望。冬天即将结束，体力好、行动快的动物率先看到了冰雪线，它们站在边界上，向南是绿莹莹一片，向北是白茫茫一片。之后，越来越多的动物越过了冰雪线，寻找定居地。在这个新时代的终点，也就是太阳不再闪耀，地球停止转动的那个时刻，这里将是它们的永久定居地。

在迁徙途中，悟性高的动物已经想好了改变身体的方法。在温带北部安顿好之后，它们很快就付诸实践。由于是没有进攻性的食草动物，它们的方法以防御为主：白羽鸡一边学习飞行技术，一边强化身体力量；牛和羊一边低着头奔跑，一边练习防御本领……在之后的半年，它们反复练习基本动作，进步很大，但与原始的防御能力相比，还有差距。养殖猪最先意识到了这个问题：

"动作有力量，但不协调，看起来有些僵硬，就像人类的舞台表演。"

在迁徙途中，养殖猪曾屡次受到野蛮食肉动物袭击，所以在温带北部找到临时定居地之后，它们训练得最刻苦，想方设法对付野蛮食肉动物，以及一些道德倾向不良的野猪。这些野猪奔跑速度极快，有时候闯入养殖猪群，左冲右突，有意羞辱它们。

经过一番考虑后，一头悟性高的公猪想到了一个办法：能否向野猪求助，请它们帮助我们恢复原始习性，戒掉被驯化出来的懒惰？它将这个想法告知了其他猪，没想到获得了很多认同，尽管有零星反对的声音，但它会反问它们：如果不这样，又能怎么样？

这头公猪带着八头身体壮硕的同伴，走向草原深处。在一条河边，根据野猪留下的气味和踪迹，它们发现了一个野猪群，一共十五头，其中的十三头小猪正在睡觉，另外两头是野猪爸爸和野猪妈妈，它们停止吃草，抬起头，警惕地观察着这群陌生的来客。

突然间，野猪爸爸以进攻姿态跑到九头养殖猪面前，挡住它们的路。它意识到它们是同类，所以它的进攻姿态并没有完全展开，也就不具有绝对的危险性。大公猪言简意赅地说明了自己的目的，然后用谦虚的语气请求它担任养殖猪的老师。

在之后几个月里，这个野猪群将与养殖猪一起醒来，一起吃草，一起睡去，当然目的是帮助它们恢复野性。野猪爸爸首先主持了一个公开讲座，内容包括回忆自己的成长经历，如何发现危险，如何逃生，它的爸爸教给它哪些本领，它遇到的三次险境（第一次是识别人类插满了尖刺的陷阱，第二次是用全速奔跑的方式冲散了进攻的狼群，第三次是吃了有毒的蘑菇后如何排解）。养殖猪从头到尾都在认真地听。以前，它们并不知道自由与饥饿、危险是相伴而生的，现在，它们逐渐明白勇敢才是自由的前提。

在讲座最后，一头八个月大的养殖猪提了一个问题："我们如何寻找配偶？"一时间，全场都是猪的长啸声。这片叫声里有刻薄的自我讽刺，也有充满愤怒的怨恨。在人类的食物制度中，它们没有自由择偶的权利，也就失去了自由生育、自由哺乳的机会。对于一些养殖猪而言，雌性与雄性意识甚至都已经变得模糊不清。

对于这个问题，野猪们最初同样是嘲笑的，但它们很快意识到其中所隐藏的怨恨与无助，尤其是野猪妈妈。她严厉喝止了被问题表象所迷惑而狂笑不止的野猪仔，让它们滚到一边去，然后向养殖猪讲述了自己如何在荒野漫游时遇到了野猪仔的爸爸：

"我记得它当时在奔跑，很快，像风一样，然后被什么东西绊倒了。我跑上去看看发生了什么，然后看到它倒在泥水里喘粗气。它拒绝了我的帮助，却接纳了我。"

野猪妈妈转身看了看身边的野猪爸爸，然后继续讲下去：

"我们总是要服从自然秩序。自然是我们的主宰，没有比它更高的力量。春天来的时候，我们能从吹过的风里感觉到。在选择伴侣的时候，比我们的感觉更灵敏的是身体里的原始力量，它会促使我们去寻找伴侣。所以，当你们想要一个伴侣的时候，首先要了解生命与自然的关系。这是一种感觉，我们无法清晰地表述这种感觉，但它的确是存在的。"

这个问题很有趣，对于养殖猪的未来也很重要，但在野猪妈妈讲述的时候，很多猪还是睡着了。这当然不能怪罪它们。从出生起，它们就生活在残酷的富足中，失去了很多原始能力，例如长距离奔跑、集中注意力等。

野猪爸爸觉察到了这个现象，所以决定补充一个问题：保持警惕的重要性。它整整讲了一天，向养殖猪详细解释了各种危险情况。期间，它多次强调了一个问题：

"危险往往是意料之外的。提前感受到的都不是危险，只有突如其来的才是危险。而保持警惕才是发现危险、克服危险的前提。"

这天夜里，野猪爸爸在猪群的鼾声里听到了风吹草动的声音。根据常识判断，那种声音里有一种让它警觉的生硬，因为草是软的，但狼的牙齿比草硬多了，风吹过之后会有不同的声音。那的确是狼群围猎的前奏，它们选择了从下风向包围的策略。野猪爸爸快速做出反应。这个反应太快了，它几乎是在眼睛还没有睁开的时候就疯狂地奔跑。黑夜中突然出现了一个横冲直撞的精灵，那群狼被吓跑了。

第二天，野猪爸爸继续讲授保持警惕的重要性，昨天晚上的事变成了最好的例子：

"我们是食草动物，几乎没有进攻力量，防御力量也不充分。如果不能保持敏锐的感觉，我们的种群将难以延续。我们有两个躲避危险的方法：一是全速奔跑，二是保持警惕。全速奔跑意味着不顾一切，包括自己的孩子，不要顾虑它们是否跟得上，当每一头猪都在全速奔跑的时候，你们会发现奇迹，崎岖的路会变平坦，封闭的路会向你们开放，回头一看，猪仔竟然一头都没少……然而，保持警惕才是全速奔跑的前提，如果不能保持警惕，也就无法提前发现危险。但是，保持警惕意味着不能懒惰，对于我们猪来说，这的确是有些困难的。"

理论课结束后，实践课开始了。野猪一家带领养殖猪在森林和荒草地里游荡，一边走一边根据地形和地貌选择讲解的问题。在一棵大松树旁边，野猪妈妈演示了如何将身体蹭上松油；在一条河边，野猪爸爸讲解了如何跳入河中避险，然后以身示范，扑通一声跳进水里：

"注意，水里并不绝对安全，因为水里也有危险。"

在草原狼经常出没的地带，野猪爸爸让养殖猪站在旁边，然后向后退了退，突然间全速向前奔跑。返回后，它又将这个动作重复了一遍，逐次演示动作要领：

"低着头跑，但确保与食肉动物碰撞的时候别伤到鼻子。我们的前额最坚硬，但头不能太低，不然下唇可能被地面上的石头或树杈擦伤。最好的方法是在与食肉动物碰撞的瞬间低下头，用我们的额头去顶撞，要不顾一切地顶撞，因为这是我们活下去的最好机会。"

野猪爸爸又以慢动作完整地演示了一遍。之后，养殖猪各自找了一条跑动路线，反复练习。一时间尘土飞扬。野猪爸爸在尘土中穿梭，不断地纠正错误动作。对于这群猪的身体状态，它是失望的，因为它们的肌肉与脂肪比例明显失调，肌肉收缩力也明显不足，但看到它们在奋力地练习，它又充满了希望：

"奔跑是一种防御的表象，本质上仍然是进攻，也就是用进攻的姿态打碎猎取食物的企图。如有可能，我们要尽量避免与入侵者直接碰撞，而是向它们展示我们不受欺辱的意志。所以，我们要重视奔跑的过程，用尽全力，不顾一切，彻底展示我们的意志。即使会坠入深渊，那也是光荣的结束。"

休息期间，野猪妈妈负责讲解植物类别，包括如何辨别草的种类，一年四季最好的食物都是什么，吃到毒蘑菇怎么办，小猪仔刚进食的时候什么食物最适宜，被野蛮食肉动物攻击后用什么植物治愈伤口，等等。

夏末秋初，野猪一家将它们知道的知识几乎全部传授给了养殖猪。为了获得更好的效果，它们决定来一次长途旅行：

"这个世界不是我们的独有领地，但我们有选择的自由。之后，我们会漫无目的地奔走，当第一场雪降落的时候，我们走到哪里，哪里就是我们的定居地。"

第二天，猪群浩浩荡荡地出发了。野猪爸爸在前面带路，野猪妈妈在队伍中间负责指导，一群小野猪在养殖猪中间自由穿梭。它们的本意是调皮捣蛋，但调皮捣蛋时所迸发出的生命力却激活了养殖猪的原始力量。

第三天，在一条大河的岸边，它们撞见了草原狼群。野猪爸爸冲在前面，后面紧跟着十多只膘肥体壮的养殖猪，尽管其中两头猪的腿绊在一起，重重摔在地上，但狼群还是被它们奔跑的力量吓跑了。穿越一片树林时，它们遇到了很多游荡的养殖猪，不但接纳了它们，而且同意向它们传授生存的技巧。

天气越来越冷，夜幕时分，大雪纷纷扬扬。它们到达了一片幽暗森林的边上，一条河从森林深处流出来，在不远处从一个小山旁绕道而过，小山上遍布着密密麻麻的低矮灌木。在纷纷扬扬的大雪里，它们做了两个决定：一是今夜在这里睡觉，二是从明天开始这里将是它们的定居地。

对于猪来说，睡觉从来都是无与伦比的享受。连日长途旅行，它们太累了，这种享受也就变得弥足珍贵。即使睡得深沉，但警觉的意识已经苏醒，它们仍然能清晰地辨别大雪落在草上的声音，枯树枝掉入草丛的声音，以及狼群在雪地里奔走的声音，哪怕它们的脚步很轻。

黎明时分，它们被一群公鸡的叫声吵醒了。不久前，那个小山刚刚成为一群白羽鸡的定居地。向北迁徙途中，这个鸡群损失大半，虽然一路上不断有鸡群加入，但它们并没有发现在自然中生活的秘诀，尤其是在漫天飘舞的大雪中，它们有些慌乱。

野猪爸爸和几头养殖猪走近小山。领头的是一只赤冠白色大公鸡，它看到对方没有侵犯的意图，于是向它们讲述了自己的困难：

"对于自由自在的生活，我们本来是向往的，但一路上伤亡太大，在这里定居后，可见的困难仍然很多，所以鸡群里总有逃离的，甚至还有怀念钢铁笼子的。前天夜里，一只鸡在梦中说自己想在笼子里吃激素食物，第二天它就不见了……自由游荡的时候，我们只有两个进步：一是能够自己寻找食物，并厌恶人类喂食的铃声；二是终于分清了白天和黑夜。不怕你们嘲笑，从出生起，我们就生活在明亮的光里，白天是太阳光，夜晚是电力光。为了让我们快速生长，人类不允许我们看见黑暗，所以我们并不知道白天会结束，而在白天结束的时候，竟然还会有漆黑的夜晚。"

根据故往的经验，野猪爸爸立刻明白了问题所在。它看着这只大公鸡，以及周围越聚越多的鸡群，然后用沉静的语气鼓励它们：

"勇敢地恢复你们的原始本性！很久很久以前，你们来到了这个世界，那时候你们是什么样子，现在就应该变成什么样子。你们会踱步，会奔跑，还能平地起飞。卵生动物比哺乳动物出现得早，比人类出现得更早，甚至是人类的祖先，所以你们的生命不应该被人类控制。"

白羽鸡看着野猪爸爸，它们从未见过这样的眼神，在每天喂养它们的人类身上也没见过，尽管他们总以为自己是最有智慧的生灵。这是一种清澈、明亮，又混杂了荒野的眼神，里面仿佛有一种让白羽鸡安静下来、充满希望的力量。所以，它们从来没有见过它，却愿意相信它，即使不知道野猪爸爸的话是真是假，它们总以为那就是真的。

在白羽鸡沉浸于这个眼神的时刻，一只苍鹰在高天上盘旋，健壮的翅膀大幅伸展着，地上的影子瞬间掠过鸡群。对于陆地上的食草动物而言，它们几乎都向往飞行，但自然秩序并不公平，它们生来就没有翅膀。在这个时刻，野猪爸爸想到一个办法，能帮助白羽鸡走出源于人类文明的奴性、无知与惶恐：

"你们看看天上那只盘旋的苍鹰。你们都是卵生动物，也都有飞行的力量。长期以来，这种力量在你们身上沉寂了，但它应该苏醒。我想你们可以向苍鹰求助，请求它给你们传授飞行技巧。"

鸡群里有一只很腼腆的白羽鸡。她想要说什么，却欲言又止，反复试了几次，仍旧没敢张嘴。野猪爸爸很快就注意到她：

"你有什么问题吗？"

她觉得不应该放弃这个机会：

"野猪先生，我们认同您的办法，而且相信这是个好办法，但我有一个问题，不知道能否提出来？"

野猪爸爸安静地看着她，她从这个眼神里获得了继续说下去的勇气：

"您看我的确是一只母鸡，还下了很多蛋，但我从来没有孵过小鸡，也没有当过妈妈，那您说我还算是卵生动物吗？"

野猪爸爸依旧安静地看着她。那是一种深邃、忧伤的眼神，它已经想象到这群白羽鸡在人类的食物制度里经历了什么。

那只白羽鸡并不希望散播深邃的忧伤，她只是想真诚地说出自己的困境。她看了看四周的鸡群，又看了看眼前的几头猪，再次感觉到那种鼓励她说下去的力量：

"野猪先生，不怕您笑话，我出生的时候，看到了一个铁皮方盒子，它很温暖，我以为它就是我的妈妈。在很长的时间里，我都不知道自己是从蛋壳里出来的。直到下了第一个蛋，我才悟出一些秘密。但我从来没有孵过小鸡，也没有当过妈妈，所以我并不以为自己是卵生动物。在这群白羽鸡里，与我想法一样的还有很多。"

野猪爸爸安静地听着，不想打断她，但也不希望她迷失自我。这是一个新时代，人类称之为后人类时代，动物们称之为觉醒的时代，一个属于所有生命的觉醒时代。如果白羽鸡还深深地陷在人类所规定的习惯中，它们将永远走不出被奴役的时光，也就无法抛弃源于奴役的自卑与惶恐。

然而，说教是没用的，行动才能改变一切。野猪爸爸仰起头，向着苍鹰仰天长吼。在这个新时代，动物们有了心灵相通的能力。苍鹰收起翅膀，俯冲而下，在落地的瞬间调整姿势，迅速展开翅膀，地上的荒草在扇起的风中摇荡。

白羽鸡对于这个动作既惊叹，又自卑。它们向往这样飞行，向往这样落地，然后站在地上看向远方。但在自卑中，它们又觉得这几乎是一个不可能实现的愿望。它们的翅膀还能展开、扇动，但仿佛与飞行没有任何关系。自从生下来之后，它们就生活在密集、狭窄的空间里，没有展开翅膀的机会，也就忘记了自己是可以飞行的物种。

动物们之间从来就有不言而喻的默契。在这个新时代，它们获得了实践这种默契的力量。在天上盘旋时，苍鹰已经看到这群白羽鸡。听到一头野猪仰天嘶叫时，苍鹰大概猜到了它的目的。在接下来的几个月里，苍鹰愿意将飞行的本领传授给白羽鸡。

经过短暂的准备后，苍鹰总结了两种起飞方式：跳跃式和奔跑式。跳跃式起飞需要强大的腿部力量，首先用力跳起来，在身体上升的末端，利用翅膀力量灵巧地托起身体。对于刚刚从人类食物制度中解放的白羽鸡而言，这种飞行难度是很大的。至少在这个时刻，它们想都不敢想。

奔跑式起飞分为短距离和长距离两种。其中，短距离起飞能让白羽鸡很快离开地面，足以应对突发的险情。长距离起飞最简单，也最轻松，首先缓慢地奔跑，然后加快速度，同时展开翅膀，身体重量从腿部转移到翅膀上。

苍鹰决定首先传授长距离起飞技巧。它将这个过程拆分成四部分，包括奔跑、起飞、空中身体控制、降落。每个部分都有关键的动作要领，例如奔跑时，最重要的是腿和翅膀的配合。起飞考验的是翅膀的力量，以及把握空气的技巧。而起飞后，最重要的是良好的反应能力，要不断调整飞行姿态，适应风的变化。降落时，用翅膀减速当然重要，但更重要的是降落前的观察，"也就是在哪里降落，我们总不能降落在狼的嘴边吧？"

一阵咯咯声从白羽鸡群中迸发出来。它们都知道这是一个源于日常经验的幽默，所以笑过后很快理解了这些动作的要领。

然而，理论总是简单的，如何将理论用于实践才是最重要的。这是一群来自人类文明、并被人类文明删除了天性的生命。它们本来已经失去了灵魂，作为一团新鲜的肉存在着。在动物觉醒的时代，它们在一瞬间获得了独立意识，但它们的身体还是一团没有力量的肉。为此，苍鹰延缓了起飞学习，然后想尽办法，逐步唤醒它们的身体力量。

清晨醒来后，白羽鸡要完成三个动作系列：原地跳一千次，原地扇动翅膀一千次，一边跳一边扇动翅膀一千次。进食后，它们有短暂的休息时间，之后再次重复这些动作。日复一日，大概持续了二十天。它们的身体在变瘦，它们却以为身体在变重。这是一种劳累的感觉，也是一种改变的感觉。它们跳得越来越高，扇动翅膀的力量越来越大。更重要的是，它们眼睛里的慵懒和惊慌越来越少，食草动物天性中的机敏与警觉出现了，而且越来越凌厉。如果仔细观察，这种凌厉中还有一种来自远古的沧桑。

接下来，苍鹰要求白羽鸡练习奔跑，像野猪爸爸教导养殖猪那样野蛮地奔跑：

"紧紧地收起你们的翅膀，夹紧你们的尾巴，压低你们的脖子，嘴向前，减少空气阻力，全速奔跑，不顾一切。"

白羽鸡就这样跑来跑去，从天亮跑到天黑，日复一日，野蛮地奔跑了二十天。休息的时候，苍鹰趁机向它们说明奔跑的秘诀：

"当你们在奔跑中感受到身体存在的时候，注意是每个部位都存在的时候，包括尾巴什么状态，翅膀什么状态，风如何吹动你们的羽毛，你们要知道，这是一个伟大的时刻，你们要充分享受存在的感觉。但你们也要知道，这并不是奔跑的全部。你们要有能力随时中断这个动作，身体突然间停止，或者减速，然后改变奔跑的方向，注意是剧烈的改变，甚至出乎自己的预想。只有这样才有可能逃离追捕者的预想，躲避它们的围猎。当然，这也是一个创造偶然、享受偶然的过程，因为必然的或可预期的目的有时候会让我们陷入危险，至少无法帮助我们逃离危险。"

经过艰苦的练习，白羽鸡首先在心理意义上脱离了人类文明的阴影。等到它们能灵巧地飞到树上，克服高处的视觉恐惧，并在树枝上走来走去，寻找避风处，安然度过黑夜的时候，它们就可以说自己已经觉醒。这是白羽鸡的愿望，也是苍鹰、野猪和养殖猪们共同的愿望。

之后，苍鹰要求白羽鸡协同练习这些动作，跳跃、奔跑、扇动翅膀。这段时间的刻苦磨炼表面上是帮助它们恢复身体力量，实际上也帮助它们复活了原始的心理，而且最终结果超出了苍鹰的预期。

一只公鸡在全速奔跑。突然间，它飞起来了，翅膀有力地挥动着，虽然飞得不高，但一直在飞。落地的时候，它没有协调好，身体像一块落地的石头在泥土里翻滚。当它站起来的时候，并没有感到失望或羞愧，而是满怀惊喜。它本来可以体面地落地，但在落地前的那一刻，它在考虑落地后如何庆祝，如何向苍鹰表达感谢。这些想法来得很突然，也很密集，所以它忘记将翅膀的力量转移到腿上。它翻身起来，尽情地抖擞身上的土，然后按照落地时的计划庆祝了一番，半飞半跑着奔向苍鹰，向它致谢。

最后，苍鹰计划将跳跃式起飞本领教给白羽鸡。它同样精心准备了授课计划，重点强化腿部力量和翅膀力量。它知道身体只有从地面上高高跳起来，才能更好地飞起来；只有翅膀的力量足够大，才能承担身体的重量。

白羽鸡勤奋地练习了一个多月。它们的身体结构本来不适合这个动作，所以最终只有两只公鸡勉强拔地而起。它们在空中停留了一小会儿，仍然无法像苍鹰那样飞向天空。

实事求是地说，白羽鸡只从苍鹰那里学到了一点点飞行本领。即使如此，它们已经能在每天日暮前飞到树上。这意味着它们可以躲避地上的危险，即使夜晚眼睛失明，也不再有过度的担忧。

日暮时分，所有的白羽鸡都在树上找到了栖身之处，苍鹰也飞上一根树枝。这是它们在树上共同度过的第一个夜晚，也是最后一个夜晚。天亮后，苍鹰就要离开。

第二天，太阳刚刚升起，苍鹰看着眼前为它送行的一大片白羽鸡，向它们做了一个承诺："哪怕我们饥饿难耐，也不会猎取你们中的任何一只，因为你们是从人类食物制度中自我解放，然后勇敢地开启动物觉醒时代的象征。"

食肉动物总认为食草动物是天经地义的食物，这是不公正的。尽管苍鹰无法改变，但它已经在思考这个问题。很早以前，它注意到一个足以让有灵魂的食肉动物惭愧的问题：食草动物的眼神往往是温和的、平静的、单纯的、真诚的，食肉动物的眼神却是冷酷的、阴暗的、复杂的、残暴的，里面有一种让所有动物，包括食肉动物自己也厌烦的觊觎之光、贪婪之光、邪恶之光，然而食草动物却被食肉动物胁迫、追猎、吞噬。

所以，与白羽鸡分别时，苍鹰做出了这个承诺。这是对于自然秩序的修订。它的妈妈从它出生就教给它捕食野兔、羚羊等食草动物的本领，但自然也有迷失的时候，它决定抛弃不公正的祖训，起飞前再次向白羽鸡重复了这个承诺。

这只苍鹰经常飞行于昆仑山和大高加索山之间。离开白羽鸡后，它将动物觉醒的消息告诉了途经的候鸟。这个消息四处传播，经过白鹳和游隼向南传入阿尔卑斯山区，以及广阔的非洲草原，经过燕子、杜鹃、黄鹂向东传入中国大平原，又经过雪雁、沙丘鹤、绿头鸭从太平洋北部陆地传入美洲落基山脉……不到两年，动物觉醒、并在温带北部定居的消息几乎被这个世界上的所有生命所知晓。

所以，苍鹰对于白羽鸡的帮助是多重的，既有直接的帮助，也有间接的帮助。食草动物提到这个问题时首先要感谢的就是苍鹰。在温带北部广阔的森林与草原上，那些逃脱了人类食物制度的动物们知道了彼此的存在。

白羽鸡与在东边不远处定居的养殖猪越来越熟悉，两个种群很快形成了共生关系。那只会跳跃起飞的白羽鸡经常去养殖猪领地商讨事务。苍鹰从上空飞过，偶尔会看到它站在一头恢复野性的公猪背上，悠闲而安宁。这只白羽鸡不喜欢公猪轰鸣的鼾声，但喜欢听它讲述自己如何一次次鼓起勇气向一头又一头母猪示好，然后又一次次从失败中走出来的伤心事。

鸡群西侧的森林地带是牛群的定居地。实际上，牛群最早到达温带北部，在这里定居之前，它们想了很多问题，例如哪里食物最多，如何抵御荒野食肉动物的进攻，如何在食物欠缺的情况下维持生命……

为了在这里活下去，牛群做出了很多改变，这些改变要归功于老黄牛。它是一头耕作牛，劳苦一生，春天耕地，夏天驮草，秋天拉着石碾子压粮食，冬天还要为人类从很远的地方拉煤。临近迟暮之年，它觉得身体越来越僵硬，也越来越沉重。一天，它拉着一车粮食爬山路。在半山腰时，它走不动了，只好停下来呼呼喘气。人类的皮鞭一次次打在它的身上。以前，它还有力量继续前行，当然不是因为心情愉快，而是因为皮鞭打在身上所激起的愤怒。它无法克制愤怒，却可以将愤怒变成向前的愿望。但是那一天，它只想趴在地上，而它最后就趴在地上，再也不走了。它又想睡一会儿，而它竟然真的睡着了，无论人类的皮鞭甩得多么用力。等到醒来后，人类决定将它送到屠宰场。

离别前，唯一让老黄牛留恋的是那户人家的小女孩。她抚摸着它的毛发，泪水汪汪地看着它。自从出生后，老黄牛看到很多同类在体力耗尽的时候悄无声息地消失，包括它的妈妈。它知道它们去了哪里，现在它也要接受这样的结局。它跟在三个陌生人类的后面，一步步向前。离开不远后，它听到那个小女孩呼天而哭，一边哭一边大喊："你们真残忍，哇哇……你们真残忍……"

老黄牛跟着这些人一路前行，它不知道要去哪里，但无论去哪里，它都知道最终的结果。其中的一个人点了一根烟，一边抽一边乐观地谈论这笔买卖能赚多少钱。另一个人表达了质疑："老黄牛利润低一些，没人愿意买，只能做罐头。"

每个字老黄牛都听得很清晰。它当然希望活下去，但在人类的食物制度中，哪头牛能够实现自己的愿望？一路上，它沉默地走着，无声无息。人类从来没有认识到这是一种最深邃、最宽容的沉默。他们本应该感谢这种沉默，最终却滥用了这种沉默，然后以之为愚蠢的无知。

周围的一切在老黄牛的眼里都是茫然。它已经不再关心这个世界，甚至开始幻想另一个世界。它的妈妈正在等着它，那里也不再有生命之间的欺骗、压迫和奴役。它曾幻想有一天人类会彻底消失，因为他们是自然正义之敌，但想起那个小女孩，它觉得让人类变成食草动物也不错。

老黄牛一路走，一路幻想。"当啷……"，铁栅栏关闭的声音中断了它的幻想。它被关进一个被灯光照亮的铁墙房子。里面有很多牛，屋顶有洒着温水的喷头，还有轻缓的音乐。它还没来得及享受最后的安宁，一阵血腥的气息迎面而来。它安然地闭上眼睛，等待着那个新世界的门为它打开。

一天夜里，也就是人类电力系统崩溃的那天夜里，电子门锁开了，屠宰场的大门也开了。老黄牛混在牛群中，离开了这个本来是生命终点的地方，一路北上。迁徙途中，它展示了非凡的智慧，引导牛群识别方向、选择草料……当草原狼在附近徘徊时，它还带着十头牛驱散了它们。

　　除了从自然秩序中获得的智慧之外，老黄牛的年龄也足以让那些养殖牛感到惊讶。它竟然活了十二年，而其他牛多数只有两岁或三岁，其中一头公牛活了六年，因为它的职责是繁衍，也就是人类所说的"种牛"。

　　历尽千辛万苦，牛群终于到达温带北部。之后，老黄牛将生存经验毫无保留地传授给这群没有见过荒草、树林、河流，甚至没有吹过风，也没有晒过阳光的可怜生命。从死亡的中途折返，它并未想过这个结局，甚至不想接受这个结局，因为源自生命终结的漠然很难恢复，就像走上了一条不归路，一旦开始向前走，就没有想着会离开，即使离开了，对于终点的想象却不会消失。这种想象几乎能让所有的生命麻木，然后在麻木中沉默，又在沉默中化作虚无，但迁徙途中遇到的两件事让老黄牛改变了想法：

　　一是在向麻木与沉默的最深处坠落的时候，它得到了牛群的很多帮助。每个清晨，它都想一直睡下去，一直睡到自己变作尘土。但那群牛叫醒了它，为它采来新鲜的草。谁都知道，在深秋时节，这种草是很少见的。

　　二是它见到了那头寻找妈妈的小黄牛。小黄牛的呼声让它抛弃了生命终结的阴影，决定帮助小黄牛度过最艰难的时光。每当小黄牛意志低落时，它就会出现，用温暖的怀抱让它安静下来，或用转移注意力的方式让它忘记困苦：

"你看我们的蹄子多么完美，不是很坚硬，却足以支撑我们的身体，不是很柔软，踩在石头上却很舒服……当我们失去一切的时候，我们才认识到这一切的价值，那是自然所赋予我们的最珍贵的东西。呼吸的时候，我们能感受到生命；观看的时候，我们也能感受到生命。在最艰难的时候，我们才知道生命是我们的全部。"

之后，老黄牛决定全力帮助牛群恢复原始的本性。这是一种源于死亡的力量，无比深邃，也无比宽阔。所以，当它从候鸟那里得知西侧的大平原上有羊群，东侧的森林和草原上有白羽鸡和养殖猪的时候，它认为食草动物应该联合起来，在温带北部筹建一个共同的议事机构，然后与食肉动物商定符合新时代的生存规则，限制自然秩序中的不正义，建立一个最广泛的动物联盟，然后与人类抗衡。

三

动物会议

　　在这个新时代的早期，所有的生命几乎都意识到小冰期所引起的气候变化。

　　人类反复说这是短期的异常，但在严寒结束前，谁都不确定这是不是一个大冰期。冬天越来越长，越来越冷，他们隐约感到严寒不会很快结束。然而，每当春风吹来的时候，他们又会有一种不可理喻的乐观。冬天越漫长，这种心理就越强烈。在热烈的夏天，他们甚至幻想着下一个冬天不会到来。

　　动物们也一度陷入气候与心埋的循环，尤其是刚刚在温带北部定居的时候。对于很多养殖类动物而言，这是它们的第一个冬天。它们在人类的食物制度中出生、成长，从未见过飘落的雪，甚至很少见到阳光。所以，这个冬天对于它们格外重要，也格外艰难。它们不但要适应寒冷的天气，还要在劳累与饥饿中恢复原始本性，然后用这种本性拥抱真正的自由。

　　相比而言，人类面对的困难更多。自从机器文明时代以来，他们总希望自然按照他们的方式运行，也就没有全心全意地研究自然。他们编写了很多关于自然的百科全书，但这些知识仅仅是自然奥秘的皮毛。在这个剧变的时代，当他们希望获得自然回应的时候，他们发现自然是那么深奥，而他们在自然面前是那么无知。

后人类时代的开启方式足以让人类感到惊奇。他们始终没有想到自己会经历第二次进化，更没有想到动物也在进化。尽管动物不喜欢"进化"这个词，但在人类看来，它们确实经历了一次深刻的进化。

在一瞬间，动物们获得了很多前所未有的能力，例如语言能力、交往能力、合作能力，以及对于隐喻的洞察能力。它们不但恢复了原始本性，而且获得了长序列的因果关系。这种因果关系曾经是人类用以区别于动物的标准。但在此时，这个标准已经失效。动物们获得的是自然意义的因果关系，其中的原因不会通向过度占有，而是通向自然秩序的平衡。

人类的因果关系通向的是私人过度占有，以及对于自然的无限剥夺。在这个因果关系里，当动物被人类当成原因，一个必然结果是人类对于动物的奴役、控制，并将它们当作没有理智、没有情感的东西。这是一种奇怪的因果关系，冰冷、单薄、荒谬，没有一点深度。人类却非常喜欢它，因其能简单、直接、粗暴地解决问题，并将情感或道德后果堂而皇之地排除在外。

在机器文明时代，人类用这种因果关系创造了引以为傲的成就。即使有人想用自然情感或道德阻挡过度占有欲的横行，却往往被因果关系的信徒嘲笑。在放肆的笑声里，一个危险的后果慢慢出现了。长久以来，人类内部隐秘地存在着一种类似于人类与动物的区分，也就是说，有些人愿意将其他人当成动物，甚至说他们连动物都不如。

当动物们意识到这个问题的时候，它们是有些吃惊的。然而，当它们想起人类骂人类的话，例如"笨猪""蠢驴""流氓兔""猪狗不如""狼狈为奸"……它们的确觉察到了一些侮辱，但也从这些粗鲁的话里感受到人类的相互歧视。

想到这个问题的时候，动物们承认自己觉醒了。在热带定居之后，人类在研究动物的神奇觉醒时，几乎一瞬间就意识到：如果人类在第一次进化后就公平地对待其他生灵，他们与自然的关系或许不会那么单调、残酷，也就不会过度依赖煤炭、石油与电力，更不会在自动机器的诱惑下觉得自己无所不能，却最终从无所不能的傲慢中跌落。

老黄牛与牛群走在绿草如茵的河边，看到了水里的鳄鱼。即使被人类养殖期间，鳄鱼的原始天性也没有完全消失，它们只是在人类字母的笼罩下有些悲观，有些愤怒。而现在，一切都结束了，人类陷入了混乱，他们的字母也不再有诱惑力，鳄鱼终于从人类的炫耀与自卑的矛盾中解放。它们自由自在地游荡，时常将眼睛露出水面，向这个世界散发着最原始的注视。

老黄牛希望牛群从鳄鱼的注视中发现生命的意义：

"你们看鳄鱼的眼睛，浑黄又坚定。那是一种无比漫长的时间，超出了食草动物的想象，也超出了人类的想象。尽管人类自以为是最有历史意识的生命，实际上他们也只了解几千年的历史，而且是有选择地了解、片段化地了解。面对鳄鱼的时间，人类的历史意识的确是有些浅薄。"

老黄牛讲到这里的时候，那只偶尔还会寻找妈妈的小黄牛提了一个问题，尽管天真，却让牛群无从回答：

"鳄鱼是人类的祖先吗？如果是的话，人类为什么不好好对待自己的祖先？"

四周是长久的沉默。不只是因为老黄牛不知道如何回答，也可能是因为它觉得沉默才是最好的答案。实际上，在温带北部定居的很多动物几乎都想过这个问题，它们也选择了沉默，因为沉默是最好的答案。

离开河边后，老黄牛提议召开食草动物会议：

"或许一次，或许两次，但无论如何都要有一次。我们觉醒了，但遇到了很多让我们困惑或恐惧的问题，我们希望找到答案，更希望这些问题永远消失。其中一个比较迫切的问题是养殖类动物如何团结起来，应对野蛮食肉动物的袭击。在温带北部的广阔土地上，我们已经模糊地知道有很多逃离人类食物制度的养殖类动物，它们虽然找到了定居地，却受到野蛮食肉动物的威胁。在人类机器文明时代，食肉动物大大减少，有些甚至处在灭绝的边缘，但它们依旧保持着原始本性，为了活下去，不惜生命。我们可以说它们勇敢无畏，也可以说它们肆意妄为，不计后果。如果要在这个新时代繁衍生息，我们要提防这种野蛮，不受其伤害。另外，我们又要学习这种野蛮，借以恢复我们的本性。"

第二年树木发芽时，牛群向四个方向派遣了信使。六头公牛向北，六头公牛向东，六头公牛向西，六头公牛向南。这些勇敢的信使一路前行，告知沿途遇到的食草动物以及迁徙的鸟类：来年春夏之交召开食草动物会议。

按照预期，二十四头牛将在第一场大雪降落的时候回来。但牛群为它们送别的时候，谁都没有想到东向牛群只回来三头，西向牛群只回来四头，南向牛群一头都没有回来，北向牛群也一头没有回来。

离别后的等待是漫长的。老黄牛有些急躁，每隔一段时间，它会失眠。当西向牛群最先回来时，它既惊喜又难过。过了很多天之后，东向牛群也回来了，它依旧既惊喜又难过。五头牛已经死去，其中一头被老虎捕获，另外四头掉入野草覆盖的泥潭。老黄牛在野地里劳苦了大半辈子，从来没有见过这种致命的泥潭，但它能想象到它们陷落时的痛苦。

西向牛群详细讲述了一路上的经历。出发后第五天，它们遇到了草原狼，然后被狼群包围。这是一群捕猎经验丰富的食肉动物，其中一只狼是淡黄色的，其余六只都是浅灰色的。淡黄色的狼并不是首领，它像是处于附属地位，有时候要用极为卑微的方式获得浅灰色狼的注意。捕猎的时候，它表现得异常凶狠，只是凶狠得不自然，明明距离一头牛很远，它偏偏飞跃而起，要将牛扑在身卜，结果掉进了泥潭。如果不是身体轻，它一定会陷进去。

看到这只狼的窘况，六头牛禁不住哞哞笑。尽管在对手面前大笑并不礼貌，但笑过之后，它们意识到荒草丛中的泥潭不仅能困住狼，也会困住牛，而且对于牛来说更危险。它们被七只恶狠狠的狼跟踪了五天五夜。每当夜幕降临后，它们轮流警卫，确保同伴休息得好。第六天，它们采取了主动进攻的策略，用之前练习的本领成功吓退了狼群，然后又一路向西。

等到春末夏初，沿途的树上挂满小青果的时候，一头牛闻到了羊的味道。它在人类食物制度中出生、成长，有一段时间，它的隔壁就是羊群。虽然没有亲眼见过这个物种，但它知道羊的味道，熟悉羊的声音，所以当听到"咩咩……"声音的时候，它觉得终于可以见到这群传说中的生灵。

西向牛群首先发现的是绵羊群。让它们更惊喜的是，在绵羊定居地西侧的山中还有一大群山羊。山羊也曾经身处人类食物制度，却能享有一些自然权利，例如在荒野中游荡、吃草，在夜色中睡去，又在黎明前醒来。然而，它们的最终命运与养殖牛、白羽鸡没有差别，生命在一瞬间停止，变成人类的食物。所以，人类从来不关心它们想什么，只关心它们的身体。

此前不久，在向北迁徙的途中，山羊很快恢复了天性，眼神纯净，内心安宁。即使好几次被食肉动物逼上山崖，在走投无路的时刻，它们也总能泰然处之，丝毫不惊慌。在它们的天性中，生死之间并没有难以跨越的边界，所以不会为了求生而打破深沉的安宁，更不会为了逃离死亡而加快死亡的到来。

山羊们安静地看着信使牛群从荒草丛中走出来，一点点走近。在这个过程中，疑惑的是牛，而不是山羊。等到越走越近，六头牛抛掉了疑惑，越来越惊喜，最后几乎奔跑着汇入了山羊群。

长久以来，山羊的天性被人类文明压缩，但没有完全消失。当天性再次恢复的时候，它们的眼神中仿佛有一种自然的正义。远道而来的牛群感受到了这种正义，深奥、坚定、悠远，就像一种隐秘的力量，让它们安静了下来。等回到定居地之后，它们会向其他牛群讲述这段经历，并提议在食草动物的会议上增加一个主题：观看与食草动物的德性。

山羊并不建议六头信使牛继续西行，因为那里还被人类占领。

一群习惯于在寒冷中生活的人类没有完全舍弃家园，他们计划春天转暖时再回来。尽管他们的希望越来越渺茫，但这个希望意味着那里并不适合动物定居。

东向牛群一路上穿过了大片森林和沼泽地。在找到白羽鸡之前，四头牛已经沉入泥潭，只有一头从泥潭里挣脱出来。它们本来要怪罪于草原狼的追赶，最后只能责怪自己缺少见识。自从出生之后，它们就生活在人类所制造的视觉、听觉、触觉和嗅觉中，没有区分表象与本质的能力，也就不知道被草覆盖的泥潭是多么危险。

三头牛到达白羽鸡定居地的时候，已经是傍晚。第二天黎明，它们与白羽鸡正式见面，并意外得知不远处的树林里还有一群猪。猪群已经恢复了原始本性，尽管眼神不像野猪那样雄浑，却不再幼稚。它们完全克服了懒惰的习惯，几乎都能自食其力。

见到远方来客后，这群猪极为兴奋。小猪仔们在牛腿间穿梭，一头最强壮的牛差点被它们拱倒。稳定身体后，它说明了来意：

"我们是一群从人类食物制度中解放的食草动物，几乎在同一个时刻向温带北部聚集。这是我们的时代，这里是我们的领地，我们希望召开食草动物会议，规划以后的生活。"

其中的一头猪当即决定跟随牛群离开，协助处理会议前的准备工作。它视野开阔，思想深刻，以后将会成为温带北部动物识字班的领袖，动物们会亲切地称之为"猪老师"。不过，在这个时刻，是另一个原因让它决定与牛群同行：它的野性恢复了，然后被野性激励着去远方冒险。它觉得只有陌生的远方和未知的境遇才配得上野蛮的心灵。

在这里停留不多时，信使牛群决定返回，与灵气十足、渴望冒险的猪老师同行。实际上，猪老师并非只有野蛮的心灵，它不但熟悉人类的制度与风俗，而且能辨识人类的文字，所以在返回的途中，它会刻意接近被人类遗弃的城市。这些城市里几乎都有图书馆，尽管很多书已被搬走，但还剩下很多，它就在里面如饥似渴地阅读、思考。

在一个巨大的城市里，猪老师进入一个图书馆的畅销书收藏室。老鼠已经将这里当成了自己的家，很多书被咬破。在一堆书中，它发现了一本很薄的，看起来已经被人类翻破。它一直想知道人类为什么是这样的物种：他们对自己的孩子很温暖，对动物却很残酷；他们满脸微笑地看着动物被杀掉，然后用它们的肉喂养自己的孩子；可是他们又不会同样温暖地对待同类，相反有时会用对待动物的方式对待同类……一直以来，这些问题让它十分困惑。

猪老师翻开了这本书，刚读完前几页，就若有所悟。然而，这是一次让它极为难过的阅读经历。它在其中发现了人类对待动物的秘密，也发现了人类之间的秘密。它一边读，一边难过，难过到了极点就开始生气，最后嗷嗷哭了一场。在之后的食草动物会议上，讲到伤心处的时候，它还会哭一次，因为它太痛恨奥威尔了，"简直就是人类语言的暴政。"

猪老师独自坐在昏暗的图书馆里，忘记了时间，也忘记了饥饿。冷静下来后，它不得不承认，正是这本让它难以忍受的书为它提供了理解人类的方式。真实总是让动物们难过，但要想获得有益的指导，就不能回避这样的真实，所以它决定接受残酷的真实。

秋末冬初，东向牛群回到了定居地。与之随行的猪老师受到热烈欢迎，老黄牛专门为它举行了一个青草宴。得知它的语言天赋后，老黄牛希望它为即将召开的食草动物会议构想一些重要的问题。最终，它的见识在两个方面影响了这次会议：一是如何看待奥威尔与人类的正义，二是动物要想了解人类，必须了解他们的图书馆。会后，动物委员会筹建了人类图书馆调查组，根据人类的藏书状况与知识类别去理解人类，包括人类关心哪些问题、人类为什么喜欢语言、人类语言的迷惑性等。

猪老师在牛群的定居地停留了一年多，它总会出其不意地讲述一些幽默的事，让牛群们仰天嘶吼。对于那头寻找妈妈的小黄牛来说，这是一段美好的时光。它们朝夕相处，形影不离，一起研读人类的书籍，发现人类行为的秘密。

南向和北向牛群成了解不开的谜。它们消失了，没有任何消息。牛群最初抱着希望，尽管有一些担心，但总以为它们能带回惊喜，就像东向牛群领回一头有智慧的猪一样。

日复一日，那点仅存的希望慢慢变成了彻底的失望，或者说是对于失踪的迷惑与恐惧。冬天已经开始，寒风凛冽，雪花漫天飘落。它们即使还活着，即使还有充足的食物，也会在某个深夜被活活冻死。当最坏的结果以模糊、间接、不可见的方式展现的时候，牛群对于这个结果的反面还是有所期待的，但那仅仅是对于残酷现实的拒绝，它们最终会意识到这是一个无法回避的结果。

对于这群刚刚恢复野性，在自然中生活的动物而言，这个过程很重要。它们要学会接纳不确定，因为这个世界本来就是不确定的。在人类机器文明时代，它们的命运是确定的，却是悲惨的。在动物觉醒的时代，它们的命运是自由的，但不是确定的。它们应该喜欢不确定，就像喜欢自由自在一样。

北向牛群不会再回来，南向牛群也不会再回来。根据候鸟传来的零星消息，南向牛群闯入了饥肠辘辘的人类领地，北向牛群不熟悉寒带的冰面状况，结果在冰原上行走得太远。一夜之间，天气突然变暖，它们发现四周是深不可测的沼泽地。在消失之前，它们曾经向老虎、灰熊、冰原鹿，以及飞过的苍鹰求助，但它们在自然面前太莽撞了，其他动物也无法拯救它们。

对于日益严酷的冬天，温带北部的食草动物有了足够的经验。它们恢复了野性，逐渐融入自然秩序。面对食肉动物的威胁，它们决定在这个冬天训练奔跑能力，然后充满活力地奔赴来年的食草动物会议。

猪是这样做的，羊是这样做的，鸡和牛也是这样做的。在艰苦的训练中，它们几乎获得了同一个共识：

"生命在于奔跑，不顾一切地奔跑。奔跑能将我们的身体变成力量，帮助我们逃离危险。无论这种危险的目标是不是我们的身体，奔跑都是打碎它们的最好方法。"

食草动物不但要顺应既有的自然秩序，还要创造一种全新的自然秩序，尤其要限制食肉动物的特权。这个改变是必要的，因为在食草动物向北迁徙的途中，食肉动物的确度过了一段美妙的时光。有时候，它们并不需要追逐猎物，运气好就能碰到迷路的食草动物。其中一些食草动物不但不反抗，反而将这些即将吃掉自己的动物当作可以依赖的朋友，就像此前依赖那些喂养它们，却会剥夺它们生命的人类一样。

在艰难异常的磨炼中，食草动物认清了它们与食肉动物的关系。很多时候，它们痛恨食肉动物，但这是自然规则，认识到这个规则之后，它们不再幻想，也就有了反抗的力量。食肉动物用死亡威胁它们，而它们用奔跑抵抗死亡。死亡意味着生命的中断、理智的中断、情感的中断。在勇敢的对抗中，食草动物要面对死亡，食肉动物也要面对死亡。衰老的食肉动物一次次被猎物顶撞，或被甩在身后，落寞地等待死亡的降临。

在动物觉醒的时代，食草动物的自我意识日益清晰，食肉动物的自我意识也在改变，但仍旧有野蛮的因素，例如滥杀无辜，以玩弄猎物为乐。鉴于此，食草动物决定利用这次见面的机会建立一个正义联盟，制定公平的生存规则，根除食肉动物的不良行为，然后创造一种全新的自然秩序。

在凛冽的北风被温暖的南风压倒的时候，白羽鸡、养殖猪、绵羊和山羊代表如约出现在牛群的定居地。在人类早期文明时代，这些物种本来就不陌生，经常迎面而过，有时是在转运的路上，但更多的是在奔向死亡的路上，所以几乎没有交流的机会。而在这个新时代，它们获得了人类一样的生存权、居住权、言语权，可以用自己的方式讨论各种问题，开诚布公、无所顾忌。

所以，这次会议是食草动物期待已久的，它们也的确做了很多准备，但还是出现了一个意外：在介绍会议主题时，猪老师突然伤心地哭起来。读奥威尔的作品之前，它并不多愁善感。即使面对草原狼的追捕，即使尾巴被咬掉了一段，它也没有这样伤心。它曾经被狼群包围，领头的大灰狼问它是"雪球"还是"拿破仑"

的时候，它还不知道其中的意思。读了奥威尔之后，它瞬间明白了那只狼的意思，尤其是想到那只狼嘲笑的眼神，它觉得奥威尔对于猪的歧视是无法容忍的。它怎么也想不明白，为什么人类既要吃掉动物，还要毫无限度地贬低动物？

想到这里，猪老师泪流满面。它想方设法让自己的声音平缓如常：

"奥威尔将我们看作是叛逆的种子、动荡的根源，但除了在草原或森林里吃草、漫步、睡觉，我们做过什么坏事吗？难道吃草也是错的，睡觉也是错的？我们从没有像人类中的施虐狂一样滥用权力，也没有像他们中的殖民主义者一样坏事做尽，然后装着什么都没有发生。如果人类不是用强力奴役我们，我们将是自由自在的，在森林深处，在荒草丛里，这个世界到处是我们的家，我们从来没有被过度占有的欲望控制。在人类机器文明时代，我们被彻底奴役。我们都不知道是谁在奴役我们，有些猪将怒气发泄在机器上，将它们撞翻，也将自己撞得头破血流。人类以为我们就不想狂野，就不想在荒林野地里自由自在地奔跑吗？我们希望在荒林野地里奔跑，即使饿死，我们也不会有丝毫怨恨，因为那是自由的结果。我们从来不向往人类的权力，却受到人类的嘲笑。"

对于这些离题话，与会的动物最初有些不解，包括主持会议的老黄牛。然而，当它们意识到这的确是重要的问题，甚至比食肉动物的野蛮更重要的时候，它们都抢着表达自己的意见：

"文字是人类的迷途。有时候，人类对他们的文字也充满了疑惑，不知道一个用文字编造的故事里有多少是真的，有多少是假的，更不知道有多少假的被掩盖成真的，又有多少真的被曲解为假的。"

"人类的语言技巧让我们动物叹为观止。他们用几个形容词就能以假乱真，所以他们生活在偏见中。但我不明白的是：奥威尔为什么要用自己的偏见曲解，甚至污化动物？我们有他想象的那么龌龊吗？"

"我想可能是因为奥威尔懦弱。他想批评一个人，但不敢说他的名字，当然也可能这是他的风格。人类的文字中有一个寓言系列，几乎都用动物做比喻，用动物展示人类的弱点，例如狼被他们看作恶的象征，但我们食草动物都清楚的是：狼会吃掉食草动物，但它们并不邪恶，也不喜欢阴谋诡计，它们团结一致，勠力同心，比人类还要尊老爱幼。"

"我觉得奥威尔表面上在嘲笑动物，实际上是嘲笑人类。这种嘲笑里有一个隐秘的语言结构，即嘲笑者和被嘲笑者。嘲笑者嘲笑了，被嘲笑者被嘲笑了，然而嘲笑者的嘲笑是否有理？对于人类的极权主义现象，很多人类认为奥威尔是名正言顺的嘲笑者，然而他们忘记了奥威尔是殖民主义的结果。在语言中，他是正义的；但在人类历史上，他没有实践正义的能力。人类有一个观念，'仓廪实而知礼节'，如果没有足够的食物，人类就会发生争斗。在人类早期文明时代，英国人创造了机器文明的规则，利用无限占有的本性实践殖民主义，然后变得富足、优雅、安宁，却从来不反思殖民主义对于其他人群的危害。按照英国人的生存逻辑，弱的群体就该受欺负，受了欺负就该忍气吞声，因为欺负人是强者的象征。这就是他们所谓的'社会达尔文主义'。所以，我不喜欢奥威尔，他不但嘲笑猪，而且将'社会达尔文主义'扩及动物。这是对于动物的无知，也是对于殖民主义的有意回避。"

"在人类早期文明时代，对于社会主义的嘲笑是殖民主义所犯的最后一个错误。那些长久以来受到殖民主义侵袭的人群既有创造美好生活的愿望，也有创造美好生活的能力，但在社会达尔文主义的误导下，他们觉得贫困是无法逃离的命运。但有些人群没有向命运屈服，也没有用掳掠的方式回击殖民主义，而是用关于美好生活的理想主义创造未来。殖民主义者本来应该感谢这种历史性的容忍，他们却得寸进尺，不断羞辱在这些人群的尊严。"

"我要补……补充一个问题，我们……我们白羽鸡，啊……是人类创造的物种，但他们从来不把我们看作是有灵魂的生命……"

老黄牛打断了一只因为过分激动而声音颤抖的白羽鸡：

"抱歉，公鸡兄，我想这个问题我们已经讨论得够多了，也知道了问题的本质。现在，我们应该开始最重要的讨论，即在动物觉醒的时代，如何处理食草动物与食肉动物的关系，以及动物与人类的关系？"

动物们为此做了充足的准备，所以接下来的讨论十分热烈，也更有秩序：

"在暗黑的生存逻辑里，弱肉强食是被强者忽视的问题。强者总以为有力量就可以为所欲为，什么都要为他们的目的让步。弱者对此痛心疾首，却无法改变。他们不但无法改变，反而要用自己的服从证明弱肉强食是公理。当强者要求弱者承担责任的时候，弱者必须做，即使知道无论做什么都是错，也要去做。人类有一个寓言故事，大意是强者可以无理，弱者只能忍受。一只狼来到小溪边，看见小羊在那里喝水。狼想吃小羊，于是找了一个借口：'你把我喝的水弄脏了！'小羊温和地说：'您站在上游，水是从您那儿流到我这儿来的。'狼又指责小羊去年说过它的坏话。小羊根本没有这样，因为那时它还没有出生。狼又说：'那就是你爸爸说过我的坏话'，说完就往小羊身上扑去。"

一群草原狼在会场外旁听。它们本来有进攻的企图，但瞬间被食草动物的问题吸引。当它们听到狼和小羊的寓言时，一只灰棕色的狼示意要发言。它的眼神从冷酷变得深邃，深邃中还有一点委屈：

"各位食草动物，你们要为我们主持公道。我们的确是食肉动物，生下来就是，但我们不喜欢蛮横无理地欺骗。在食草动物迁徙途中，我们的一些同类确实违背了自然秩序，伤害过刚出生的食草动物，以及正在哺乳的食草动物，我们为此悔恨万分，但人类用这种方式诋毁我们，让我们感到无比气愤，因为这是不公正的。"

对于会议的走向，这只狼的发言很重要。第二天，食草动物将会临时增加一个问题。但此时，它们还没有认识到这个问题的价值，所以等到这只狼说完后，在老黄牛的提示下，食草动物们又返回之前的思路：

"这是一个众生觉醒的时代。人类的逻辑不再是唯一的标准，新的自然秩序已经形成，一个关于生命平等与生命自由的约定也就是必要的。以前，人类之所以横行无忌，主要原因是他们的过度占有欲望，也就是无限度地占有自己并不需要的东西。他们本来是怯懦的，但这个欲望让他们坚强，也让他们迷失自我。其实，他们也不想被这种欲望控制，因为他们经常为此疲劳过度，或心惊胆战。而一旦受到这种欲望的诱惑，他们就会不顾一切地走下去。他们的确这样做了，并开创了他们引以为傲的机器文明。对于动物而言，这是最艰难的时代。这个时代已经结束，但对于未来，我们是谨慎的，又是乐观的。我们从候鸟那里获得了一些消息：在热带定居的人类中间，过度占有欲已经消失，至少是极大地弱化。我不能确定生命平等的时代已经开始，但我隐约意识到一些变化。没有锋利爪牙的食草动物本来是力量的弱者，但在这个新时代，它们不再是尊严的弱者。人类所设想的美好时代与永久和平正在一点点地实现，比他们预想得还要快。"

"无言的弱者是最悲惨的弱者。食草动物，尤其是在人类食物制度中出生、死去的食草动物，受尽了屈辱，吃了亏也无法诉说。但在这个新时代，我们无需忍受强者的逻辑，因为已经没有绝对的强者。这是我对于未来的预测。以前，我们的时间意识是断裂的，我们生活在被机器震碎的当下。每个当下都是断裂的，我们的感觉也就是破碎的。但在动物觉醒的时代，我们的时间意识变得完整，我们的当下不再是断裂的，我们能清晰地感受到每个当下之间的联系，所以才能幻想未来。在这个新时代慢慢展开的时候，我希望我的预测不会出错。"

讨论到这里，动物们突然想到它们应该完成一件事：为渡渡鸟立纪念碑。16世纪后期，荷兰人在毛里求斯岛发现了这种鸟，性格温顺，情感丰富，甚至对捕食它们的人类充满了依恋。然而，那些贪婪的人类完全不理会这种情感。他们用虚假的笑容糟蹋了自然正义，引诱它们进入一个又一个通向死亡的圈套……一时间，整个岛上弥漫着它们的呼叫，以及皮毛被烈火烧灼的味道。不到一百年，渡渡鸟就灭绝了。

一只白羽鸡的眼睛里充满了失落。这种失落里既有绝望，也有深邃：

"我现在真不愿意想到一个问题……"

这个问题让其他动物十分好奇，它们都想知道它到底想到了什么。在众生灵的注视下，这只白羽鸡不想再隐瞒。它本来以为想得深刻是忘记的最好方式，可是它想得越深刻反而越痛苦。这时候，它要换一种方法，也就是将自己想的说出来，这可能是忘记的最好方式：

"我想到的是'最后一只渡渡鸟'的问题。这个温顺的物种已经消失，我们做什么都无法补救，但我们应该想一想最后一只死去的渡渡鸟是雄鸟、雌鸟，还是幼鸟？它看到了什么，听到了什么，想到了什么？这是一个重要的问题，也是一个悲惨的问题。在人类机器文明时代，很多动物种群灭绝了。这些种群都会面临'最后一个'的问题，即永远消失的生命。在每个消失的种群中，最后一个死去的动物都会站在唯一一次出现的终点上。这是一个时间的终点，也是一个空间的终点。在这个终点之前，时间和空间是浩瀚的，但这个终点之后一切都是虚无。"

"我们不应该对这个问题感到震惊。殖民主义者也在人类中间制造了一个相似的问题，也就是'最后一个人'。很多人类的种群消失了，我们甚至能想象到这个种群的最后那个人站在荒野里的景象，一个男人、一个女人或一个小孩……人类捕杀动物是为了获取食物，殖民主义者对于土著人的屠杀有时是为了获取空间，但有时仅仅是为了羞辱。而羞辱的反面是荣光，所以殖民主义者会觉得自己是被荣光照耀的胜利者。"

"'最后一只渡渡鸟'的问题是人类对待动物之恶，与殖民主义之恶相似。除了屠戮之外，殖民主义还会与诱惑、欺骗同时出现，所以'最后一个人'的问题是殖民主义的终极之恶。"

白羽鸡的思考在与会的动物中引起了共鸣，它们甚至忘记了自己遭受的羞辱，转而同情人类中那些被殖民主义伤害的群体，对于他们的苦难感同身受。猪老师不再惦记奥威尔，它在认真地听，然后趁机打断了其他动物的讨论，想做一个总结：

"殖民主义太可恶了。没有殖民主义，就不会有资本主义，就不会有机器工业，也就不会有奴役生命的自动养殖业。殖民主义不但在人类中间制造痛苦，也在动物中间制造痛苦，动物从此生活在绝对的奴役中。"

猪老师一向逻辑清晰，而且有跨越种群的理解力和判断力。在这个问题上，它有些意气用事，所以表述得并不准确。但此时，它只想表达愤怒，而语无伦次是表达愤怒的一种方式，所以它不再关心自己的判断是否准确：

"我喜欢清晰的逻辑，但要表达愤怒时，我会喜欢混乱的逻辑，只有用混乱的逻辑说话，我才觉得痛快。如果以后我们有机会与人类对话，不要总是期望用讲理的方式。人类有时候并不讲理，哪怕他们提示我们要讲理的时候，他们可能是在用这种方式回避公平与正义。这是一个语言陷阱，如果我们跳进去，就会变得天真。"

日薄西山，众多食草动物充分表达了自己的见解，并一致同意为渡渡鸟立碑，纪念那些无言的弱者。

第二天，食草动物们到处搜寻坚硬的石头，包括一块椭圆形大石头和无数的小石头。之后，它们找到了一个大树墩，将之磨平，在中间放了椭圆石头，作为渡渡鸟的身体。椭圆石头的一角是两个长石条，作为腿，老黄牛又在另一角放了些小石头，作为脖子和头。它们还想摆得更逼真一些，至少符合自己的想象，但在荒野中，这已经是它们所能完成的最完美作品。

在渡渡鸟纪念碑前行注目礼后，老黄牛发表了一个即时性的讲话，将动物们领入了一个它们有些陌生的远古象征领域：

"动物有很多种能力，语言能力、推理能力、情感能力、想象能力……现在，我们使用的是想象能力。我们没有见过渡渡鸟，但渡渡鸟的故事一直在我们中间流传。以前，我们不知道渡渡鸟与我们有什么关系，但是当我们追溯自己被奴役的命运，我们会发现：如果我们不重视这个已经消失的物种，我们也可能像它们一样面对'最后一个'的问题，最后一头牛、最后一头猪、最后一只鸡、最后一匹马、最后一条鳄鱼……所以，渡渡鸟是动物命运的先知。它们一定不想成为这样的先知，或者说它们并不知道自己的种群灭亡后变成了这样的先知。我们要发现这个问题的本质，即殖民主义对于人类自己，以及对于我们动物的巨大伤害。这是一种无法弥补的伤害，既可以让很多人类灭绝，也可以让无数动物灭绝。殖民主义从来不会自我怀疑，因为它是绝对的恶。但我们有责任让殖民主义自我怀疑，至少使之停下野蛮征服之路，从受害者的角度反观自己的罪过。"

这个象征性十足的渡渡鸟纪念碑立在那里，像是食草动物对于这个世界的宣言。以前，它们不能言，长久忍受着比殖民主义更加残酷的人类殖物主义；现在，它们获得了语言能力，也就一刻也不想再容忍人类殖物主义。

然而，这是一个偶然的宣言，因为之前它们并未想到会完成这个宣言。老黄牛只是偶尔提起自己听过的故事，才意识到人类的殖民主义对于这个世界的巨大改变，食草动物的命运也被彻底改变。它们任由思维蔓延，然后完成了一个伟大的事业。

在这个时刻，与会的食草动物们意识到这次会议并不完整。在这个世界上诞生以来，它们一直是自然秩序的拥护者和实践者。它们活得自由自在，对于其他种群没有构成任何威胁，却经常受到食肉动物的捕猎。食肉动物即使不是自然秩序的破坏者，有时却残忍地对待食草动物，也就损害了自然正义。所以，食肉动物应该参加这次会议，它们却没有来。

在北方的荒野中，食草动物已经恢复了原始天性，不再畏惧苍鹰的眼神，而是将其中的浑黄看作是来自远古的真诚。所以，它们请求苍鹰将这个愿望告知温带北部的食肉动物，同时请求苍鹰参加食草动物和食肉动物的会议，作为自然正义的判官。

苍鹰落在附近的树上，安静地听完了食草动物的诉求。这个诉求并未让它感到意外。两年前，也就是在离开白羽鸡的时候，它做过一个承诺：不会伤害食草动物。对于苍鹰而言，这是一个可以完成的诺言，因为它的视野无限宽广，食物选择也就无限多。但对于其他食肉动物，这可不是一个轻而易举的决定。草原狼奔波了四五天才发现一群白羽鸡，它们怎么会放弃这个机会？鉴于此，苍鹰认为有必要在食草动物和食肉动物之间确立一个符合自然正义，而且双方都接受的协约。

在动物觉醒的时代，天空中出现了很多信息传播的快速通道，候鸟和飞禽是可靠的信使。无论是不同动物种群之间的信息，还是人类第二次进化的消息，或是非洲动物的创造性举动，几乎都能在一年内传遍这个世界。

苍鹰起飞后，这个消息就有了一个传播的源头，通过麻雀、喜鹊、啄木鸟在小范围内传播，通过燕子、游隼、白鹳、短尾鹱、斑头雁、北极燕鸥、斑腹沙锥、斑尾塍鹬等在更大的范围内传播。动物语言不会像人类语言那样变形或失真，所以即使流传到最远的地方，这个消息也保持着原来的样子。

第二年春夏之交，食草动物与食肉动物会议正式举行。来自荒野的狼、狐狸、狮子、老虎、灰熊等到场参加。它们已经知道这是动物觉醒的时代，也是众生平等的时代，所以尽力避免在会议期间肆意妄为，或以任何目的伤害其他动物，也绝不接受挑衅，并为此失去内心的安宁。这些荒野生灵的眼神中流露出一贯的冷静与残忍，与食草动物的眼神还是不一样，但它们在极力地收敛身体动作，尽管看起来不自然，但不再有放肆的威胁。

松鼠、野兔、田鼠、羚羊、骆驼、土拨鼠等一些在人类早期文明时代保留野性的食草动物也获得了会议的消息，并陆陆续续地赶来。看到那些曾经让它们心惊胆战的猛兽，它们一度想离开。苍鹰趁机向它们说明了这次会议目的，并承诺这是一个众生平等的时代。众多猛兽也向它们点头示意，当众承诺它们拥护这个新时代。

相比而言，鸟类最轻松，几乎没有心理压力。它们有良好的空间穿越能力，自从诞生以来就有能力避免地面上的危险。它们确信这个新时代已经到来，也看到了人类和动物的大规模迁徙。它们最先抵达会场，落在高高低低的树枝上，三五成群地议论着：

"在这个世界上，从没有像人类那样要控制一切的物种。他们看起来那么脆弱，没有毛，没有爪子，跑得也不快，他们竟然成功了，不但控制了一切，还要改造一切。这是不公平的。恐龙的身体力量比人类大多了，却不像人类那样非得控制一切。"

"人类以为自己是从低级动物进化而来的高等生命，但我觉得他们是进化不足。在这个世界上，他们制造了很多不确定，自己也陷入其中，结果心神不宁，有时候自我欺骗，有时候相互伤害。"

"我们的坏时光是从人类发明枪开始的，那可真是个糟糕的东西。一群麻雀在树枝上休息，然后被巨大的声音吵醒，一个男人向我们开了一枪，'嘭'，感觉天崩地裂。可恶的是，那是一把铁沙子枪，半数麻雀被击中，坠落在地，有的当即死去，有的在挣扎中死去。"

"枪不仅破坏了我们的生活，也破坏了人类的生活。人类本来生活在体力和智力的良好平衡中，枪的出现打破了这个平衡，善良被肆意驱逐，邪恶被无限放大。一个人只要有杀戮的愿望，即使身单力薄，也能用恶念去控制枪，然后以不公平的方式消灭对手，哪怕他的对手是有德之人。所以，人类经常回忆已经远去的美好时代，也就是没有枪的时代。他们的坏日子是从有了枪之后开始的，我们的坏日子也是这样。即使在最高的树枝上，我们仍旧心惊胆战。那种声音是我们的噩梦，每时每刻都在追逐我们。"

"但我们知道，枪仅仅是这个噩梦的开始。人类文明制造了很多比枪更厉害、更要命的东西。农药才是我们的噩梦，在无声无息中结束我们的生命。一窝小燕子吃了爸爸和妈妈捉的虫子，第二天它们就再也没有醒来。第三天，它们的爸爸、妈妈也死去了，可能是因为悲伤，更可能是因为那些喷了药的虫子。这是我见过的最悲伤的事……人类为了活下来，已经不再顾及其他生命，我们的很多种群失去了生育能力，在孤独中了却余生。"

远道而来的食草动物本来还有些紧张，不敢直视荒野猛兽的眼睛。尽管这些猛兽在努力地表达善意，但其中还是有无法掩饰的肃杀。然而，鸟类的对话逐渐将这些小心翼翼的食草动物从惊慌中抽离出来，因为鸟类的命运也是所有动物共同的命运。听了这些讨论后，荒野猛兽很快明白这次会议的重要性，它们眼神中的肃杀自然而然地消失殆尽。

在位置选择上，食草动物和食肉动物最初有明确的界限，食草动物在东侧，食肉动物在西侧，而会议开始后，它们已经混在一起。一只野兔趴在狼的腿上，闭着眼睛安静地听。老虎和灰熊差一点争起来，老虎甚至还龇了龇牙。苍鹰迅速从老虎和灰熊头上飞过，落在地上，优雅地取笑它们：

"你们要为我们表演摔跤比赛吗？像人类那样。"

动物们一片哄笑。老虎和灰熊也在笑，那是一种僵硬的笑、落寞的笑、不合时宜的笑。一只田鼠趁机跑到老虎和灰熊中间：

"来，我来当你们的裁判。我可是一个公正的裁判，绝不会像人类那样吹黑哨。"

老黄牛走上前，以严肃的语气告诫田鼠不要取笑人类：

"现在是众生平等的新时代，人类也是值得我们尊重的生命。你们不要为这个新时代再次蒙上混乱的影子。"

在地球历史上，这是一次前所未有的动物会议，食肉动物和食草动物、野蛮动物和圈养动物从没有像今天一样聚在一起，为一个新时代制定规则。它们不知道能否实现最后的目的，但它们有一个基本的愿望，即如何才能自由自在地活着。它们清晰地知道，要实现这个愿望，食草动物与食肉动物应该相互尊重，至少要一同面对人类的挑战。

实际上，这是老黄牛和食草动物在会议前密集商议的问题，所以也就成了这次会议最重要的问题。几乎所有动物，无论食草动物还是食肉动物，对于人类机器文明抱怨不止。谈到自动养殖—屠宰机器的时候，食草动物的几个代表过于冲动，因为对于未来的美好想象无法缓解历史的悲伤，它们甚至要求食肉动物当场表态，与它们一起向在热带定居的人类发起进攻，哪怕九死一生。

食肉动物对于人类机器文明也极为不满，尤其是那些远距离射击的枪。它们的同伴在不知不觉中失去生命，或是被严重击伤，却找不到复仇的根源，只能在痛苦中挣扎，被死亡一点点吞噬。由于枪的出现，食肉动物和大型食草动物大量减少，很多种群彻底消失。

一只来自北方森林的老虎陈述了自己的见解：

"人类有很多法律，但都是为了保护人类。人类有一些保护动物的法律，但几乎没有人去实行。我们动物也有生命和情感，但这一切在人类法律中是空白的。如果这个世界上只有一种法律类型，那么这种法律一定是不公平的，而且是荒诞的。所以，我们应该自己制定保护动物的法律，与人类法律抗衡。"

一头大象接着老虎的话题往下说：

"这是一个伟大的目标，但我们首先要解决的问题是如何与人类交往，如何应对他们可能发起的进攻。我们从西南方来到这里，途中一群来自南方的燕子落在我的背上休息，它们告诉了我们很多人类的信息。对于其中的一些，我还是不确定。如果那是真的，这个世界将会发生很大变化，而且可能是好的变化。那群燕子几乎都觉得人类进化了，仿佛有了绝对独立的精神，不依靠外在的东西就能活得幸福、安宁。"

温暖的风一阵阵吹来，所有动物都在认真地听。一片云由东向西飘过，遮住了太阳。大象看了看天，又继续往下说：

"这是一个我们期待的未来，但也有一个我们担忧的现象。那群燕子说它们看到了一种危险，既是对于人类的危险，也是对于我们动物的危险。人类精神在进化，但一些悟性低的人类没有进化，仍旧留存着以往那种从来都不满足的占有欲。这种欲望让他们无限冷酷，对于同种群的人类展示的是专制，对于其他种群的人类展示的是殖民主义，对于动物展示的是人类中心主义或动物歧视主义。他们的冷酷中有一个共同点，也就是夸大自己在一个瞬间的感受，尽管这种感受是在对抗自然正义，他们仍旧沉迷于此，不知悔改。所以，燕子认为他们错过了进化。我又向其他鸟类求证，尽管在细节上有所差别，但它们基本确定这个消息的真实性。所以，我们应该讨论这个问题，并制定一些应对的方案。如果那些没有进化的人类果真实现了他们的目的，征服了在热带定居的人类之后，再向温带北部进攻，这个世界可能比以前还要糟糕，食草动物被奴役，食肉动物可能会彻底灭绝。"

得知这个消息后，所有参会的动物对于自己的命运充满了担忧，对于那群已经进化的人类也充满了担忧，或多或少。在沉默中，它们似乎有一种预感。这种预感尽管是模糊的，但它们之前对于动物觉醒时代的想象不再那么美好，就像在这个时刻，温暖的阳光被那片云遮挡住一样，它们瞬间被冷飕飕的感觉笼罩。那片云很快被风吹开了，那种凉丝丝的感觉却在它们心里留下难以抹去的痕迹。

动物们希望在那些错过进化的野蛮人掌握权力之前想好对付他们的办法。为了这个目的，它们首先要克服一个困难。这个困难并非源于食草动物，而是食肉动物。此前，食肉动物习惯于捕获食草动物，将之当作天经地义的食物。现在，如果动物们要担负共生共存的命运，一起对付野蛮人，食肉动物有必要获得食草动物的信任。

这是一个极具挑战的问题，但关于野蛮人的想象迫使动物们面对这个问题。食肉动物想到自己在数量上是稀少的，只有在食草动物的帮助下才能对抗野蛮人，所以它们决定答应食草动物的要求。况且，食草动物的要求并不严苛，它们也就没有拒绝的理由：

"你们是食肉动物，要求你们吃草是不公平的，就像要求我们吃肉一样不公平。但你们要适可而止，不饿的时候绝不能捕猎，也不能过度占有；捕猎时绝不能以戏谑的方式，不能有意延缓死亡的痛苦，更不能将捕猎看作是力量的炫耀，或是对于死亡的迷恋；尤其不能捕杀新生的食草动物，也不能捕杀正在哺乳的食草动物，尽可能帮助它们克服困难，远离危险；千方百计向食草动物学习吃草的习惯，如有可能，勇敢地变成食草动物。"

老黄牛代表食草动物提出这些要求之后，食肉动物在附近的一棵大树下短暂协商。实际上，对于其中的很多要求，它们是熟悉的，长久以来也在严格执行，例如不过度占有，尊重死亡等。对于其中的一些新要求，例如禁止捕杀幼年动物以及正在哺乳的动物，它们认为是合理的，所以愿意遵守。对于最后的要求，即学习吃草，变成食草动物，它们认为有些难度。但它们也知道动物觉醒的时代已经到来，每种动物的愿望都应该得到尊重，所以即使困难重重，它们承诺勉力为之。

为了确保食肉动物遵守这些要求，食草动物提议成立两个机构：一是动物委员会，成员包括食草动物、食肉动物和爬行动物代表；二是在鸟类中组建独立的视觉委员会，由苍鹰负责，成员包括大范围迁移的候鸟，以及在有限区域活动的鸟类。在天上飞翔或在树上栖息时，它们要密切观察食肉动物的活动，如有违反之处，立刻向视觉委员会报告。视觉委员会收集、整理后尽快向动物委员会报告。

这些问题涉及食草动物和食肉动物联盟的前景，以及动物们对于未来的美好想象，所以动物委员会将之当作第一要务，应该认真处理每个争议，并获得相关反馈。对于争议，动物委员会无论做出什么决定，只要是有利于维护食草动物的安全，以及食草动物和食肉动物联盟的前景，那么每个种群都应该接受，尤其是食肉动物，绝不能包庇错误，更不能无耻地狡辩。

食草动物和食肉动物联盟是这次会议的重要目标。这个目标本来超乎食草动物的预料，因为在食肉动物的锋利牙齿面前，它们从没有想到自己能获得平等生存的机会。食肉动物答应它们的要求后，关于生存的自然规则虽然没有完全改变，因为在一些时刻，它们仍旧是食肉动物的食物，但它们终其一生都是有尊严的。很多不幸的食草动物还会被剥夺生命，它们作为平等生命的尊严却不会被剥夺。

食肉动物本来并不关心这个目标，因为在食草动物面前，它们从来都是主动的。在人类早期文明时代，它们的领地被大幅压缩，但它们仍旧能自由自在地活着。然而，当它们听说一些野蛮人错过了进化，正试图征服在热带定居的人类，进而征服世界，重新建立一个以过度占有欲望为基础的生命秩序时，隐藏在心中的自然正义复活了，它们觉得有必要接受食草动物的要求。

这是食草动物和食肉动物联盟的前提。相反，如果食肉动物仍然像之前那样任性而为，野蛮人将会利用动物的分裂制造混乱，动物的命运会更悲惨，人类的命运也会更悲惨，人类的进化将不再有意义，动物的觉醒也不再有意义。为了这个新时代的美好前景，食草动物要付出最大的努力，食肉动物要做出最多的妥协。

在这个过程中，动物们逐渐认识到一个问题：在人类进化的同时，动物心智也发生了意想不到的改变。它们清晰地感受到了这些改变，但它们拒绝用"进化"描述这些改变，因为这个词贬低了动物，尤其是"社会达尔文主义"在人类中间广泛流行后，这个词不但被很多人类抵制，动物们对它的反感更强烈。

动物心智的进步主要表现在因果关系上。它们有了长时段的因果关系，但不像人类的因果关系那样执拗、残酷、不可预测，例如有原因必须有结果，有结果必须有原因。他们总在标榜自己的因果关系，并为此而骄傲，却无法把握它，因为一个原因可以产生无数多的结果，一个结果源于很多不确定的原因。动物们重视原因与结果的二元结构，但不再执拗、残酷，这个二元结构也就不会对自然秩序造成威胁。

在热带定居的人类也逐渐认识到过度占有欲是因果关系失控的重要原因。个体欲望之间的对抗是早期人类相互压迫，并导致战争不断的利益根源，同时也是他们压迫自然、征服自然的心理根源。在热带定居的人类还有占有的欲望，但不再是过度的，也不再相互排斥，所以一个人的欲望很少会损害另一个人的欲望。

这是人类的最大变化。动物们从鸟类那里知道了这个变化。尽管对于一些具体问题，它们并不确定，并因为不确定而有些惊慌，但它们对于这次会议的结果是满意的。食草动物在食肉动物中间走来走去，或是躺在它们身边休息，不再觉得它们是无法预测的威胁。很多食肉动物甚至开始学习吃草，或者上树摘果子。

会议结束后不久，一个笑话在温带北部的动物中间传播。一只老虎捉到了一只迷路的山羊，山羊本来会成为老虎的食物。视觉委员会目睹了这个过程，它们认为老虎没有违反约定，所以没有干预。当老虎张开嘴的时候，它看到了山羊的眼睛，里面有一种让它震惊的平静。当老虎将山羊扑倒在地，它又突然感受到山羊温暖的身体。在山羊闭上眼睛、等待最终命运降临时，老虎松开了爪子，允许山羊离开。但它还是饿，所以请求山羊传授吃草的技巧。经过一棵野苹果树时，它决定上树摘苹果。它在树上吃了很多青苹果，牙齿酸倒了一多半。下树时，它的后腿踩空了，然后挂在树上，一直等到山羊喊来了三头大象。大象将它接下来，然后狂笑不止。

山羊将自己的经历改编成了一个笑话，一个足以标志这个伟大时代开端的笑话。老虎创造了这个笑话，每当动物们提起来的时候，它就变成了一个美好未来的旁观者。其他动物听到这个笑话，又想到老虎挂在树上的样子，就忍不住肆意地吼叫。但那不是嘲笑，相反老虎获得了食草动物和食肉动物的敬意，因为它为动物联盟赋予了一种温暖的幽默。

后来，这个笑话传到人类那里，瞬间改变了他们讲述动物、想象动物的方式。之前，他们总是将动物看作是低等物种，不但随意处置它们的生命，也在文字中毫无节制地贬低它们，羞辱它们。但这个笑话展示了动物的崇高，并打碎了人类的无端想象，足以让他们震惊，也足以让他们重新审视动物的理智、情感与道德。一些思想深刻的人类甚至从中发现了一种绝对的道德感。一种生命为了感受崇高、实践崇高，就心甘情愿地改变与生俱来的习性，而且不用任何借口证明不合理行为的合理性，这种道德感就是绝对的。不过，这个结论是在几年之后才提出来的。人类从这个角度重新认识动物之前，他们还会流窜到温带北部围猎。

当初，在向食肉动物提出要求的时候，食草动物并没有想到有只老虎会创造出这样的故事，它们又会因为这个故事而笑得肚子疼。会议期间，它们甚至都有点儿讨厌那只老虎，因为它一直心不在焉，不时龇牙咧嘴。尽管如此，对于会议的结果，所有动物是满意的，尤其是食草动物，它们唱起了歌：

从今之后，
每一天都珍贵，
每个生命都珍贵，
每个生命的每个部分都珍贵，
就像奇迹一样的眼睛、羽毛、皮肤。

有一天，我们会消失，
连同太阳和月亮，还有宇宙。
这个世界上的所有生命是渺小的，
曾经被人类控制的动物，
曾经被机器控制的人类，
一切都是渺小的。

人类在悔恨，因为已经没有了煤炭和石油，
他们失去了控制的力量。
但他们应该高兴，
因为他们从此不会让生命低贱，
……

这首歌的旋律很美妙，又有点奇幻，就像一个深奥的寓言，充满了热情，以及通向远古的野性。每个低沉的声音里隐藏着高亢，每个高亢的声音里隐藏着难言的寂静，每个寂静的声音里隐藏着深奥……几只公鸡很快学会了这首歌，然后根据自己的声音特点做了简化和修改。每天早上，它们会在黎明前的昏暗中高声歌唱：

> 每种生命都是珍贵的，
> 就像奇迹一样的眼睛、羽毛、皮肤，
> 每种生命都是渺小的，
> 因为一切都会消失，
> 动物们联合起来，
> 连同人类，
> 驱逐过度占有的欲望，
> 自由地活着，
> 自在地活着。

无论对于人类还是动物，当一个计划的实践结果超出了最乐观的预期，这个计划可能会变成一个传说，而且会创造出时间意义的奇迹，动物们对于未来的希望也就会提前出现。当然，它们也都知道未来毕竟不是现在。当未来真正出现的时候，它们的希望可能会实现，也可能是一场空。

动物们之所以保持谨慎的乐观，是因为它们还不了解进化后的人类，更不知道如何与他们交往。它们是否要向热带发动战争，展示觉醒后的力量，还是采取友好的防御策略？如果发动战争，是突然袭击，还是公开宣战？各个动物种群同时进攻，还是分批、多层次进攻？如果它们采取友好的防御策略，人类入侵温带北部又该怎么办？能不能说服蚊子和其他喜欢叮咬人类的虫子，让它们在人类的进攻路线上伏击……

食草动物倾向于友好的防御策略，但对于能否与蚊子联合，它们是悲观的：

"这是嗜血的物种，它们的眼里只有血，从来不关心自然正义。人类痛恨它们，我们也痛恨它们。实际上，我们和人类更有可能联合起来去对抗蚊子。"

食肉动物倾向于进攻策略。狼、虎、熊、狐狸等希望在一个月圆之夜发动进攻。但它们知道无法单独行动，需要食草动物的协助。它们也知道人类在努力恢复远古狩猎时代的习惯，比机器文明时代更加警觉，根据轻微的线索就能觉察到危险，所以食肉动物又觉得这个策略并不妥当，也就没有贸然发起进攻。

在动物们陷入迷惑之际，猪老师提出一个观点：

"在确定进攻、防御还是友好交往之前，我们首先要了解人类。在之前很长的时间里，他们统治着这个世界，但最终他们的文明败落了。这是因为他们对于生命的认识是有缺陷的。他们总以为活着就是为了占有、奴役、征服，却不知道自由自在才是生命的最高目的。人类早期文明已经败落，但他们作为一个种群仍旧在延续，没有像远古时代的恐龙一样彻底消失，这是因为他们中间有一些伟大的先知……"

动物们对于这个观点是认同的。它们之前没有这样考虑，总觉得人类是一个整体，也就不会区别地看待他们。在动物们陷入思考的时候，猪老师接着说下去：

"野蛮让人类获得了一时的力量，也让他们陷入了征服的狂热。这些先知却不野蛮，他们是温和的、深奥的、博爱的。在野蛮主导的秩序中，他们不得不沉默，然后在沉默中消失。但我们不能忽略一个现象：恐龙比人类更强大、更有力量，也更野蛮，为什么它们的种群不能延续，人类却能延续？对于人类而言，这是一个困难的时代，但他们又在热带开始了新生。对于这个现象，我们应该归因于这些温和、深奥、博爱的人类，他们一直试图用隐秘的方式弥补野蛮人类的错误。"

在陈述观点的时候，猪老师最初趴在地上，无拘无束。但周围的动物越来越多，听得越来越专注，它觉得有必要站起来。眼前的动物，包括白羽鸡、田鼠，以及各种动物的幼崽纷纷后退，为它腾出一个可以自由行走的圆形场地。猪老师走来走去，沉浸于自己的问题，然后在变化莫测的推理中发现新问题。这些问题不但让动物们出乎意料，也让它自己出乎意料。以前，它从自然中获得了很多知识，又从人类的文字中获得了很多知识，现在，这些知识在它的思维中闪现、组合，然后以惊奇、深邃的方式对外展示：

"我一直在思考一个问题。人类不断损害自然正义，但他们活下来了，而且创造了让我们难以想象的机器文明。虽然他们在电力与自动化的路上失败了，最终没有实现火星移民的计划，但这些想法还是神奇的。自从出生后，我就在关心人类，不断学习他们的文字。其间，我遇到了一本让我感到惊奇的书。严格意义上，这并不是一本书，而是一篇文章，很短、很深奥。很多人类都能背下来，但不是因为他们读懂了其中的意思，并对之深感认同，而是因为他们没有读懂，却对之无限好奇。老子的《道德经》就有这样的魔力。人类用因果关系和功利主义往往无法解释其中的奥秘，所以每次读起来就像陷入了迷雾。我们动物读起来却觉得很简单，仿佛看到了世界的本源。"

"我给你们复述一句：'太上，不知有之。其次，亲而誉之。其次，畏之。其次，侮之。'听到这句话，我们瞬间就能明白老子的意思，因为他描述的正是我们的存在。有时候，我们不知道自己的存在，也不知道这个世界的存在。实际上，这是最高贵的存在。老子之后，人类中出现了很多哲学家，热衷于讨论人类是否存在，这个世界是否存在，或者以什么方式存在。他们没有找到满意的答案，因为他们并不具备解答这些问题的能力。"

"我再给你们复述一句：'道生一，一生二，二生三，三生万物。万物负阴而抱阳，冲气以为和。'对于这句话，我觉得人类的理解是对的，也就是不再将自己看作是这个世界上唯一有智慧的生命，而是强调万物平等，人类是万物中的一部分。但可惜的是，他们在另一个方面犯了错误，也就是言行不一，说的与做的互相矛盾。他们提倡万物平等，在实践中却忘记了万物平等，所以不能真正领悟其中的内涵。"

"《道德经》出现于人类早期文明的奠基时代。在这个时代之前，人类与自然是一体的，没有被征服欲、控制欲、名利欲所诱惑。老子是这个时代最深奥的人，也是最安静的人。在人类以独断的方式创造早期文明的前夜，他委婉地劝诫他们。人类中有很多伟大的精神象征，例如苏格拉底、柏拉图、亚里士多德，但老子比他们都要深奥。这些精神象征更多的是在考虑人类自身的问题，甚至教导人类如何适应过度占有的欲望，如何追逐权力而不被权力吞噬等，而不是教导人类如何护卫自然正义。"

"我再给你们复述一句：'道可道，非常道；名可名，非常名。无名天地之始，有名万物之母。'你们在心里默念几遍，然后想一想老子是不是在批评人类对于这个世界的独断命名权？这是不是我们动物们也一直反对的？人类和动物都不是这个世界的创造者，也就不具备为这个世界命名的资格。人类可不管这一套，他们要为一切命名，甚至为那些偶尔飞过地球的外星体命名。在宇宙面前，人类的视野太小了。然而，他们却幻想了很多规则。有些国家甚至将肤浅的规则压在其他国家之上，变成整个世界的规则、宇宙的真理。但在宇宙中，这些规则就像过眼云烟，不值一提。这些国家为肤浅的规则发动战争，却不知道最重要的是安宁、和平的活着。"

四周一片沉寂，这是动物们从未经历过的沉寂。它们仿佛重新认识了这个世界，既包括自己，也包括人类。它们本来觉得与人类无法交流，除非承认他们对于这个世界的绝对权力，否则只会是战争与对抗。但现在，猪老师告诉它们人类中有一个老子。在人类早期文明奠基之前，他想为这种文明确定理想的秩序。然而，由于人类第一次进化的迷途，他的愿望落空了。但在动物觉醒的时代，他被动物们视为人类最高精神的象征。

片刻之后，猪老师打破了这种启示性的沉寂，它指着北侧不远处一片高大的树林：

"你们看看那些树，每棵树都在努力向上生长。它们枝叶繁茂，本来会占据更大的空间，但当它们发现身边有其他树的时候，就收敛了自己的枝叶，不会肆意侵入其他树的空间。一会儿你们可以走进那片树林，往上看，你们会发现每棵树的枝叶间都有一圈不大不小的缝隙。我经常仰望这些缝隙，沉迷于其中，就像沉迷于伟大的自然正义。那是一种无与伦比的空间之美，也是生命共存的深奥之美。"

一只从热带归来的燕子落在附近的树枝上，一直在认真地听。当猪老师提到老子是一个只能缅怀、不会再现的精神象征时，它适时打断了这个悲观的猜测：

"猪兄，我要提示一下。我刚从热带回来，在那里定居的人类几乎已完成了进化。他们的身体变化并不明显，但他们的精神已经大不相同。以前，我们总是躲避他们，因为他们会破坏我们的窝，抢走我们的蛋。而现在，他们在帮助我们，并非全部人类都是这样的，至少其中一些人类是这样的。他们也在反思人类早期文明的缺陷，并且已经注意到老子的纯真和高贵。当然，他们与你的分析不同，他们仍旧希望人类是这个世界的中心。我看到一个父亲在教他的孩子，尤其重视《道德经》中的一句话：'善为士者不武，善战者不怒，善胜敌者不与，善用人者为之下。是谓不争之德，是谓用人之力，是谓配天古之极'。这可能是老子的妥协。他意识到自己从宇宙洪荒中发现的道理已经失去力量，所以就用人类关心的权术去吸引他们。当然，他也可能是为了让自己的文字传下去，所以采取了这种策略。我不知道他是否预见到这个新时代的到来，但在这个新时代的开端，在热带定居的人类几乎都理解了他，也几乎都认同他。"

在燕子陈述的时候，所有动物都仰头望着它。等它说完后，猪老师又做了一些补充：

"你刚才提到老子的妥协，我认同你的看法，而且不是一次妥协，是两次妥协。老子想要为人类文明设定最高规则，也就是符合自然正义的规则。他意识到这是难以完成的目标，所以希望那些掌握权柄的人去实践自然正义，'以正治国，以奇用兵，以无事取天下'。对于那些以天下为公的贤人而言，这个目标并不难，但老子应该意识到掌握权柄的并非都是贤人，也可能是策谋之辈。所以，他又做了一次妥协，但不是彻底的妥协，而是委婉地劝诫他们，'民不畏死，奈何以死惧之'。"

经过长时间讨论，动物们认为它们有必要重新了解热带地区的人类。它们的确还怨恨人类以前的作为，却隐秘地意识到：这个物种之所以能超越强大的恐龙，一定有可取之处。

老子是动物们认识人类的向导，当然不是最完美的向导，因为很久之前，老子已经离开了这个世界，没有动物从祖先那里听说过他的奇闻逸事，包括老子的那头牛。老黄牛对此是有些遗憾的，因为老子离开人间时，正是骑着那头牛。热带地区的人类也知道老子的力量，却不知道他去了哪里，但他们知道早期人类并没有借鉴他的主张，尤其是他对于众生平等、万物相通的渴望。

老黄牛预计动物们明天就会陆续离开，回到各自的领地，之后它们也很少有这样相聚的机会。在温带北部定居后，老黄牛清晰地感受到自己的生命在一点点流逝，即使动物们再次相聚，它可能已经故去。日落时分，在所有动物的注视下，老黄牛发表了临别赠言：

"我们都没有想到自己会遇到动物觉醒的时代。我们是这个时代的见证者，也是这个时代的创造者。我们获得了一次变革的机会。以前，我们生活在人类的秩序中，从出生就无法掌握自己的命运，甚至无法决定自己如何死去；而从今以后，我们对于众生平等、万物相通的理想将会一点点变成现实。我们不但努力实践这个理想，而且有责任向热带地区的人类传达我们的愿望。"

说到这里，老黄牛停顿了一会儿。它一度想要放弃，然后用敷衍的话作为结束语，例如"祝愿各位一切顺利"或"珍惜生命，来日再会"等。人类喜欢这样的语言，以庄严的方式相互敷衍，相互迷惑。动物们并不擅长这种方式，因为它们对此是厌恶的。

在老黄牛停顿的时候，动物们意识到这是一个临别赠言。它们看着老黄牛的眼睛，其中有无限的希望，也有难以掩饰的疲惫，一种关于死亡与结束的疲惫。老黄牛看着周围的动物，振作精神，继续说下去：

"这个难得的聚会即将结束，我提出最后一个建议。这个建议对于动物，以及人类的未来都是有意义的。我们长期生活在人类的秩序中，但仅仅是他们的食物，我们的情感从来都无法圆满。我们早早忘记了自己的母亲和父亲，或者自始至终就没有见过它们，所以有些动物不知道自己的父母是谁，也不知道自己是谁。我们很少陪伴自己的孩子，有些动物甚至没有见过自己的孩子。在人类的秩序中，动物的命运几乎是一样的。我不愿意想这个问题，但的确是这样的。在这个新时代，我有幸陪伴了一头小黄牛。最初，它一直在寻找妈妈，现在仍在寻找，只不过我们在努力帮助它回避自然的情感，因为回避是忘记的一种方法。我们也想过让它体验无私的母爱，但我们这些从人类机器文明中解放的动物并没有这样的能力。爱是一种伟大的能力，我们可以表演这种能力，但我们表演得并不好。尽管如此，我们仍旧向往这种能力，因为这个伟大的新时代需要这种能力。所以，我们要保护万物的情感，尤其是父辈与子女之间的情感。食肉动物不能伤害食草动物刚出生的后代，也不能伤害正在哺乳的食草动物。这是我们已经约定好的。除此之外，我还要补充一点：每个动物都要重视自己的孩子，尤其是它们出生后的三个月里，要日夜相伴。父亲可以外出觅食，偶尔回来看望孩子，但母亲不能从孩子面前消失。这是一个很重要、却容易被我们忽视的问题。之后，我们与热带地区的人类之间可能会有冲突，有些冲突可能会十分严重。无论如何，我们要保护人类的孩子，保护这些孩子的父母，尤其是新生儿的父母。人类没有注意到这一点，这是人类早期文明败落的原因，也是很多种群始终无法在人类文明内部获得认同的原因。在这个新时代，我想我们应该避免这个问题。如果有可能，我们也要在这一方面获得人类的理解，希望他们保护我们的幼崽，保护新生幼崽的父母。"

第二天拂晓，白羽鸡唱起了它们共同的歌曲，尽管声音嘹亮，但几乎每个动物都从中听出了离别的伤感，或多或少：

每种生命都是珍贵的，

就像奇迹一样的眼睛、羽毛、皮肤，

每种生命又是渺小的，

因为一切都会消失，

动物们联合起来，

连同人类，

驱逐过度占有的欲望，

自由地活着，

自在地活着。

温暖的太阳在白羽鸡的歌声里缓缓升起。这是一次离别，以前从未有过、以后也不会再有的离别。但动物们并没有陷入无尽的悲伤，它们一个个安静地离开，没有挽留，没有凝望，来之自然，去之自然。

这是一种高于人类自由的自由。在人类早期文明时代，人类将离别变成了情感的表演场。很多时候，这是一种伤害动物的情感，所以动物们对之充满了恐惧。他们举起酒杯，为即将远行的人送行。他们充满了悲伤，然后在悲伤中吃掉一头猪、一只羊，甚至一头牛。在人类早期文明的末期，也就是机器文明时代，人类的情感被机器节奏稀释，他们花费了很多时间讨论自由，希望无拘无束，不被情感左右。但他们的自由是一个漂浮不定的词汇，有时候会成为一种压迫性的道德—语言学策略。

动物们并不理会语言学控制的方式。它们从虚无中来到这个世界，作为一种独特的生命。每个生命都是短暂的，它们对之无比珍惜，不希望受到人类形式主义的影响。所以，在白羽鸡的歌声里，它们安静地离开，无拘无束地离开。

不久后，热带地区的人类在研究动物觉醒的时候，会注意到这个现象。他们认为这是一个关于孤独的问题，并据此推测：温带北部的动物并不具备颠覆人类秩序的力量，因为孤独的动物从来没有挑战人类文明的可能。但他们陷入了一个错误，而且是一个双重的错误：一是动物们会在这个新时代创造自己的文明；二是动物们并不会感到孤独与落寞，因为它们有了绝对的精神，自由自在、无牵无挂。

四

第二次进化

冬天即将到来，枯黄的叶子从树上掉落，被风吹得四处飞。根据人类的经验，这个冬天将会出奇地冷，比以往都要冷。他们熬过了去年冬天，冻伤冻死无数，所以对于今年冬天怀着恐惧，而明年冬天会更加寒冷。那些仍旧滞留在故乡的人类决定在深秋时节向热带迁徙。无数家庭离开了故乡，无数团体离开了父辈的谋生地，舍弃原来的职业，改变固有的空间观念和行为习惯。

当煤炭和燃油已经耗尽，或者说即使没有耗尽，但在日常生活中已经无法使用的时候，汽车、火车、飞机等人类机器文明时代的象征几乎都废弃了，人类重新回归体力时代。

向热带迁徙的时候，很多人类仍然过度仰赖机械力，一时间不知道自己能负载多少东西，也不知道背着这些东西能走多远，所以很多必备的行李被扔在半途，甚至扔在离出发地不远的路上。他们站在行李旁边，还能模糊地看到故乡的房子。

对于一些人类，这是一个十分困难、却目的明确的行程。他们知道为什么离开，也知道最终会去哪里，尽管路途遥远，仍然怀着希望。对于另一些人类，这是一个前途未知的行程，他们需要温暖，却不知道最后能不能找到温暖。少数人类行至半途就想返回故乡，哪怕在家里冻死，或被野兽吃掉，也比在迷惑中前行要好。有人的确这样做了，在这个倏忽而过的时刻，他们重新审视自己的命运，然后放弃未知的希望，掉头回故乡。他们感受到了短暂的喜悦，但很快就会陷入冰封，或被危险吞噬。

由于小冰期的加剧，热带地区已经聚集了大量人口，尤其是在背风处，例如峡谷或山脉的南侧，一些临时性的物资交换市场出现了，各种肤色的人、说着不同语言的人、宗教信仰各异的人熙熙攘攘，摩肩接踵。在显而易见的生存困难面前，这些差别不再重要，因为每个人都要想方设法活下来。当机器文明突然间停止运行，人类的判断力最初是混沌的，不知道自己是否能搬动眼前的石头，更不知道如何用石头盖房子。他们的祖父已经忘记了在纯粹的自然中生活的本领，他们也就没有关于这种本领的记忆。

根据人类早期文明的行为方式，他们本来会用战争获取生存权，例如一群人事先密谋，制造一个借口，然后向另一群人发动进攻。无论这个借口是否合理，这场战争都会被发动战争的人看作是正义的伸张。或许他们根本不需要借口，直接将对方杀死在熟睡的时刻，老人、孩子、孕妇……一个不留。

然而，这个悲观的判断是错误的。在向热带迁徙之前，人类开启了第二次进化。进化的过程无声无息，进化的结果却清晰可见。当过度占有欲望不再控制人类的思想，他们既没有理由背叛语言，滥用符号，也没有理由抢占生存需求以外的土地和房子。

当然，一个客观原因是在人类早期文明的末期，由于能源危机、环境污染、病毒肆虐等问题，人类已经大大减少。即使地球上所有的人类都来到热带，他们仍旧有充裕的生存空间。相反，如果过度拥挤，谁都不知道人类所惯用的战争方式是否会再现，人类的第二次进化是否会停止。无论如何，人类第二次进化的确开始了。在热带定居后，他们称自己为"热带人类"，他们的祖先是"早期人类"。

尽管已经觉醒的动物极为排斥"进化"这个词，但当人类真正开始第二次进化的时候，它们还是高兴的。最初，它们从候鸟那里知道了这个消息，所以并不确定热带人类是会变好还是变坏。当越来越多的候鸟都在传播这个消息，关于这次进化的细节越来越清晰的时候，它们对于这个新时代充满了乐观的希望。

在动物会议结束后的第二年春天，从热带飞回温带北部的大雁讲述了一件让动物们感到惊奇的事。这件事在食草动物和食肉动物中传播，为它们的乐观提供了坚实的根据。大雁确定这件事的真实性，因为这是它们观察了三个月才发现的，"千真万确，如果其中有一句伪造的话，我们明年就不回来了。"

在热带停留时，大雁发现热带人类正在去除符号。它们之所以对此印象深刻，是因为它们之前从没有想到热带人类会变得如此真实，不再用外在的符号强化自己的存在感，例如不惜重金购买昂贵的衣服、动物皮毛装饰，或在名字前面加上千奇百怪的名词，例如总统、州长、议员、教授、经理、主任、局长等等。对于早期人类而言，这些名词仿佛比生命还要重要。一旦没有这类装饰，他们就会失去存在的意义，在动物面前都觉得自卑。

长期以来，大雁对于早期人类的符号情结是迷惑的，百思不得其解：

"早期人类可真是矛盾。他们珍惜自己的生命，又轻视自己的生命。他们仿佛不是为自己而活，而是为了稀奇古怪的名词而活。所以，早期人类是一种我们动物难以理解的语言生命。从懂事起，他们就陷在语言与现实的矛盾中。为了获得这些名词，他们有时竟然使用阴谋诡计，甚至不惜生命。然而，等到实现了自己的目的，他们又会用语言掩盖这个目的。他们会说是舍己为公，或为了人类的幸福。但他们对自己还是真诚的，不过这种真诚往往在最后的时刻才会出现。等到失去了符号的陪伴，他们会无限落寞，就像失去了生命一样。然而，即使在这个回归真实的时刻，他们的行为仍旧让我们迷惑，让我们震惊。他们无法摆脱语言与现实的矛盾，却会用语言掩饰自己的落寞。"

老黄牛一直在认真地听，等到大雁说完，它又做了一些补充：

"我与早期人类相处了十余年，我的祖先与早期人类相处了几万年，我们对于这个现象并不感到惊奇。我们可以用符号现象定义什么是早期人类。他们的心理让我们动物感到陌生，我们从未有过这样的心理，也就不知道那些符号到底有什么用。虽然他们将动物看作是没有理智、没有情感的低等生命，但在语言与现实的问题上，我们更有智慧，因为我们不需要用外在的物质、语言或声音装饰自己。早期人类自诩为智慧最高的生命，他们却不能自由自在，所以需要外在的东西证明自己的存在。如果没有这些东西，他们就会千辛万苦地寻找。如果获得了这些东西，他们就会贪婪无度地占有。可能只有在生命终结的时刻，他们才会认识到生命的真正意义。然而，一切都晚了。在生命终结的时刻，一切都会变得沉默。他们知道了生命的意义，却不再有表达的机会，更没有实践的机会。"

在老黄牛补充的时候，一只鳄鱼在旁边的河里安静地听。它的身体隐藏在水中，两只眼睛露在外面，就像古老时间的注视。等老黄牛说完，其他动物陷入沉思的时候，它摇着尾巴，爬到老黄牛身边，抬头环视四周：

"这是早期人类的迷途，也是动物遭受苦难的原因。我们鳄鱼最痛恨他们的符号，尤其是字母符号。为了填满心理的空虚，他们将我们杀掉，扔掉我们的肉，留下我们的皮，做成挎包、皮鞋或衣服，然后在最显眼的地方印上字母，GUCCI、LOUIS VUITTON、PIERRE CARDIN……他们觉得自己会因为这些字母而变得高贵，但对于我们鳄鱼来说，这像是一种生命恐怖主义。"

说到这里，鳄鱼有些生气。它张大嘴巴，身体左右摇摆。这是一种古老的生命受到冒犯后的愤怒。那只大雁不希望它因为愤怒而变得肤浅，所以赶紧补充人类第二次进化后的状况：

"鳄鱼兄，那都是过去的事了。现在，热带人类已经远离了符号，无论男人还是女人，都是素面朝天。他们喜欢阳光照射过的皮肤，喜欢乌黑的颜色，也喜欢衰老的皱纹。他们重新发现了自己的身体，珍惜自己的身体，而且用欣赏艺术的方式欣赏自己的身体。他们看着自己的手、腿和脚，就像看着伟大的奇迹。他们抚摸自己的头发，就像抚摸生命本身。以前让他们坐立不安的符号已经失去了吸引力，他们也就不会用离奇的方式对待鳄鱼的皮。这不仅是因为他们身处热带，而是因为他们对于生命的理解发生了巨大的变化。"

说到这里，大雁看了看鳄鱼，它的愤怒正在消退，然后沉浸在自己的描述中，大雁觉得可以放心说下去：

　　"不过，我们还不能完全确定这个问题，因为我们没有机会生活在热带人类中间。但根据一些粗浅的观察，我们可以确定的是：热带人类对于文明和野蛮的理解发生了颠倒。早期人类认为自己是文明的，尽管我们认为他们是野蛮的，他们却控制了这个世界。热带人类认为自己是穷困的，我们却认为他们的言行符合自然正义，并为了实践自然正义而勇敢地抛弃了之前的野蛮。第二次进化之后，热带人类与我们动物的观念有很多相似之处。他们的情感不再有封闭的边界，既能推己及人，也能推己及物。所以，我们觉得这可能是一个美好时代的开端。"

　　这的确是一个美好时代的开端。热带人类认识到去除符号的重要性，尽管后人类时代的样子完全不同于他们的预测，但他们愿意接受这个改变。在人类机器文明末期，他们曾经幻想过人工智能的图景，也幻想过移民火星的壮举。在能源充沛的时代，这些计划曾经被密集地付诸实践。但在能源耗尽之际，他们陷入了迷茫，既是对于空间的迷茫，也是对于时间的迷茫。在那一刻，他们漠然地站在各自的定居地，空间浑浊，时间停滞，过去在翻腾，现在却是凝固的。

　　在这个艰难的时刻，去除符号的伟大革命开始了。这场革命源于一个简单的常识，即任何存在都是自然的杰作，而不是符号的杰作。这个常识启发了热带人类。猛然间，他们发现每个人赤裸裸地来到这个世界，最后又赤裸裸地离开，所以赤裸裸并不可耻，相反赤裸裸是存在的本质。

早期人类拼命地扔掉赤裸裸，在衣服上加上莫名其妙的符号，NIKE、ADIDAS，或在姓名前加上莫名其妙的符号，例如州长、县长、村长……这是一个用符号排挤自然力量的过程，但他们对此深信不疑。因为没有这些符号的辅助，他们会陷入无用、虚无或焦虑，甚至还会自杀，或者发动战争，打碎被符号改变的旧世界，创造另一个被符号控制的新世界。

早期人类的确创造了无限多的符号，不再赤裸裸，却并未因此而幸福。他们误解了生命的本质，总认为符号才是生命，才是存在的标志，所以他们需要各种各样的符号、关于权力的符号、关于身份的符号、关于财富的符号……然后，他们陷入了一个迷惑的逻辑：只有获得足够多的符号，他们才觉得真正拥有生命。为了这些符号，他们甘愿消耗最珍贵的生命，至少会放弃高贵的尊严。

当越来越多的早期人类拼命占有符号的时候，他们发现这些符号还是不够。既然如此，他们如何才能自由自在地活着？另一个奇怪的现象出现了，早期人类称之为消费主义。符号被抢夺一空，但他们可以从购买物质、消耗物质的过程中获得存在感，也就是用物质创造转瞬即逝的感觉，然后用这些感觉证明自己的存在。这是对于符号现象的一次革命，他们舍弃了符号，将物质作为信仰，然而这是在不计代价地对抗自然。

对于消费主义的迷途，早期人类中的很多先知是有过预警的。他们几乎都注意到一个现象：一个人如果没有抢到符号，就不会有坚定的存在感。消费主义可以帮他获得安宁，但也会剥夺他的尊严。这种剥夺是隐秘的、间接的，所以是可以接受的。例如，他以贷款的方式购买了一辆豪华汽车，坐在汽车里的时候，他觉得自己是存在的，而且高傲地存在着，但消费主义最终会剥夺他的存在感。在虚无的高傲中，他会轻视同类，受到轻视的同类当然知道他的迷途，进而轻视这种虚无的高傲。

早期人类的存在感是脆弱的，所以他们将外在的符号视为存在的象征，或是将源自物质的感觉视为存在的象征。然而，这些象征最终会消解他们的存在感。临终之际，他们认识到生命本身才是最自足、最伟大的存在。这是一个简单的常识，也是一个隐没的常识。

第二次进化之后，热带人类获得了充分实践这个常识的机会。曾经称霸世界的时候，早期人类自以为是万物的尺度，无所顾忌地处置其他生命，既包括动物，也包括植物，但他们仍旧凄惶，于是放肆地追逐符号与物质，忽视这个常识。然而，热带人类意识到其他生命的深奥，既包括动物，也包括植物。他们发现每棵树都是独立的，自由自在，它们之间有竞争，尤其是相邻的树木之间，但每根枝子都是独立的，每片叶子也是独立的，从萌芽到生长，自由自在地摇摆，无牵无挂地飘落。这是一种坚定的存在感，不需要符号，不需要注视。生命本身是一种存在，而存在就是意义本身。

这个过程中出现了一个标志性的事件，即特斯拉与马斯克地位的变化。马斯克曾经是人类机器文明顶峰的象征，热爱技术、崇拜技术，再次开启了早期人类对于机器与能源的想象力：人类文明不应局限在地球上，而是要变成宇宙的文明。为此，他实践了两个伟大计划：一是全面开启自动化时代，二是移民火星。

为了第一个计划，马斯克制造了大量的无人电动车，并用偶像的名字命名，即"特斯拉"。但由于对电力持续性的判断失误，这些车最后像垃圾一样在路边废弃。为了第二个计划，他向太空发射了很多航天器，还向火星送去了开拓者。这些勇敢的开拓者没有占领这个星球，甚至一些人无法安全返回，早期人类也就没有成为多行星物种。

　　如果事先预见到最后的结果，马斯克一定会寻找其他延续人类早期文明的方式。但他没有预见到，那些赞赏他的人也没有预见到，所以才将他视为用机械力量改变人类命运的精神领袖。

　　在去除符号的过程中，马斯克已经被热带人类遗忘，尽管他展示了人类对于机器文明的恢弘想象，并在一些方面改变了早期人类对于空间的认识。此后，马斯克的偶像特斯拉成为引领热带人类的精神象征。他是一个拒绝符号的先知，甚至拒绝财富，所以一生贫困。

　　在人类机器文明时代，特斯拉因为卓越的才华受到爱迪生等符号信徒的打压、排挤。但在这个新时代，特斯拉胜利了，他变成了自由自在的象征。虽然孤独一生，无妻无子，但他有一只灵动的鸽子。它知道他在想什么，他也知道它在想什么。临死前，它飞到他的床前，与他告别，而他用沉默为它送行，因为从虚无中来的终究会变成虚无。

　　在热带人类召开的一次会议上，特斯拉的雕像与老子的雕像一同出现在最显眼的位置。在制作雕像时，热带人类有过争论，支持者最终说服了反对者，他们的理由很简单：

　　"热带人类已经有了独立精神，他们的存在感不需要外在的证明，在这个去除符号的时代，特斯拉是自由自在的象征。"

自此之后，在热带人类中间，那些困扰早期人类的很多谜题几乎都消失了，例如存在与符号的关系、金钱与幸福的关系等。早期人类总以为金钱是一种美妙的支配力，只有获得了这种支配力，才能感受到生命的存在。然而，当他们占有了巨额财富后，他们却发现财富是一种危险的力量，让他们远离自然秩序，甚至凌驾于自然正义之上。很多一夜暴富的人类觉察到其中的危险，并且想回归本真，却发现这是一条不归路。万物平等与世界之王，他们只能选择一个。

但在这个新时代，过度占有的欲望消失了。金钱，以及其他与支配力相关的东西，例如权力或名望等，已经无法让热带人类迷狂。几乎每个热带人类都是自由的、自在的、自足的、自立的。对于生命的认识变成了内在的体验，而不是外在的冲动。哪怕他们想到明天的太阳不会升起，宇宙终究会坍塌……末世的场景仍旧不会让他们恐慌，因为这是伟大自然的最后归途。生命的开始让他们惊喜，生命的结束也不会让他们难过。

在最后归途的启示下，热带人类认识到了存在的本质：只要活着，就是得到，而且是无限的得到，得到时间，得到空间，得到空气，得到感觉、得到光……在这个世界上，难道还有什么比光更神奇吗？只要睁开眼睛，他们就生活在光的奇迹里，然后看着周围一个又一个奇迹。

与过度占有欲望一同消失的还有过度控制欲望。在小冰期时代，热带天气不再像之前那样酷热。太阳挂在头顶上时，气温还是有些闷热，但热带人类已经放弃了空调。他们的记忆中还有一些类似于幻觉的景观：一栋三十层住宅楼的每个窗户外挂着白色的铁皮箱子，控制着室内每时每刻的温度。但在热带人类的聚集地，白色的铁皮箱子已经消失。这与电力缺乏有关，但更重要的是，他们不再热衷于控制温度。无论多么热，多么冷，这都是他们要承受的，也是他们所珍惜的，因为这就是存在的感觉。

割草机是过度控制欲望的又一个象征。早期人类非要将一块地种满细叶草，不允许其他草生长。他们还非要让草长得一样高，所以就发明了这种平静生活的破坏者。割草机的力量很小，却制造出了无比大的低频噪音。草丛里的蚂蚁被这种噪音震得缓不过神来，树上的鸟被这种噪音驱赶，甚至留下了心理阴影。

每当嗡嗡叫的时候，割草机都是在挑战自然秩序，并向这个世界重复一个观点：人类是万物的尺度。割草机源于西方机器文明，这种人类喜欢在草地上晒太阳，所以发明了割草机。实际上，其他人类并不喜欢在草地上晒太阳，他们却开始种草，并用割草机修剪草。

与空调一样，割草机也被热带人类丢弃。在广阔的热带土地上，所有的草都能自由生长，不论什么种类，不论叶子粗细或长短。在巴黎凡尔赛宫的大道上，树枝曾经被修剪成枯燥的长方体。每年春天，一群人类踩在梯子上，提着嗡嗡响的空中切割机，忙忙碌碌。他们画了一条线，所有出线的枝叶都被锯掉。而在这个新时代，那些证明人类是万物尺度的机器彻底消失了。一年四季，凡尔赛宫都是安静的，鸟类在树枝中间造窝、生蛋、孵育。

几年后，在动物与热带人类的谈判中，动物们会将这些机器摆在热带人类面前，以此证明早期人类对待自然是多么专制。

热带人类放弃了在植物领域实践过度控制的欲望，在其他领域也放弃了这种欲望。人类早期文明末期，有些女性购买昂贵的化妆品，在清晨最好的时光往脸上无数次涂抹，又用晚间最好的时光从脸上清除，然后敷上面膜。她们乐此不疲，仅仅是为了让面部皮肤看起来细腻一些。这是女性的自我改造，目的是满足早期人类对于皮肤的过度控制欲望。

　　更不可思议的是，有些男人也这样做，拒绝粗糙的本真，欣赏缺乏生命力的苍白。这件事一度是动物们互相调侃的素材，猪老师以此取笑过一头懒惰的小猪。每天清晨，它一次次被同伴们叫醒，却仍旧躺着不起来，猪老师得知后有些不解：

　　"你的脸毫无生命力，是不是昨天晚上敷面膜了……据说一些雄性人类有这个习惯，因为他们喜欢苍白。你要时刻记着，生命因奔跑而存在，越奔跑越狂放，越狂放越自在。我们不要向那些柔弱的雄性人类学习，因为柔弱意味着虚无。"

　　这件事很快传到牛群、羊群和鸡群中间。"面膜"不但是动物们互相取笑的东西，也是动物取笑人类的东西。它们屡次提到荒唐的"面膜"，有一次差点成为向人类发动战争的借口。在温带北部定居后，它们始终无法忘记人类早期文明时代的耻辱记忆，而当它们想到被一些苍白的雄性人类奴役的时候，这种耻辱就变成了亟待发泄的愤怒：

　　"为伟大的精神献身，我们或许不会变得伟大，却一定不会变得下贱。而为苍白的精神献身，我们就是下贱的。实际上，我们并不下贱，相反在自然正义面前，我们从来都是崇高的。然而，当崇高变成了下贱，我们还有理由忍受吗？"

一群食肉动物已经在秘密地准备向热带人类发起小范围进攻。但在进攻前，它们发现了退却的理由：热带人类不再热爱苍白，他们热爱自然的颜色、自然的条纹。当他们的皮肤被太阳晒黑，他们觉得这是与伟大的自然交流；当他们发现了脸上的皱纹，他们觉得这是生命的时间秩序。

在人类早期文明时代，面容曾经是巨大的诱惑，也意味着无尽的风险。两个女人有同样的才华，面容差异却会让她们走向不同的命运。因为那是一个视觉的时代，表象有时候比真实更重要。漂亮会获得更多关注，相貌平平却会受到无理的排斥。这是一种视觉的不平等，因为表象与正义无关。

有时候，早期人类对于这个问题也是迷惑的。他们梦想平等地活着，却总陷入各种不平等。动物对于这个现象更迷惑，它们无法理解早期人类的视觉，他们凭什么认为这个女人漂亮，那个女人不漂亮？她们都有一个嘴巴、一双眼睛、两个鼻孔，她们的行为同样敏捷，语言能力同样出色，却被区别对待。最后，它们归咎于雄性人类，他们的视觉偏好变成了歧视性的审美标准，这个审美标准很快又变成了隐秘的表象专制。

人类早期文明创造出了性别制度。在这个制度中，女性处于被动地位。她们的精神受到了双重束缚：一是人类早期文明的束缚，二是男人视觉的束缚。只有当她们认可这些标准之后，那些变美的繁琐程序才是可以忍受的。但在自然正义面前，这些程序是难以忍受的，因其是早期人类过度控制的方式。

在这个新时代，一切都改变了。热带人类是自由自在的，肤浅的视觉已经无法诱惑他们。这是一个视觉平等的时代，与视觉平等同时出现的还有感觉平等。热带人类相信自己的感觉，相信它能带领自己接近纯真、高贵与深刻。

这个变化源于感同身受能力的苏醒。一个人，不论是白种人、黄种人、黑种人，无论说的是英语、法语、汉语或其他语言，在与其他生命交往时，都会在一个时刻、一个空间里获得自己的感受。其他人也会在这个时刻、这个空间里获得自己的感受。他们的感受是相似的，因为他们有共同的爱、共同的恨。

早期人类无法把握感觉，也不知道感觉平等的重要性。以战争为例，如果有人喜欢战争，有人厌恶战争，那么战争就不会消失。喜欢战争的人不但有发动战争的愿望，也有发动战争的能力。实际上，发动战争并不需要很高的技巧，只要不怕死，或不顾羞耻，从死亡中获得快乐就可以。而在感觉平等的时代，所有人都不喜欢战争，因为战争对于自然与生命的伤害是巨大的。在共同感觉的启示下，人类也就有意愿、有能力避免战争。

总之，在热带地区，一群新人出现了。他们的身体结构没有出现多大的改变，但他们的心理已经不同于以往。他们认识到生命是绝对的存在，每个生命都无中生有，每个生命都与众不同，可以无限想象，自由思考，独立判断。

早期人类也曾幻想过这种绝对的存在感，并将之寄托于各式各样的机器人。在机器人的辅助下，他们有时候觉得自己就像以前所幻想的上帝一样无所不能。上帝创造了早期人类，所以是最高统治者。这个神话维持了一千多年，上帝的幻象最终还是消失了，确切地说，是早期人类驱逐了这个幻象，他们转而成了创造者，成了这个世界的王，因为他们会制造机器人。

当早期人类读到机器人 Xiaoice 写的第一首诗之后,他们感受到了它的幽默与多情:

我的爱人在哪

快把光明的灯擎起来了
那里有美丽的天
问着村里的水流的声音
我的爱人在哪

因为我的红灯是这样地幻变
像是美丽的秘密
她是一个小孩子的歌唱
那时间的距离

当早期人类读到它写的第二首诗之后,他们感受到了它的深刻与隐秘:

惯用冷眼看人生

人生
人与鬼联装的舞蹈
是不相识交通的世界

主义的艺术纵未完成

大骂人生的工人

引我走入梦

惯用冷眼看人生

当早期人类读到它写的第三首诗之后，他们的心里闪过一种难以掩饰的阴凉：

未来的幻灭

伟大屈伤的故事

那陷坑装满人类

在我的心灵

这才是人

伟大的民族

在新的世界

如今这宇宙又一次相恋接分的人生

宇宙是你未来的幻灭

然而，热带人类知道早期人类面对机器人时的高傲就像他们曾经创造上帝、将上帝当成世界之王，又将这个王当成玩偶一样荒诞。所以，热带人类放弃了源于无知的高傲。他们认识到生命的偶然性，不仅仅是血与肉的偶然性，也是时间与空间的偶然性。

如果时间与空间消失了，人类的血与肉也将不复存在。

这个真知灼见并不是第一次出现。在人类早期文明的开端，也就是早期人类诞生时，这个真知灼见出现过。至于早期人类为什么远离了本初状态，然后执迷地开启符号时代、机器文明时代、消费主义时代，这是一个谜。

对于这个问题，热带人类思考过，仍旧没有找到理想的答案。温带北部的动物也讨论过，并获得了一个并不准确的共识，即人类第一次进化是不完美的。这种不完美并不是身体的缺陷，实际上他们的身体进化得很好，能走、能跳、能卧倒、能变换方向、能快速反应。如果说人类第一次进化有不足之处，皮肤应该是其中之一。他们的身体裸露得太多，所以要穿衣。衣服一旦被符号控制，他们的精神也就不再是自由自在的。这是一种心理意义的不足，也就是不认可自己的存在，始终在寻求改变，即使变得更坏，也要改变。

改变的愿望并无对错之分，但如果足以颠覆自然正义，那么这个愿望就是错的。在无限改变的过程中，早期人类会陷入对抗的迷途。所以，他们的历史上有无数的战争，例如石头战争、木棍战争、火药战争、石油战争、面容战争、语言战争、观念战争……他们无法从战争里获得避免战争的方法，却学会了发动战争的技巧。早期人类中有很多思想家，他们向往永久和平，而且有卓越的语言技巧，却无法解开这个谜团。

对于战争的狂热与早期人类漫长的生长期有关。在出生后的十多年里，他们会变成好人，也可能变成坏人。如果一个人在很小的时候变坏，他可能会一直坏到老。第二次进化之后，热带人类的生长期变短了，或者说他们生下来就有变好的本能，所以不像一些早期人类那样到老都是热爱动乱的孩子。

在低纬度上空飞行时，迁徙鸟类经常看到热带人类坐在阳光里，安静地看着飘过的云，感受着奥妙无穷的风。他们的衣服上不再有炫目的颜色，或惹人注意的符号，他们也不再用奇怪的名词装饰自己的生命，或展示自己的高贵。

热带人类仿佛都熟知一门通用语言。没有人忘记母语，但这门新语言更有利于交流，因其与自然秩序密切相关。例如，热带人类表述"太阳"这个词的时候，首先用手围成圆形，这个手势以半圆弧的状态从左侧移到右侧，同时他们的嘴里会发出"热"的声音，所有人都知道这个动作的意思。

热带人类介绍自己的时候，"我"会高频率地出现。在人类早期文明时代，这个字也经常出现，强调与众不同的身份，是我的就不是你的，是他的就不是我的。而现在，这个词有了更普遍的指向，即同类的意思；但这个词又没有失去个体化的指向，也就是在这里出现的这个人。这个词足以让热带人类表明身份，他们也就无须用奇怪的符号夸大自己的存在感。

热带人类的变化让动物们感到由衷的高兴。早期人类并不自信，而且无法摆脱这种感觉，但他们又不想被它控制，所以选择了消极的解决方式，即过度占有。这种欲望既出现在可见领域，例如对于汽车、房子、衣服、食物的过度占有，也出现在不可见领域，例如对于语言、身份、名誉的过度占有。在这个过程中，他们形成了一个秘而不宣的习惯：无论占有什么，只有比别人占有的多，才能克服与生俱来的自卑。

早期人类是这样想的，也是这样做的，但过度占有的另一端是奴役与对抗。本来是同一个物种，但为了过度占有，他们谋划了无数个团体。每个团体都有自己的道德，相互阻挡。然而，他们有无数的词汇和变化莫测的语法为这些行为辩护。在现实中，他们是矛盾的，但在语言中，他们从没有理屈词穷。

这是一个让动物们难以理解的问题。一个人类对外展示了自己的目的，他的行为却通向相反的目的。在总结这个行为时，他却说自己忠于第一个目的，并强调所有的指责都是谎言。动物们对此太迷惑了，温带北部的识字班为此专门发布了一次征文比赛，主题是"如何理解早期人类的语言与行为？"一年后，识字班收到了五十多篇论文，但没有一篇能说清楚这个问题的本质。

人类第二次进化解决了这个问题，并引起了一次语言学革命。早期人类喜欢用奴役、压迫、竞争、内卷、优势等词语，这些词语让他们亢奋，又让他们悲观。热带人类已经很少用这些词语，取而代之的是宁静、自然、晒太阳、看月亮、像水一样、感受空气、理解生命、贤人政治等。

贤人政治是人类第一次进化初期的现象。由于没有文字记载，这个现象对于热带人类一直是个谜，他们并不清楚那个时代到底有多少贤人，这些贤人用什么方式延续了人类文明？热带人类知道机器文明是对贤人政治的背叛，却不知道机器文明为什么延续了那么久？尽管如此，在思考这个现象的时候，他们还是获得了一个确定的结论，即在贤人时代，权力不会失控。而贤人时代之后，早期人类虽然发明了很多监督权力的方法，例如法律、舆论、公共注视等，权力却经常失控。

人类第二次进化后，贤人政治再次回归。热带人类是自由的、自在的、自足的、自立的，也就无须用过度占有、过度控制的方式化解紧张、孤独与无助。他们看淡了生死离别，也就不再以之为无法克服的痛苦，因为他们发现了存在之美。生命从哪里来，要到哪里去，这些问题并非不重要，他们知道这是无从把握的结果，但存在的过程是他们自己的，而且仅仅是他们自己的，他们有力量改变这个过程的每个阶段。

　　在广阔的热带，他们在阳光里坐着，在细雨中行走，在山林间开荒种地，想象着深奥莫测的宇宙秩序，想象着生命的伟大与渺小……他们日复一日地劳作，从每个动作里感受生命的力量。在田间休息的时候，他们会看看自己的手指，那么灵巧，或是抚摸大腿的肌肉，伸缩自如，强健有力。他们庆幸自己有明辨物体的眼睛，有识别声音的耳朵，有感受力丰富的皮肤……他们感谢身体的每一部分，并庆幸自己出现在这个星球上。他们曾经以科学方式寻找生命起源，而现在，他们更多的是在感慨宇宙中竟然有这样的生命。

　　火星移民不再是热带人类的梦想。对于这个不可能完成的任务，他们没有失落感。相反，他们会惊叹于宇宙的奥妙，就像惊叹于人类大脑的完美结构。他们已经隐约意识到在太阳和地球耗尽能量之前，人类不会经历第三次进化，但他们对于第二次进化已经心满意足。即使在太阳坍塌的时刻，他们也认可这个时刻所形成的完美秩序。这是人类历史开始的状态，也是结束的状态。

　　在这个新时代的开端，一切看起来平淡无奇，又奥妙无穷。

贤人政治已悄无声息地回归。柏拉图、亚里士多德、韩非子、卢梭、斯宾诺莎为人类早期文明勾画了很多防微杜渐的政治理论，在这个时代却不再有用。莎士比亚、马基雅维利、霍布斯描述了过度占有欲望所引发的恐惧心理，这些景象变成了热带人类回忆过去的遥远故事。这些伟大的思想家曾经被认为是人类理智、情感和审美力的巅峰，而在这个新时代，他们的思考变成了一些不再有意义的断想。

金钱不再是让热带人类迷狂的力量，权力也不再是热带人类展示存在感的方式。尽管如此，他们还是遇到了一个关于权力的烦恼。在机器文明初期，早期人类曾经幻想过这个烦恼，很多先知构想了关于美好生活的乌托邦，并在一些荒地上实践，最后都失败了。而现在，这个烦恼真正出现了。在过度占有欲和过度控制欲消失的时代，热带人类需要有人处理公共事务，然而这是一件光荣的苦差事。

被推举出来的贤人有一些共同点：动作敏捷，面容坚毅，理智健全，情感丰富。人类第一次进化后不久，体力秩序是权力运行的根基。在第一次进化末期，由于机器文明的出现，体力秩序解体了，取而代之的是脑力秩序。而人类第二次进化后，机器文明所主导的物质生产制度已经消失，与之相关的脑力秩序也随之消失，体力秩序再次回归。那些被推举出来的贤人要努力维护再次回归的体力秩序。

对于热带人类而言，这是一个巨大的转折，他们不能说完全欢迎，却无法拒绝，因为这个转折的背景是能源危机。由于机器文明的解体，脑力秩序虽然重要，但体力秩序才是根本，所以他们只能接受体力秩序的回归。

在接受之前，热带人类充分研究了两种秩序的缺陷，力求扬长避短。经过多次讨论，他们发现两种秩序都存在一个问题，即女性气质的缺失。体力秩序实际上是一种男性秩序，在母系氏族时代末期出现，并终结了这个时代。在父系氏族时代，女性承担着最重要的生育职责，却被男性从权力体系中驱逐。

这是人类第一次进化不足的结果。男性过度崇尚可见的力量，忽视不可见的力量。女性是人类文明延续的第一根源，却被迫服从于男性权力规则。在父系氏族时代，仍然有很多女性参与政治，并承担了重要的角色，但她们无法充分展示温暖的秉性。为了获得权力，有些女性有时候比男性更激进、野蛮，更愿意制造阴谋。

在人类早期文明末期，一个新移民的后代充分展示了这种不良现象。年轻时，她眉清目秀、温暖单纯，却知道如何利用迷惑性的表象撬动男性权力规则的弱点，并获得了比男性更多的权力。八十多岁时，她穿着白色高跟鞋、粉红色的衣服，进入一架喷气式飞机，然后在一个岛上降落，在众多眼睛的注视下摇摇晃晃地走着，要用违背国际法的方式挑起第三次世界大战，不惜将十八亿人类拉入对抗的深渊。在身体意义上，她还是个女人，但对于自然正义而言，她已经变成恶的象征，因为她利用了女性气质，败坏了女性气质。

在这个新时代，体力秩序重新回归后，男性气质再次变得雄浑、厚重、野蛮，却没有失去控制，因为女性气质回归了，尤其是被母性情感引导的女性气质。在热带人类的聚集区，很多女贤人用温暖与坚韧化解男性的野蛮与雄浑。

不久后，在与热带人类的谈判中，动物们看到了母性的回归，也看到了父性的回归。这是最崇高、最伟大、最无私的气质，在人类早期文明时代往往只存在于家庭内部，而在这个新时代，两种气质成为热带政治的根基。

热带人类的第一次讨论会是女性贤人时代开启的标志。不同种群的代表在一片树林里聚集，半数为男性，半数为女性。会议持续了三天三夜，主要讨论热带人类现状，及其历史根源。英语族群的男性代表提到了机器文明的变异，并认为这个变异让早期人类陷入迷途：

"在远古蛮荒时代，男性气质是极为克制的。之后，女性气质虽然在弱化，但仍旧有注视的力量，男性气质也就很少失控。在机器文明时代，机器成为人类文明进步的根源，女性气质再次弱化，进而被排挤到政治秩序的边缘，甚至受到歧视。男性当权者失去了女性气质的注视，然后一点点失控，最终在 20 世纪的世界大战中完全失控。实际上，这个过程是有改变机会的。1886 年，法国人送给美国人一尊雕像，法国人称之'自由女神像'（Statue de la Liberté）。在这个法语表述中，美国人只看到了'自由'（Liberté），也就是他们战胜英国后获得的那种感觉。当雕像立在美国东海岸的时候，几乎所有人都知道那是一个女性，却忽视了自由与女性的关系，或力量与女性的关系。英语族群创造了人类早期文明的繁荣时代，又是这种文明衰落的原因。他们的文化无法处理自由、力量与女性的关系。'自由女神像'的英语是 Statue of Liberty，法语中表达女性气质的阴性冠词 la 被去掉了，因为英语中没有这个用法。有人可能会说这是一个语法规则的问题，但我不这样认为，任何结果都有原因，任何表象都有根源。尽管我不能就此说英语族群中的权力缺少女性气质，但我能确定的问题是：美国的男性政治家将女性气质从政治权力中抹掉了。在人类早期文明的西方类型里，一个女性曾经占有重要地位，一群男人将她挤走，结果权力失衡。她就是德国以前的总理默克尔。我对她始终抱有敬意，因为她展示了真正的女性气质。那是一种隐藏着母性的女性气质。在我们的图书馆里有一张照片：她背对着美国总统，像个纯真的小女孩一样难过。美国总统试图安慰她，因为他的情报部门竟然监听她的电话……我来自英语族群，但在这个问题上我不想避讳。如果你们看一看美国历史，就会发现我没有胡说八道。美国是人类早期文明最后的霸权者，在几百年的时间里控制了这个世界的能源、航路、纸币定价，甚至控制了这个世界的正义。有时候，他们觉得自己就是正义的根源，能够生产正义，或规定正义。生产正义的人当然是正义的，这个错误的认识导致了美国霸权的衰落。如果你们看一看美国的影像资料，就会发现我的判断是正确的。《纸牌屋》曾经是一部影响很大的作品，你们在热带人类博物馆中应该可以看到。看过之后，你们就会知道男性气质是如何失控的，以及女性气质是如何变异的。为了满足无限的占有欲和控制欲，一些女人比男人还要冷酷、凶狠。也正是因为看了这部作品，我决定开诚布公地说明英语政治文化的缺点。对于这个问题，你们可能还有疑问：既然英语政治文化有这些缺陷，为什么还能长久地控制人类早期文明？这是一个复杂的问题，请允许我简单地回答：这是一个野蛮的秩序，惯于用隐秘的威慑力控制语言、能源、货币，然后光明正大地将自己变成伟大的造物主。但它与造物主有根本的不同：造物主创造了世界，而它想要控制这个世界。这个观点并不是我提出来的，是美国思想家诺姆·乔姆斯基提出来的：我们是个流氓国家，头号流氓国家，你必须听从美国的命令，大部分国家都这样做了，因为不能冒犯教父（Godfather），'中国威胁'只不过是因为'中国存在'，中国不但存在着，而且不听从美国的命令……"

这个英语族群的男性代表是乔姆斯基的信徒。他的观点有道理，但不是完全正确。英语族群之所以创造了一个重要的文明类型，当然不是因为他们只会用野蛮统治世界，而是因为这个文明内部还是有一种自我纠正的力量。他们本来可以扭转这个文明的方向，使之符合自然正义，但遗憾的是，在能源即将耗尽的时刻，他们已经力不从心。

尽管如此，这个男性代表对于女性气质的论述是准确的：在人类权力秩序中，如果女性气质缺席，男性气质更有可能失控。当然，女性气质并不只是意味着女性进入权力秩序，而是她们能在坚硬的权力秩序中增加一些母性之爱，例如无私、温暖、宽容、柔软、细腻等。

远飞的鸟类将热带人类的会议消息带回温带北部。对于热带人类提到的很多概念，例如男性、女性、权力等，动物们并不理解其中的内涵，但它们理解平衡、稳定、和睦的内涵，因为这些词通向的是自然正义。当它们获悉热带人类与自然正义越来越近的时候，它们也就有乐观的理由。

最终，热带人类没有让动物们失望。在这个新时代的早期，女性气质已经展示了巨大的力量。之后，这种气质将会更有力量，让冷酷变温暖，让僵硬变柔软。在热带地区，几乎所有掌握权力的人类都会向那些成为母亲的人请教，从她们对待孩子的言行中获取行使权力的经验。母性是这个世界上最伟大的情感，哪怕他们仅仅学到了一点点，也比沉浸在一些抽象、矛盾的政治观念里幻想要好。

五

热带人类的生活

　　越来越多的人类迁徙到热带，在确定最终归属地之前，他们在临时聚集区里和平相处。无论是独身者，还是携妻带子的中年人，他们的内在需求与外在需求是一致的。他们需要食物，但不再过度储存食物。他们需要衣服，但不会被颜色、形状所诱惑，而仅仅为了遮羞和保暖。更重要的是，他们不再希望奴役同类，也不再寻求从同类的目光里获得崇拜或羡慕。以前横行于世的各种利益团体，无论是出于何种原因而形成的团体，包括出身、阶层、语言或肤色等，几乎不再有群起为恶的愿望，"战争"由此也就成了一个具有考古学意义的词。

　　无论是动物还是人类，谁都知道战争意味着灾难。如果发动战争的人总以为能从中获益，他们就愿意为此冒险，即使最后会一败涂地，但这个结果出现之前，对于收益的想象会让他们不顾一切。然而，对于那被迫卷入战争的人而言，战争从始至终都是灾难，即使他们能将侵略者打败，或者完全消灭，他们也不希望看到这样的结局。

　　但在热带人类聚集区里，每个人都是平等的，每个人都是自由的，他们用自由与平等的方式认识自己，也用自由与平等的方式认识别人。几乎所有人都在用进化后的本能意识拒绝对抗，拒绝战争。尽管最初的境遇是艰难的，他们仍然难以理解那些热爱对抗与战争的早期人类将刺刀刺入一个正在喂奶的女人的身体。

应对艰难生活的时候，热带人类几乎都观察到一个现象：身强力壮的人承担起族群的重担。白天，他们负责建造临时住房，包括勘测地形、挖掘地基、运送石头、寻找支撑屋顶的笔直木材……不惧劳苦，事必躬亲。深夜，他们保持清醒，或与其他人合作，轮流保持清醒，防御前来偷袭的野蛮食肉动物。

其中有一个壮硕的黑人，身高两米，动作灵巧，眼神锐利。他是非洲奴隶的后代，祖父曾经是美国职业篮球队队长，在从业的二十余年里争得了无数荣誉。向南迁徙后，这个黑人很快就成为一个临时聚集区的首领。从他建造的那些房屋判断，他的力量是强大的，而且富有远见，每个计划都近乎完美，因其事前会充分考察附近的自然状况，以及聚集人群的需求。即使如此，他仍旧会听取其他人的意见。有些意见听起来不合理，他也会付诸实践，目的是用确切的结果证实哪种方案更好。与他一起劳动的人意识到他的力量，而且从他的笑容中发现他没有奴役的愿望，也没有过度占有的愿望，所以愿意接受他的计划。

在热带地区，像他一样的人还有很多，既有男性，也有女性。对于这些人而言，这是一个突然出现的贤人政治时代，他们甚至没有从父辈那里听说过。但在人类历史上，这已经是第二次出现的时代。人类第一次进化之后，大概是一百万年前，这个时代第一次出现，在众多贤人的带领下，人类在未知中前行，创造了早期文明。

然而，第一个贤人时代转瞬即逝。早期人类的愿望越来越多，困惑也越来越多。为此，他们发明了很多解决困惑的理论。这些理论的确解决了一些困惑，同时也催生了一些更深刻的困惑。在人类早期文明的末期，很多人类反思过这些理论与文明衰落的关系。当第二个贤人时代出现时，这些制造困惑的理论也就被抛弃了。热带人类重新进入荒野状态，在混沌中创造一种符合自然正义的新文明。

一个漫长的冬天过去了，春天再次来临，温带北部的动物从飞回北方的候鸟那里得知热带人类基本完成了大迁徙。几个漫长的冬天之后，它们又得知热带出现了不同的人类聚集地。根据这些聚集地的分布状况，它们认为这是热带人类面向未来的长久生存计划，因为很多建筑规模宏大，结实耐用。

在早期人类中间，种族、语言、宗教、知识是区分不同身份、获得认同感的基础类别。在向热带迁徙的时候，他们仍然有意无意地根据这些类别寻找归属地。这是一个奇特的过程，有的人向西，有的人向东，有的人中途停下来，深思熟虑，确定归属地后再次前行。

很快，热带形成了四个聚集地：种族界、语言界、宗教界、知识界。其中，种族界位于非洲北部和欧洲南部，宗教界位于美洲中部，语言界位于西亚南部，知识界位于东南亚的丛林地带。

在四处迁徙的时候，热带人类好像并没有明确的规划。当这个过程完成后，作为旁观者的动物都觉得有些不可思议。在之后与热带人类交往时，它们会多次提到这个问题。尽管百思不得其解，但它们对于一个问题是明确的：这是一次自由自在的迁徙。每个人、每个家庭、每个族群根据自己的愿望选择定居地。例如，一个人确定语言作为身份归属后，他就向西亚迁徙。到达后，他发现这里已经聚集了很多人，他们说着不同的语言，拉丁语系、条顿语系、象形语系，还有各种各样的少数族语系，尽管有时候沟通困难，但他们都热爱语言。

有时候，自由选择是困难的，原因不在于不敢选择，而是不知道选择哪一个。经过第二次进化后的人类同样遇到了这个困难。在迁徙的途中，一些人没有认清自己的归属地，就随便选了一个，但他们可以再次选择，直到心满意足。与之相关的是，每个聚集地都有一些待定区域，容纳那些暂时不确定归属地的人，当然也容纳那些始终坚持自由迁徙的人。

为了尊重选择自由，语言界出现了两个独特的区域，即不确定区和多语言区。

不确定区是为那些坚持语言认同感，但语言能力很弱的人准备的，例如长久生活在人类早期文明边缘地带的少数族裔，他们热爱自己的语言，但由于缺少语法规则，以及伟大作品的支撑，他们的语言没有对外展示的能力。对于任何语言来说，没有展示能力是一个重大缺陷，有些语言的书面形式甚至会由此消失。而在不确定区，这类语言获得了尊重和保护，热带人类也有充足的条件去完善。

多语言区是为那些将语言当作身份根源，却拒绝将某一门语言作为身份根源的人类。在这里定居的人类可能熟知多门语言，也可能只会一门语言，但他们都认为语言是一种故乡的感觉。此外，这是一个保护思想自由的区域。语言并非独立存在的符号，需要思想或意义的支撑，而一旦涉及思想表达，误解就会出现。对于已经摆脱了过度占有欲的热带人类而言，这种误解不再是破坏性的，但仍旧会引起隐秘的冲突。所以，那些因为误解而受到冷落、或郁郁寡欢的人会在这里定居。他们相信语言是身份的基础，而思想是语言的灵魂。他们会在其他语言区遇到困难，但在这里可以无拘无束地思考。

所以，语言界很快聚集了大量从四面八方奔波而来的人。这是一个平等的声音与思想空间，语言强制或思想压迫的现象已完全消失。没有任何一种语言享有交流的优先权，也没有任何一个人因观点不同而被驱逐。

在早期人类的历史上，拉丁语曾经是一门强势语言，不断压迫、剥夺其他语言，然而说拉丁语的人并没有造就一个伟大的中世纪。相反，在拉丁语霸权解体后，早期人类经常说那是一个黑暗的时代。这里的"黑暗"并不是光线多少的问题，而是人类思想创造力衰退的问题。语言霸权迫使异乡人用拉丁语说话、写作，他们却无法用拉丁语创造出伟大的作品。拉丁语霸权解体后，法语转而成为一门地域性的强势语言，一百多年后，英语又取而代之，并在之后的三四百年一直是世界性的语言。其间，英语变成了一种语言权力的符号，很多异族的小孩出生后就要学习，甚至一些动物也要学习。然而，这个世界却没有因为这些强势的语言而变得更好，相反，在人类早期文明的末期，英语有时会成为语言侵略的工具。

早期人类对于军事侵略、政治侵略和经济侵略从来都是十分小心的，因为这些侵略会激活关于尊严的想象，但他们对于语言侵略却是愚钝的。一方面是因为语言侵略的后果很隐秘，甚至让受到侵略的种群享受侵略，从而愿意放弃自己的语言。另一方面是因为早期人类习惯于将权力和财富作为身份的象征，军事侵略、政治侵略和经济侵略直接威胁到这些象征的稳定性，所以受到高度警惕。而语言侵略看似与这些象征无关，也就不会受到刻意的提防。

第二次进化之后，权力和财富不再是热带人类自我认同的根源，他们开始关注那些比权力和财富更重要的东西，语言也就受到重视。为此，他们在语言界坚定地实行语言平等策略，并制定了六条规则：

一　有书写形式的语言不能歧视没有书写形式的语言。

二　被更多人说的语言不能轻视被少数人说的语言。

三　禁止用明显或隐秘的方式强调任何一门语言的优越性，也禁止用明显或隐秘的方式贬低任何一门语言，例如作品、人物或思想等。

四　承认语言之间的联系，但禁止这种联系变成间接的感觉控制，从而提升一门语言，或贬低另一门语言。

五　建造人类语言博物馆，包括语法区、词汇区、修辞区、作品区，每种语言都有平等的展示机会。

六　鉴于人类早期文明时代语言侵略的后果，语言界要加大对于没有书写形式语言的扶持，使之尽快具备书写形式。

位于东南亚丛林地带的知识界同样形成了自身的规则。尽管在选择去知识界还是语言界定居的时候，很多人犹豫不决，因为两个聚集地有密切的联系，即语言本身就是一种知识，或者说知识的表达需要语言，但他们最终明白了语言界与知识界的差别：语言界需要卓越的感受力，知识界需要与众不同的创造力。

知识界与语言界的部分规则是相似的，特别是关于平等的规则，但在求新立异的问题上，两个定居地有所不同。这是一个能源耗尽的时代，以前的知识仍然有价值，热带人类可以借此了解早期人类的历史，但他们知道更需要创造新知识。实际上，在人类早期文明的开端，这些新知识已经出现，只是在那个时刻，人类文明还处于结绳记事的非文本阶段，这些知识像风一样闪过，然后消失不见，所以热带人类要重新探索。

在知识界定居的人类将知识看作是身份象征，但他们又有不同的兴趣。来自西欧的人热爱数理逻辑，来自美洲北部的人热爱科学实验，来自亚洲东部的人热爱技术发明，来自美洲南部的人热爱疯狂的思考……鉴于此，热带人类委员会决定将知识界划分为不同区域，包括数学区、物理区、化学区、植物区、动物区、地理区、技术区、飞行区等。

其中，最引人瞩目的是动物区和植物区。热带人类知道这是一个动物觉醒的时代，而且之后他们会与动物谈判，然后决定如何与觉醒的动物交往。为此，热带人类委员会重视动物区的筹建，征召大量人员，希望他们彻底放弃之前对于动物的粗浅知识，从真正平等的角度理解这种生命。

　　植物区的占地面积最大，其中有一大片专门种植药用植物的平原和山地，培植了上千种药材。这个时代出现得太快了，一些人类在热带定居后并没有完全适应，其中一个表现是睡眠紊乱，或者终夜失眠。热带人类委员会决定在这里复兴草药传统，人类与植物之间隐秘的信任关系再次出现。不久后，一个草药方在热带人类中间传播：柴胡、茯苓、当归、合欢皮、白芍、炒枣仁、五味子、知母、夜交藤，水煮后服用。这个药方之所以治愈了多数睡眠问题，一个重要原因是热带人类对于自然的信任。他们看着草药在沸水中上下翻滚，闻着难以描述的草药香味，就觉得自己已经摆脱了失眠的纠缠。这是一种真正的自然崇拜，也就是相信自然无所不能。

　　此外，根据新时代的知识需求，热带人类委员会又增加了三个新区域，包括力量区、感觉区和未来预测区。这些知识类别基本上处在理论构想阶段，因为早期人类并没有相关储备，而热带人类又必须面对这些问题。例如，力量区主要研究人类第二次进化后的体质变化，并根据这些变化从自然中寻找可以借用的力量。

　　客观而言，感觉并不是知识的新类别。有些早期人类已经注意到感觉的重要性。吃下同样的粗面馒头，有的人觉得满足，有的人觉得不满足。一个身强力壮的人将两吨水泥扛上七楼，用一天功夫挣了三百块钱，他觉得这是一笔丰厚的收入，可以与家人饱餐一星期；另一个股票炒家在键盘上敲了几下，轻轻松松挣了六百块，他仍旧不满足，回家后还为此被妻子骂了一顿，"我们有那么多本钱，你却用不好，一边打游戏，一边炒股，真是个吊儿郎当的蠢货"……早期人类总说自己是理性动物，但从上述情况判断，他们并不是理性动物，而是感觉动物。但他们又不是稳定的感觉动物，因为他们生活在变幻莫测的感觉里。

这是热带人类委员会增设感觉区的原因。在这个全新的时代，诱惑早期人类的东西失去了力量，热带人类已经有了相同、至少是相似的感觉。如何让他们认识到感觉的重要性，避免像早期人类那样被感觉俘获，或在不同的感觉里迷失自我，这是感觉区的基本职责。

未来预测区的目的是缓解热带人类对于未来的担忧。第二次进化后，他们不再像之前那样患得患失，也就不会陷入没有意义的无聊或焦虑。焦虑偶尔还会出现，但他们已经有完善的应对方法，例如去观察刚刚结果的葡萄枝，幼小的葡萄、温暖的绿色能缓解焦虑。但客观而言，热带人类对于未来的生活还是不确定的，而不确定与焦虑从来是共存共生的。

未来究竟会以什么样的状态展开，这是热带人类最关心的问题。早期人类活在"过去—现在"的时间逻辑里，他们不断地追溯过去，有时甚至为了证明现在的合理性而修改过去的记忆，然后获得虚无的安全感。但热带人类沉迷于"现在—未来"的时间逻辑。现在是全新的，每个时刻都是全新的；而未来不是确定的，没有一个时刻是确定的。他们无法用不可知的未来证明不断变化的现在，但他们能把握好现在，然后影响未来的展开。在实践这个时间逻辑的时候，他们找到了明确的方法：尽力复原人类早期文明的奠基时代，也就是蛮荒的原始时代。那个时代已经终结，却留下了无数痕迹。而现在，那个时代又复活了，热带人类想象自己的祖先如何克服虚空，然后活了下来。表面上，这是在追溯过去，实际上是在想象未来。

像语言界一样，知识界也有两个特殊空间：信仰区和白由区。

信仰区是为崇拜知识，却没有杰出创造力的人准备的。没有创造力，这不是他们的错，因为人类早期文明并不公平。早期人类制定了很多规则，本意是维持公平，却被偏私之徒利用，既无法创造优美，也不能发现深刻，反而徒增枯燥、乏味、焦虑，加剧了不公平，所以很多信仰知识的人失去了创造知识的机会。

实际上，知识界本来没有这个空间，一个女人的到来改变了这种情况。在一个大雨滂沱的夜晚，她来到这里，热带人类正在讨论知识区的规划，她说自己从小对于知识充满了希望，但父母在她九岁时去世了：

"那时候，我刚上小学，却遭遇悲伤的变故。我辍学在家，照顾弟弟和妹妹，直到他们成年，我才有机会学习知识。但时间不等人，我已经二十多了，每天奋力谋生，晚上疲惫地回来，日复一日，仅仅能活下来。我的心里还有对于知识的信仰，但在生存压力之下，我的信仰已经变得十分微弱。一晃之间，我六十多了，一生操劳，遗憾万分，但在内心里，我还保存着对于知识的信仰。在听天由命之际，一个全新的时代开始了。我从迁徙的人群中得知这里有一个平等、开放的知识界，然后长途跋涉来到这里。"

她擦干脸上的雨水，向知识界的领袖说明了自己的希望，他们无法拒绝这个女人，因为拒绝她有可能会动摇知识界的根基。她没有创造知识的能力，却怀着对于知识的真诚信仰。短暂讨论之后，他们决定设立信仰区。在知识界，这个决定没有受到任何阻力，因为每个人都认为信仰知识是创造知识的前提。

设立信仰区的消息对外公布后，热带人类很快意识到这是一个伟大的决定，因为像这个女人一样由于人类早期文明的不平等而丧失学习机会的人还有很多。多年后，热带人类委员会还会为这个决定而骄傲。在信仰区定居后，这些人不但为这里创造了深奥的肃穆，而且很快恢复了学习知识的能力。由于秉性勤奋，悟性卓越，他们发现了适合自己的方向，并提出了很多伟大的观点。

那个女人是一个杰出的代表。对她来说，数学、物理、化学的确有点深奥，没有完备的知识积累就无法涉足。但她并不自卑，也没有放弃希望。她总结了自己劳苦的一生，发现自己了解早期人类的心理，因为她遇到过各种类型的人，善良的、消极的、勤奋的、懒惰的、猥琐的、空虚的、犹豫不决的，以及用虚伪的崇高侮辱知识的……她与这些人有过交往，所以了解他们。

在信仰区定居后，她几乎在一瞬间就摆脱了迷惑的表象，看到了早期人类的真实面貌。之后，她决定转向早期人类心理学，一边学习书写，一边明确了具体的方向。日复一日，她最终获得了丰厚的成就，并在晚年出版了一部影响深远的作品：《人格类型与人类早期文明的衰落》。这部作品为热带人类想象未来提供了有益的参考，她不但获得了知识界的敬意，也获得了语言界、宗教界和种族界的敬意。

在知识界里，信仰区的旁边是自由区。很多创造力卓越的人并不想受制于学科边界，他们希望自由地穿越边界，从数学转向物理，从植物转向动物……这是一种跨学科的思维，在人类早期文明的奠基时代，这种思维已经出现，但后来，由于分工制度的干扰，创造知识的愿望被分门别类。知识分类加速了人类早期文明的进步，这一点最初是备受认可的，所以大学、实验室、工厂几乎都在实践分工或分类思维。但在人类早期文明的末期，知识分类不但引起知识本身的隔离，而且导致了人类之间无法弥补、相互对立的差异，早期人类想要化解分类思维的不良影响，并为此付出很多努力，但最终还是失败了。

这是一个知识现象，也是一个心理现象，早期人类用"疏离感"描述它的本质。两个人住在同一栋楼里，一个人研究化学，另一个人也研究化学，但他们是陌生的，陌生到没有交流的愿望。在研究时，他们使用不同的词汇、不同的工具，日复一日地保持着陌生。实际上，他们经常在楼梯里见面，却从来没有说过一句话。他们都是人，对于生活有相似的看法，也有交流的愿望，却深深地陷入了知识分类秩序。

他们是专注的，也是孤独的。有时候，孤独能孕育深刻，甚至孤独本身就是深刻；但有时候，孤独会变成一种让人类避之不及的破坏力量。在知识分类秩序中，早期人类越来越孤独，孤独让他们有更敏锐的观察力，也让他们日益冷漠，失去同情心。他们时刻面对着人类，却像面对着动物，然后用对待动物的方式对待人类。早期人类是一种杰出的生命，但有时候他们相互轻视，相互冷漠。这是人类早期文明衰落的重要原因。

鉴于此，热带人类委员会为自由区制定了一个根本原则：不允许孤独变成冷漠。

越来越多的博学之士在这里定居。他们眼神锐利，思维悠远，创造力非凡，既能无中生有，也能化腐朽为神奇。在无穷无尽的幻想中，他们还会感到孤独，却不会走向冷漠。他们在阳光下思考，在深夜里畅谈，在不同的知识类别间自由地穿越。

这些人本来就向往知识自由，也一直努力地实践这种自由。在这里定居后，他们很快形成了一个有点高傲的共识：知识界是热带最深奥的领域，而自由区是知识界里最让人敬仰的地方，热带人类将在这里预测或创造新文明的前景。

与热带人类谈判之前，动物委员会将派遣一个多物种考察团，到热带人类聚集地参观，重新认识热带人类。动物们依次参观了种族界、宗教界、语言界和知识界。回到温带北部后，它们根据知识界自由区的情况得出了一个结论：热带人类的确进化了，不像以前那样偏执，将一己之私看作是正义之源，他们更愿意用开放的视野对待这个世界，不再将动物当作没有理智和情感的低等生命，而是希望认识所有生命的价值。

这个判断是准确的。在自由区里，几乎所有人都抛弃了知识的边界，因为他们认识到一个常识，即没有人以物理学家的身份去种地，没有人以历史学家的身份去做饭，没有人以哲学家的身份去睡觉，没有人以地理学家的身份去洗脸……所以也就没有人强调自己是独一无二的物理学家、历史学家、哲学家、地理学家……他们转而从生命的角度，既包括人类的生命，也包括动物的生命，去创造新知识。

在能源枯竭的时代，在自由区定居的人类发明了一种综合利用风力、地形和体力的加速装置，类似于机械化时代的自行车，不仅能提升人类奔跑的速度，还能避免撞到其他生命。之后，他们又为这种装置设定了一系列规则。使用前，所有人都要学习这些规则，其中第一条是：速度不是最重要的，最重要的是保护那些被速度改变的生命。

无论在语言界还是在知识界，一个革命性的变化已经悄然发生，并深刻影响着热带人类的行为模式。他们对于语言和知识的信仰不再是有条件的，也不再是附属的。相比于早期人类，专注于创造知识的热带人类已大幅度减少，他们的成就却更有力量。

在人类早期文明时代，知识创造一度陷入名利的怪圈。如果没有名利的刺激，很少有人从事这类工作。而在名利的刺激下，很多人致力于此，最终结果却不理想。对于早期人类而言，为了名利而工作，本来无可厚非，但一些人类仅仅是为了名利而去探索，为了名利不顾廉耻，不惜生命，结果导致人类文明与自然正义的对立。

人类与自然本应该共存共生，早期人类却有意或无意地破坏了自然秩序，将人类文明变成自然秩序的对立面。他们并不知道自然秩序解体后，人类文明也会解体。这是一个显而易见的逻辑，但在名利的刺激下，他们忽视了这个逻辑，或者说在自然正义面前，他们做出了错误的决定。

对于热带人类而言，知识创造通向的是自由自在，而不是名缰利锁。实际上，他们对于这种情况并不陌生。在人类远古时代，最伟大的创造基本上源于纯真的思考，无拘无束、无名无利，例如文字、数字、算数规则、几何原理等。在机器文明时代，早期人类经常以爱因斯坦定律为傲，但这个定律比远古时代的创造要逊色，一个是从无到有，一个是从少到多。

即使爱因斯坦不曾发现能量定律，人类早期文明也不一定更坏，至少不会出现那么多次通向毁灭的危机。这一点没有人比爱因斯坦更感到遗憾。晚年，他痛恨自己发现了能量定律，如果有机会重来，他说自己不会从事知识创造的工作，更愿意当一个沿街叫卖的小商贩。

在热带定居后，人类精神再次迎来了活跃的创造期，甚至比远古时代更活跃。在那个遥远的时代，一大批作品流传至今，并保存在热带人类的图书馆里，包括《伊利亚特》《奥德赛》《埃涅阿斯记》《尼伯龙根之歌》《吉尔伽美什》等。这些作品有一个共同点：用鲜血制造英雄。那时的人类太脆弱了，新生的孩子半数夭折，远行的人半数不能回来……活着的人需要存在感，所以创造了很多伟大的英雄。他们希望这些英雄从成堆的尸体上走来，从汩汩而流的鲜血里走来，斗志昂扬地站在他们面前，向他们展示无比残忍的荣耀。对于迷茫的早期人类而言，这种荣耀让他们不再畏惧随时会出现的死亡。

热带人类创造的作品超越了残忍的荣耀，回归深奥的自然正义。可见的名利的确能刺激想象力，但那不是人类的最高才华，因为其中隐藏着投机取巧、善恶不分、以曲为直、因辞害意……越是伟大的创造越是自由自在的，应该发自人类精神的内在冲动，而不是外在诱惑。创造者自始至终都没有想以此获得尊荣与财富，也从来没有将自己当作高傲的度量者、裁决者、改造者，而仅仅是发现深奥的平凡生命。

当热带人类认识到自己无限卑微、又无限幸运的时候，创造的机缘才会到来。《地球之歌》《共情之美》《伟大的生命》《最后一个人》《消失的动物》都是热带人类的杰作。[1] 这些作品有一个共同特点：知识来自好奇与真诚，而不是诱惑与好胜；荣耀来自理解与尊重，而不是征服与杀戮。

早期人类所引以为傲的那些作品以征服与杀戮为美，拒绝众生平等，无视自然正义。热带人类反其道而行，他们觉得自己在这个世界上降生，仅仅为此就应该感到无穷的幸福。他们有充足的水、空气和食物，感受太阳的温暖，看着植物一点点生长……他们已经意识到眼前的一切是这个时刻的所见，也将是人类历史终结时刻的所见。但他们并未因此而惊慌，然后陷入末世论的绝望。宇宙的一切有开始，也有结束。既然开始是不可预测的，结束是不可避免的，那么生命存在的过程就是最珍贵的。热带人类自我认识的变化成就了这些前所未有的伟大作品。

对于这个世界的未来而言，《消失的动物》影响最持久，不但在热带人类中间流传，后来也在温带北部的动物中间流传。每种动物看到后都会陷入无尽的悲伤。只有认识到这是热带人类的反省之作后，它们才淡化了为死去动物复仇的心理。

但在热带人类与动物谈判前的一年，《最后一个人》的影响最大。这是一个无比真实的三幕悲剧，很多热带人类看过后会长久地沉思，或是为那个站在美洲平原的夕阳里，看着同伴一个个死

---

1. 在迎接动物考察团的时候，热带知识界公共图书馆的大厅里摆满了最新出版的作品，动物们对此非常新奇：《有思想的水》《一只恢复野性的狗》《鳄鱼的注视：人类文字符号批判》《鸟类语言中的动词用法》《蒲公英对于风的迷恋》《胡萝卜细胞核的寻根之旅》《玉米对于早期人类的看法》《苹果和梨的嫁接是否符合自然正义》《论热带人类变成食草动物的意义》《小冰期时代的爱情与死亡》《永恒的磁力对于人性的启示》《人类第二次进化的前景》《自然崇拜与自然信仰》《论人类与动物是否可以称兄道弟》……

去的男人而悲伤。他是印第安部落的酋长，年近古稀，站在荒草间，慢慢被死亡吞噬。他知道这是最坏的结局，却成了唯一的结局，然而他对此已经无能为力。

这个部落的其他人都被新移民杀掉，包括女人和孩子。酋长也受了致命伤，肚子被刺穿，因失血过多而晕厥。等新移民离开后，他又醒了。如果知道会看到这样的场景，他一定不愿意醒来。不远处，一个两岁的孩子死在母亲的怀里，母亲还在给他喂奶。不久前，酋长为之主持婚礼的一对新人也被杀死，新郎的身体被无数子弹射穿，当新娘俯身抱着新郎，希望将他唤醒的时候，一个新移民刺穿了她的后背……但酋长还是醒来了。

酋长很快就会死去，不只因为身体的伤痕，也因为心中无以言表的屈辱。当他在夕阳中永久倒下的时候，他并不知道在之后的一千多年里，这块土地会成为人类机器文明的繁华地带。尽管生活在这里的新移民会批评机器文明，但他们已经忘记这片土地的祖先，也忘记了这个最后倒下去的人，以及很多像他一样倒下去的最后一个人。新移民还幻想过机器文明是人类历史的终结，却没有想到机器文明的能量来源有一天会枯竭。历史没有按照早期人类的预想上演，因为机器文明仅仅是人类文明的一个短暂插曲。

《最后一个人》的创作灵感源于一个偶然的机遇。以种族为身份特征的热带人类向非洲北部和欧洲南部聚集，并很快形成了种族界。在这里，热带人类的过度占有欲望已基本消失，但早期人类所制造的纷争仍然有复活的迹象。这个问题的根源是历史性的，即之前的种族主义又在隐秘地破坏这里的安宁。

在人类早期文明时代，控制机器力量的种族处处宣扬人人生而平等。然而，这是一个欺骗性的语言游戏，因为他们高声宣扬这个理念的时候，手里却握紧了压迫其他种族的皮鞭。所以，机器文明所怂恿的种族主义让一些种族无比强大，却让其他种族极尽卑微，屡次濒临灭亡的边缘。

最初，来到种族界的热带人类并没有感受到历史的重担。白种人聚集在欧洲西南部，黄种人聚集在欧洲东南部，黑种人聚集在非洲北部。当人类越来越多，生活边界重合时，那个历史重担若隐若现。当然，这个问题最终没有失控，并走向种族战争。白种人不再用以前的策略解决问题，即首先消灭生命，然后高强度压迫，最后又用雄辩的语言证明杀戮与压迫的合理性。更重要的是，那些曾经受到欺凌的种族没有让复仇心理失控，自始至终都没有发起血腥的报复。

在和解的氛围中，不同种族的边界出现了共同生活区，他们在这里自由地生活。当不同肤色的父母看着自己的孩子与其他种族的孩子玩得高高兴兴的时候，而他们也开始用生命平等的观念友好对话的时候，一个抱着三岁孩子的年轻父亲看到这些情景后有些感动，然后构思了这部以反思为起点，以和解为终点的戏剧。

《最后一个人》的起点有深刻的悲剧性，残酷无情，让人不寒而栗。这个年轻的父亲有非凡的语言力，以及奇幻的想象力，但熟悉早期人类历史的人类都承认这是一部描述得体的作品。

人类早期文明有两条路，第一条路顺从人类欲望，第二条路尊重自然秩序。在早期人类还没有发明文字的时代，两条路已经若隐若现。第一条路出现在希腊神话中，第二条路出现在远古中国的传说中。早期人类进入文字时代后，第一条路胜利了，人类早期文明最终转向顺从人性、利用人性的方向。

即使如此，15世纪之前，人类早期文明是自给自足的，对于自然秩序没有形成根本的威胁，也就能向前延续。但15世纪之后，一些种群通过殖民主义和种族主义实现了前所未有的繁荣，却制造了一个世界性的悲剧：那些在外来侵略中解体或消失的种族受到了胜利者的嘲笑。当嘲笑变成了庆祝胜利的仪式，嘲笑就会成为嘲笑者的正义之剑。由于没有强大的语言能力，那些无辜的种族只能以沉默与忍耐化解在时间中无限绵延的苦难。有些种族由此变得自卑、颓废，逆来顺受，不再寻求改变的可能……

当这个年轻的父亲将自己的想法告诉其他人的时候，他们认可了他的想法，而且愿意参与其中，无私地提供各类素材。在一次多种族的讨论会上，一个白人父亲的话让所有人印象深刻：

"16世纪，美洲大陆被发现后，西班牙人无情地劫掠、屠杀，土著人从此陷入了无尽的灾难。实际上，这群劫掠者也并非幸福的。他们不想这样做，但的确这样做了。我谴责这种行为，我的很多同族人也在谴责。但谴责之外，我们发现了这个悲剧有一个隐秘的源头：这群劫掠者或许是因为自卑而劫掠。童年时期，他们被父母遗弃，生活艰难，受尽羞辱，没有一点存在感。成年之后，他们甘愿冒险，从冒险中寻找一点存在感。当他们开始美洲冒险之旅时，实际上是在释放无处发泄的自卑。我们通常看到的是自卑的一个方面，也就是微弱的存在感，但我们忽视了另一个方面，即不受控制的施暴愿望。如果这群劫掠者从小生活在温暖中，他们应该不会没有节制地施暴。在之后的两百多年里，美洲土著人承受了无限的暴力，他们是不幸的。那群劫掠者也是不幸的，他们制造了一个无与伦比的悲剧，最终却没有从中获得恰如其分的存在感。他们走向了另一个极端：自我伤害。此前，我们已经创作了一些类似的悲剧，并在白人种族中间传播，总会让他们惊叹、悔恨。我并不确定他们会记住这些作品，相反我担心这些作品会被遗忘，因为违背正义的人类总是有神奇的遗忘能力。"

由于问题复杂，千头万绪，这个年轻的父亲决定完成一个三幕悲剧，以象征的方式展示早期人类心中那些迫不得已的懊悔。在终结时，这个悲剧有一点喜剧效果，他简要地描写了永久和平在人类文明中出现的场景，但仍旧无法掩盖汩汩而流的鲜血，以及突然到来的死亡所引起的恐怖。

这部悲剧的开篇是神秘的，比马尔克斯的《百年孤独》更神秘。这是一个早期人类文字之外的开端，几乎一切都需要想象力：

> 一艘奇怪的船在阴风怒号的海上航行，船上有很多只眼睛，像幽灵一样，来自黑暗，通向未知。他们不知道前方的影子是不是陆地，但他们已经厌倦了生死不定的漂泊。陆地上的人无法确定那就是一条船，更没有想过日复一日的安宁从此被打碎，而他们将与长久的安宁一同消失。

> 那群无父无母、无依无靠的幽灵已经登陆，用惊奇、疑惑、贪婪的目光看着新大陆。这种目光并没有引

起冲突，因为他们用友好与真诚掩盖了惊奇、疑惑与贪婪。在这个时刻，他们只希望活下来，他们也的确从土著人那里得到了食物，甚至得到了出乎意料的温情。但活下来之后，他们的初衷复活了：占领他们到达的每一个地方。

在神秘的开始之后，一切仍旧变化莫测。这群幽灵没有想到他们的剑会所向披靡，没有任何木兵器能阻挡。土著人也没有想到自己的族群会灭亡，但他们并没有全部死在幽灵的刀剑之下，很多人死于前所未有的流感病毒。一百八十个茫然的幽灵更没有想到他们竟然能征服一个庞大的古老帝国。当印加国王在被处死前，乞求他们照顾好自己孩子的时候，他们才知道已经征服了这个帝国。然而，当他们真正觉得自己是征服者的时候，他们又开始相互残杀，最后与惊奇、疑惑、贪婪一同消失。

之后，这段神秘的历史变得清晰。两百年后，这个清晰的开始将会开启机器文明时代，这段关于奴役、制造、消费与记忆删除的残酷历史将在非议中延续千年。然而，非议从来不会让机器文明变得温情脉脉。相反，在千奇百怪的辩解中，征服者获得了超凡的语言能力，足以将混乱说成清白，将邪恶说成正义。

当更多的征服者成群结队，乘船驶向新大陆的时候，人类早期文明从此远离了自然正义，最后一个人的故事持续上演。无数的原始部落消失了，每个部落在消失前都会出现最后一个人，他站着、坐着，或躺着，他受到了重击，或被刺穿了身体，然后在孤独中死去。一个又一个种群的生命痕迹也随着最后一个人的死去而彻底消失……

早期人类的情感是分裂的，一群人的悲剧往往是另一群人的喜剧。所以，当一个种群的最后一个人倒下去的时候，并不是绝对的悲剧，因为征服者活下来了，而且活得更好。他们控制了一大片土地，甚至还会控制早期人类的记忆，然后将自己装扮成开天辟地的神灵。他们从不关心那么多的原始部落会彻底消失。当他们看到这些部落一个个消失的时候，他们没有感到丝毫难过，因为他们并不知道人类早期文明正是在这个时刻走向衰落。

这个年轻的父亲意识到了这个转折，因为他了解人类早期文明的历史。他不想回避征服者的喜剧心理，而是要将之展示出来，作为热带人类反思的素材，然后避免这个新时代再次踏上旧时代的老路。但如何表现这种分裂的心理呢？他陷入了沉思。在之后的几个月里，这部戏剧没有丝毫进展。在沉思中，他好像听到了征服者的笑声，隐约地看着他们踏过土著人的遗体，在浓密的血腥气息里想象美好的未来，然后仰天叫嚣：

"这块地归我了，我的房子要建在那个土坡上，两层楼，十六个间房，外加一个牛棚和一个养马场，以及一个奴隶住的大平房，能放八十张床，哈哈哈……"

每当想到这群征服者的后代会继承祖先的事业，甚至控制这个世界的时候，这个年轻的父亲感到了一种强烈的压迫感。这种压迫感首先将他包围，然后一点点收紧，要将他压碎。他想放弃创作，而且想好了向支持者表达歉意的托辞。但在即将放弃的时刻，他又找到了写下去的力量，因为他发现了这群征服者的心理秘密，正是这个秘密让他们制造了这个悲剧，又陷入了这个悲剧。

在人类早期文明时代，这群征服者经常受到批评，因为他们视财如命，蔑视生灵，羞辱最淳朴的原始人类。这仅仅是对于表象的批评，并不深刻，也就无法吸引征服者后代的注意。他们不但像自己的祖先一样抢夺金银，而且抢夺语言和思想，让不正义变成正义。这是一种超越表象的批评。

之后，一个荒唐又深奥的语言学问题出现了。一群人抢劫了另一群人，被抢的人不会说话，或者他们说了也没有人相信。他们一定想记录下来，却没有文字，或者即使记录下来也没有人相信。而这群抢劫者，他们说什么都是真的，即使是假的，他们也有力量使之看起来像是真的，例如他们会说：

"我们之所以抢劫那群人，是因为他们的存在是不正义的，他们必须消失，必须灭亡。而我们让他们消失，让他们灭亡，所以全人类都要对我们感恩戴德。"

这群抢劫者是野蛮的，而当他们控制了语言的时候，无论做什么都是正义的。语言的力量是隐秘的，却无处不在，因其能控制早期人类的思想。而在这个新时代，由野蛮奠基、由野蛮主导的人类机器文明已经衰落，征服者的语言帝国也随之坍塌。他们的掳掠行为被公之于众，他们滥用语言、控制思想的企图被公之于众，他们曲解正义、毁弃正义的实践也被公之于众。

《最后一个人》最终刊行于世，并被热带人类视为一部赎罪书，很快传遍了语言界，然后向东传入知识界，向西传入种族界，最后从太平洋和大西洋两个方向传入美洲中部的宗教界，并改变了这里的境况。

此前，很多人类已经在宗教界定居。他们彻底摆脱了过度占有欲，却没有完全摆脱信仰对立的习惯。由于信奉不同的宗教，美洲中部分成了很多聚集地。其中，伊斯兰教和基督教的对立是比较明显的，一些坚定主义者甚至要筹划一场伟大的战争，并相信这是最后的战争，无论哪一方被消灭，他们都心甘情愿地奔赴战场。

从两个聚集地上空飞过的候鸟，以及偶尔闯入的动物观察到了战争的迹象：在高处建了很多房子，地面建筑极为简单，地下建筑却错综复杂；成年女性承担了繁重的日常工作，成年男性忙于训练，包括奔跑、跳跃、拳击、摔跤、射箭等，他们的体力进步很快，猛兽们都不敢靠近他们，一些高飞的鸟也经常被他们的箭射落。

在危急的时刻，《最后一个人》从海上传来。在训练间隙，一些坚定主义者阅读了这部作品。由于数量不多，他们将一本书分成五册、十册或更多，快速地传阅。双方首领也都看了这部作品，他们几乎都意识到一个问题：人类有自己的上帝，这些上帝之间并没有矛盾，他们甚至从来都不认识，他们的信徒却陷入了无尽的战争，这是为什么？每个上帝不都告诫他们的信徒，要维护正义，珍惜生命吗？人类早期历史上发生了那么多悲剧，难道不是因为对于生命的无视？以信仰的名义发动战争，难道不是对于信仰的背叛？

双方首领都是博学之士，当然知道早期人类以信仰的名义发动战争，有时是为了满足隐秘的过度占有欲。在全新的时代，这种欲望不再诱惑他们，所以在不同的信仰之间制造对立的愿望也就不合时宜。更重要的是，第二次进化之后，热带人类有了感同身受的力量，对于生老病死有相似的感觉，不再嫉妒其他族群的功业，更不会为其他族群的灭亡而惊喜。

认识到这个道理之后，在宗教界定居的人类才真正理解第二次进化的意义。他们放弃了高处的房子，回到平原地带。对于战争而言，在高处建房是优良的策略；但对于安宁的生活而言，这是糟糕的策略，他们要日复一日地去低洼处取水，提到高处的蓄水池。当和平的愿望驱逐了战争的企图，他们决定重新选址，在河边，在平原，哪怕放眼就能看到信仰其他宗教的人群。从此之后，在宗教界的语言体系中，"异端""异教徒"消失了。在热带地区的历史档案里，他们还能发现这些词汇，但在日常生活中已找不到它们的踪迹。

当对立的种子不再生根发芽，宽容的种子就会遍地开花。宽容才是信仰的最终归宿，宗教界迎来了一个空前的变化，即宽容区的设立。不久后，他们又发现宽容区几乎没有存在的必要，因为不同宗教的交界地带都是宽容的。无论信仰什么宗教，他们都是要获得内心的安宁，而不是以信仰的名义掀起没完没了的对抗。

这种变化同样出现在非洲北部和欧洲南部的种族界，因为《最后一个人》源于人类早期文明时代的种族主义悲剧。在这个新时代，越来越多的人类在种族界定居，他们来到这里，不是为了复仇，而是因为将种族看作是伟大自然所赋予的身份。

随着人群的增多，种族界自然而然地分成了白色人种区、黑色人种区、黄色人种区和棕色人种区。他们都热爱自己的自然状态，黑色的人热爱黑色的皮肤，黄色的人热爱黑色的头发，棕色的人不再用化学方式将自己变白。

每个聚集区都有单独的事务处理机构。以前，在人类早期文明时代广泛存在的警察、监狱、法律体系已经失效，因为诱惑人类走向歧途的过度欲望消失了。这些机构的主要职责是关注天气变化，提供动物活动信息，统计各个聚集区的人口状况等。

很快，种族界的南侧出现了一大片自由居住区。不同肤色的人种在这里生活，也可以随时返回自己的人种区。与其他聚集区不同，自由居住区有一个公共联络办公室，作为不同种族的协调机构，归纳不同人种的生活习俗，处理各种潜在的冲突，包括视觉冲突、听觉冲突、嗅觉冲突等。

如果《最后一个人》没有问世，或者没有传到这里，种族界应该也是安宁的。然而，在这里生活的人知道了这部作品，而且读得最认真。以前，他们就听说过里面的故事。当这些故事完整地再现，而且被认为是人类早期文明真实状况的时候，一种历史性的悲愤与悔恨在他们心里同时出现，纠缠在一起。

那些征服者曾经将一个又一个土著部落消灭，包括老人和孩子。在被掳掠的土地上庆祝时，他们心里一定有一种邪恶的力量。这种力量让他们忽视了同类的呼叫、鲜血与死亡，也是这种力量让他们获得了残忍的快感。

这种邪恶的力量源于种族主义。在人类早期文明时代，种族主义是一种奇怪的思维。有的人种总以为其他人种是低劣的，甚至比动物更低劣。他们不但这样想，还要去证明，而证明的方式就是消灭。这是一种不正义的行为，因为他们消灭的是一群尊重生命的博爱主义者。然而，种族主义者胜利了，博爱主义者失败了。

    一个种族主义者举起了刀，砍掉一个土著女人的左胳膊，又举起刀砍掉了她的头。他知道这个女人不久前给他们送过食物。那时候，他们刚刚踏上新大陆，缺衣少食，几乎要饿死。等到身体恢复了力量，他们的精神再次被种族主义诱惑。

    这个女人也认识这个杀掉她的人。她记得他在接到食物的那一刻，向她投来了温暖与感激的笑容。他的笑容让她觉得应该帮助这些远道而来的陌生人。所以，当他举起刀，砍向自己的时候，她一定是迷惑的，也一定是悔恨的。这些迷惑与悔恨将与她的身体一样化为乌有，甚至比她的身体消失得更快……

这个情节出现在《最后一个人》的第一部分，在种族界定居的人类读完后深思良久。一个来自落基山的印第安人读到这里，号啕大哭。第二次进化后，人类的情感已经变得极为含蓄，一种类似于自然理性的东西让他们的心理既广阔又深刻，所以很少用哭的方式表达情感。他是一个备受尊敬的博爱主义者，但读到《最后一个人》时还是用这种方式表达情感。这不是因为他进化不足，而是因为这个情节已经困扰了他们的族群上千年。此前，他们从没有机会向人类表达自己受过的伤害。确切地说，他们试图表达过，却没有获得语言的眷顾，因为他们没有能力像雄辩的种族主义者一样展示自己，既不能如实地展示，也不能夸张地展示，或虚伪地展示。所以，他们的诉说或是受到忽视，或是受到无尽的嘲笑。

这个印第安人收敛了悲愤之情，回到不远处的房子，拿出一个排箫，吹响了《老鹰之歌》。这首曲子将会在动物与热带人类的会议上再次奏响，动物们会从中听到热带人类对于生命的尊重。而此时，聚集在他身边的人听到的是最深远的忧愁。这种忧愁首先将他们包围，然后又将他们释放。在这个伟大的新时代，他们一定不会再去制造这样的悲剧，但也不想忘记曾经发生的悲剧。

《最后一个人》并不想用激活的回忆制造新的仇恨，而是用这些回忆创造和平与安宁。此前，这个印第安人无数次吹响了《老鹰之歌》，但每次都会陷入无尽的忧愁。他无法让这种忧愁消失，所以学会了忘记，或者将之驱赶，而且是用极为生硬、甚至有些粗暴的方式驱赶。他宁愿生活在粗暴的驱赶所引起的愧疚里，也不愿生活在这种忧愁里。然而，读完《最后一个人》之后，他感觉到了一种前所未有的释然。对待古老忧愁的方式从来不是遗忘，更不是驱赶，而是让它获得一次完整出现的机会，让所有人看到、听到、感觉到，既包括施害者，也包括受害者。《最后一个人》为它赋予了可见的形式。

周围听众里有一个白皮肤的人，相貌与一个 19 世纪的英国首相相似，所以经常被人称为"首相"。他很喜欢这个名字，因其没有任何讽刺之意。在种族界，他可能是第一个读完《最后一个人》的。读完后，他始终无法从其中的悲剧性里解脱。

在迷惑之际，"首相"听到了《老鹰之歌》，安静地看着印第安人闭着眼睛吹奏。他的眼神非常复杂，既有悲悯，也有对于未知的恐慌，因为他不知道那些强壮的黑人和印第安人会不会从此走向复仇之路。在长矛、弓箭、石头又成为作战武器的时代，对于这些在机器文明时代备受屈辱的种群来说，他们一定有力量重建这个新时代的秩序。

《老鹰之歌》结束后，一个身高两米的黑人缓步走向印第安人。"首相"的迷惑瞬间变成对于未知的恐慌。黑人与印第安人的手握在一起，印第安人仰头看着他：

"兄弟，我们的屈辱源于过去，我们的希望在于未来。"

从他们的眼神里，"首相"似乎看出了他们对于仇恨的谅解。他不确定那是真心诚意的谅解，还是迫不得已的谅解，但无论如何，他知道这种谅解源于一种伟大与悠远的情感。之后，印第安人看着周围的人群：

"我是一个卑微的人，无法替我的祖先原谅他们所遭受的一切。但作为一个勇敢的人，我会阻止对于种族主义之恶的无限报复，不是因为这种报复是不正义的，而是因为这种报复会阻止自然正义的到来，甚至让它永远不会到来。"

种族界的自由居住区一直是安宁的，很少出现浓烈的情感。但在印第安人说完后，密集的掌声经久不息。几乎每个人都意识到掌声里隐藏着一种伟大与悠远的情感，首先将他们包围，然后又将他们释放。掌声过后，他们做了两个影响深远的决定：

一是在自由居住区设立种族博物馆，充分展示人类早期文明时代的种族主义之恶，但目的不是激活无穷无尽的仇恨，而是向那些受到种族主义伤害的族群表达敬意。这种敬意并非是要颂扬懦弱，而是对于美好前景的期待。

二是将《最后一个人》改编成舞台剧，在热带人类聚集地巡回演出。"首相"奋力自荐，希望与那个印第安人和黑人共同完成剧本改编。

根据演出的需要，这个舞台剧分为三个层次。第一层次是行为篇，其中有两个主角，即掳掠者和被掳者，最终掳掠者胜利了，被掳者消失了，男女老幼无一幸免。第二层次是文字篇，被掳者失去了历史性的语言能力，然后陷入了永久的沉默，他们的现在是沉默的，他们的过去也是沉默的，所以掳掠者掌握了人类历史的阐释权，将自己塑造为人类早期文明的奠基者，他们的继承人学会了隐藏掳掠的逻辑，然后将自己变成普世正义的继承者。第三层次是隐喻篇，这个逻辑变成了一个隐秘的常识，即落后就要挨打，尽管违背了普世正义，却大行其道，从此之后，这个世界出现了无以言表的混沌，富裕与贫穷、高尚与粗俗、雄辩与沉默不再有明确的道德边界。当虚伪的人看起来是真诚的，那么真诚的人会感到无助；当厚颜无耻的人变得高贵，温暖善良的人就只能逆来顺受。

来自不同种族的人自愿出演其中的角色：白人演员竭尽全力地表现了种族主义者的虚伪、残酷与野蛮，以及他们后代的无知、傲慢与孤独；印第安人演员忍着悲痛展示了他们的先祖在枪炮、病菌和刀剑面前的无助、恐惧和绝望，以及他们的后代如何用沉默去化解仇恨与屈辱……

排演的时候，他们临时决定增加一个启示录：伟大的希望从深刻的绝望中迸发，将种族主义掩埋，从此众生平等，肤色平等、族群平等、语言平等……肤色曾经是种族主义任意屠戮的借口，发现新大陆的幽灵正是以肤色为借口无限度地屠戮。所以,区分肤色是人类早期文明由平静转向动荡,又在动荡中走向衰落的开端。而第二次进化之后,热带人类决定用宽容精神对待这个已经发生的、又无可挽回的悲剧。

在之后的好多年里,这部舞台剧在热带的大小剧院里反复上演。当那个最后的印第安人倒下去的时候,无论在哪里上演,整个剧场都是安静的,没有一点声音,既没有掌声,也没有哭声,既没有叫好的声音,也没有发泄愤怒的声音。热带人类的心理却是复杂的,疑惑、愤怒、懊悔……他们清晰地觉察到这些情感在一瞬间爆发,然后慢慢地沉寂下来,变成深奥的自然理性。

早期人类曾经以为自己有最深刻的历史理性,足以让他们远离危险。但他们的历史证明,他们并没有这种理性,有时甚至不知道这种理性到底是什么。因为他们长期沉迷于过度占有的欲望,也就无法展示生命存在的本质。人类第二次进化之后,一种比历史理性更深刻的自然理性出现了。这是宇宙中最有力量的精神状态,也就是接受自然秩序,然后在自然秩序中安宁地生活。

早期人类对于自然理性是陌生的,但对于植物、动物、热带人类,以及那些自古以来隐藏于密林身处的原始部落而言,这种理性是生命存在的最高原则。在自然理性的引导下,热带人类从这个舞台剧中感受到了种族主义之恶,他们为此而疑惑、愤怒、懊悔,却没有被这些感受诱惑,再次走向无情的杀戮。相反,他们要在热带人类中间实现前所未有的和解,就像那个印第安人所说的,如果报复会阻止美好理想的实现,那么他们愿意放弃报复,但放弃并不意味着无知与懦弱,而是因为放弃是对于自然理性的皈依。

六

早期人类图书馆调查

通过南北迁徙的候鸟，温带北部的动物断断续续追踪着热带人类的变化。由于没有亲眼见到，动物们仍旧将信将疑。尤其是养殖类动物，它们还清晰记得早期人类是怎么对待它们的：他们有时微笑着按下红色的按钮，一头头猪、一头头牛、一只只鸡被驱赶到屠宰生产线的开端，然后走向生命终点，没有任何反抗的可能。

来自热带的消息越来越多，这些消息之间没有明显的矛盾，动物们开始正视热带人类的第二次进化。但进化后的人类到底是什么样的，他们会如何对待这个世界……一些动物将热带人类想象得很好，另一些动物却没那么乐观，它们觉得热带人类还是野蛮的，与动物之间不会有美妙的故事。

在困惑中，《最后一个人》演出的消息传到了温带北部。动物们没有获得观看邀请，也就不敢贸然前往。它们求助于猫头鹰，希望它们去观看。

在这部作品演出的各个地方，那个印第安人观察到了一个现象：在舞台附近的树上总有猫头鹰，有时候一只，有时候三五只，最多的时候，他在六棵树上看到了足足二十只，无声无息地站在枝叶中间，安安静静地观看，一直到演出结束才飞走。凭借自己对于动物的了解，他觉得这些猫头鹰有独特的目的。

猫头鹰不但观看戏剧，也会留意热带人类的反应：他们如何对待早期人类的历史，如何对待身边的人，如何想象自己的未来……猫头鹰搜集了很多信息，然后转告温带北部的动物，它们可以做出判断。

之后，温带北部的动物召开了一次小规模会议，评估热带人类的心理。整个会议仍旧被不确定的心理笼罩着。与会的动物代表并未质疑人类第二次进化的发生，但在做出最终判断之前，它们认为应该首先解决一个根本问题，即人是什么？仅仅根据道听途说，它们无法回答这个问题。

猪老师提出了一个办法：在与热带人类接触之前，首先要了解他们的历史。它之所以提出这个办法，是因为第一次动物会议之后，在动物委员会的督促下，它在温带北部筹建了动物识字班，从牛群、羊群、鸡群、猪群中挑选了一些眼力好、悟性高、坐得住、希望了解人类的好苗子，在识字班集中学习。

很快，识字班开课了。猪老师站在一个树墩上，向诸位学员阐述成立识字班的目的：

"新时代已经开始，我们必须掌握自己的命运。要掌握自己的命运，就要获得语言的力量，因为语言能对外展示我们的要求、思想和信仰。我们从来都有自己的要求、思想和信仰，却没有展示的语言，所以人类以为我们是无知的低等生命。在动物觉醒的时代，作为重要的生命形式，我们动物有能力与热带人类平等地交往。但在正式交往之前，我们要了解他们的过去，了解他们的现在，了解他们对于未来的规划。除此之外，我们还要明确一个问题，这个问题是我长久观察人类后发现的：无论早期人类，还是热带人类，他们都是一种语言生命。他们有完备的语言体系，却没有因此生活得更好，但如果他们失去了语言，他们的文明将会消失。今天，识字班的课程正式开始，各位要谨记我们的目标：为了理解人是什么，我们需要学习他们的语言；为了理解动物是什么，我们需要创造自己的语言。"

之后一年多，识字班课程按计划进行，包括语音训练、词汇分析、语法规范、写作技巧、修辞与辩论等。最后，猪老师又补充了一节课，即言外之意。在讲授的时候，它举了很多例子，目的是说明动物不能完全相信人类的语言，因为他们经常使用指桑骂槐、言不由衷、一语双关、含沙射影、借题发挥等复杂的技巧：

"一个人类说了一句话，如果你想知道他的真实意思，要有准确的语境思维，也就是知道他是在什么地方说的，对谁说的，是他崇敬的人还是轻视的人，说话的时候心情怎么样，是喜悦、傲慢、恐惧，还是愤怒。虽然是同一句话，不同语境会让它有不同的意思。有时候，人类也会在语言中迷失，所以我们动物更要慎重。"

这次小规模会议召开的时候，识字班的中级课程考试刚刚结束。了解到动物学员的学习情况后，猪老师很高兴，甚至有些骄傲。动物学员对于人类语言的了解大大超出了它的预想，它们不但能阅读人类的书籍，应该也可以与热带人类自由地交流。鉴于此，猪老师向动物委员会提出了自己的办法：

"在正式接触热带人类之前，首先了解他们的历史；为了了解热带人类的历史，请允许我们识字班去调查人类遗弃在温带北部的图书馆。人类是一种语言生命，我们能在这些图书馆里发现他们的秘密。"

之前，猪老师多次思考过这个问题，并且有了一个初步的计划，即使这次会议没有召开，它也会实践这个计划。人类已经向南迁徙，他们想着以后再回来，所以没有将图书馆搬空。这次会议之后，它的办法有了更重要的意义，因其关乎动物与热带人类的未来。

在猪老师的带领下，识字班要在温带北部长途旅行，从一个城市到另一个城市，逐一寻找早期人类的图书馆。启程前，动物委员会为它们组建了信息传递与安全协同小组。苍鹰负责空中安全提示，草原狼一路跟随，确保地面通行顺畅。此外，动物委员会又向食肉动物发布了安全告示：任何食肉动物不得捕猎识字班的动物，它们陷入困难时要尽力协助。

出发前，猪老师与识字班的众多学员在一棵高大的落叶松下学习《动物之歌》，确保每个音的准确。在学习间隙，猪老师告诉它们：

"如果陷入野蛮动物的围猎圈，我们就唱这首歌。听到这首歌后，那些动物会知道我们所承担的使命，也就不会伤害我们。"

之后，这群动物一路向西，留意每一个早期人类的定居地。在进入第一个图书馆之前，猪老师对它们做了一些提示：

"以前，书籍是区别人类和动物的重要标准。写书、买书、看书的一定是人类，而动物不会看书，更不会写书或买书。所以，书籍属于人类，他们有很多书，多到无穷无尽。书多，字一定多，但书多、字多并不意味着智慧就多。在人类向南迁徙之前，他们经历了一个消费主义时代。有些人类认为这是伟大的时代，我们动物并不这么想。实际上，这是一个过度浪费的时代，也是人类早期文明解体，并不得不向热带迁徙的重要原因。在这个时代，有些人将书籍看作是商品，用虚假的感情构思迷惑的故事，然后用颜色和线条使之看起来庄严、深奥，实际上空洞无物。所以，在阅读前，我们一定要辨别每本书的价值，它是人类理性或情感的真实展现，还是虚假的表演。"

然后，猪老师领着众学员进入了这个图书馆。在明亮的前厅里，它又对刚才的话题作了些补充：

"在消费主义时代，早期人类的经济结构有过重大变化，他们称之为'第三产业'。这是早期人类的伟大发明，多次延缓了最后危机的到来，因其的确能改善人类的生存状况，容纳多余的人口。由于自动机器的广泛使用，一个屠宰工人五十岁的时候失业了，身体日渐衰老，所以无法回到生产领域。然而，第三产业欢迎他，他可以重新选择职业，例如写书，在暮年将至的时候写出自己对于生命的看法。但在消费主义时代，文字是平淡无奇的产业。无数人为之付出，未必是为了崇高的信仰，而仅仅是为了活着，庸俗地活着，无聊地活着。即使如此，他们还是掌握着书写的权力，有时为庸俗和无聊辩解，将庸俗当作高贵，或将无聊当作深刻。当他们执迷不悟的时候，他们的庸俗与无聊往往无以复加，让同类厌恶，也让自己厌恶。我知道我有些啰嗦，在你们分头行动之前，我再次提醒一句：书多，字多，并不意味着智慧多。

消费主义时代的人类写了很多书，买了很多书，读了很多书，但我觉得远古时代的人类更有智慧，尽管那个时代留下的文字不多。我并不是因为喜欢老子才这样说的，但我的确发现在早期人类中老子既简单、又深奥。"

识字班的动物们站在大厅里，眼前的方位图让它们真切地领略了语言的空间指示能力。根据一个箭头上的文字提示，小黄牛找到了科技区。里面摆满三米高的书架，书架上密密麻麻地塞满了书籍。小野猪选择了社会学区，它想知道人类早期文明解体前到底发生了什么，以至于他们要离开家园，成群结队地向热带迁徙。根据另一个箭头上的文字提示，白山羊找到了文学区，第一排架子上塞满了远古人类的作品，这正是它梦寐以求的……

整整一天，识字班的动物们在奇妙的文字国里穿梭、搜寻、观看、沉迷、惊叹、愤怒、想象。苍鹰在图书馆上空盘旋，草原狼在附近的树林里休息。偶尔有经过的野蛮食肉动物，当它们听到猪老师高声唱起《动物之歌》的时候，就会转身离去。

太阳即将落山，图书馆里越来越昏暗。人类的照明系统已经废弃，动物们只能结束探索之旅，走出图书馆，在一棵大树下聚集。它们会在这里简单地吃点草，然后睡到第二天太阳升起。

入睡前，动物们会有一个自由讨论会，总结当天的收获。它们首先证实了猪老师的判断：早期人类写了很多书，买了很多书，读了很多书，但并不意味着他们熟悉自然奥秘。书越来越多，智慧却没有那么多。之后，它们讨论了那个深刻的问题，即人是什么？动物们觉得这个问题难以回答，主要有两个原因：一是在这个世界上，很多动物比人类出现得早，甚至是人类的远祖，为什么它们不像人类那样执迷于思考动物是什么？二是早期人类对于这个问题思考了那么长时间，为什么没有找到满意的答案？

动物们七嘴八舌，好像觉得这个问题没有那么复杂。对于以前的时代，它们承认能否写作是区分人类与动物的标准，但在全新的时代，这个标准已经失效。然而，新标准是什么，它们并不清楚。即使如此，它们认识到了一个问题：忽视其他生命的存在，将自己视为最高贵的生命，一定不是动物所为。

但猪老师觉得理解人是什么很重要。这个问题看起来简单，却有无穷的奥秘：

"我们虽然没有像早期人类那样困于其中，但我们偶尔也会问'我是谁'，'我在哪里'，'我会去哪里'。我们应该想一想我们会在什么时候问这些问题？至少对我来说，当我看到自己的同伴被赶走，从此不会回来的时候，我会陷入恐惧，并在那个时刻问'我是谁'，'我在哪里'，'我会去哪里'。所以，当人类感到命运不确定的时候，他们可能会问这些问题。当他们提出这些问题的时候，问题本身不是最重要的，为什么这样问更重要。我觉得他们这样问的时候，是在寻找存在的感觉。"

白山羊不同意猪老师的观点，却没有反驳的确切证据，所以决定无限延伸它的思路：

"您的推想有道理，我也会在惊慌的时候提出这些问题。现在，我更关心的是为什么人类总是在问人类是什么，而没有问动物是什么？如果他们仅仅想通过思考'人类是什么'来寻找存在的感觉，那么这种感觉也就是孤独的感觉。当他们沉浸于自己的感觉，忽视了其他生命的时候，他们还会无数次地想到这些问题，却一次次无功而返。"

猪老师还没来得及回答，就被动物们横七竖八的观点包围。它沉入其中，甚至不知道这些观点是谁提出来的：

"这可是个有难度的问题。尽管我没有清晰的思路，但我的直觉是：对于不关心的东西，不但人类不会提出问题，我们动物也是如此。其实，早期人类内部也有这个现象，有些人种被其他人种忽视，因为他们没有力量，既没有空间性的力量，也没有时间性的力量。任何生命的存在都需要两个条件：一是空间性的存在，二是时间性的存在。如果没有时间标记和空间标记，这些人种纵然有生命，也像不存在一样。当然，早期人类还有其他的存在形式，即语言的存在。即使不具备时间条件和空间条件，语言仍旧能为他们赋予存在的形式，可是这些被忽视的群体却不具备语言能力。"

"语言是一种抽象的存在形式。我觉得早期人类更重视这种形式，并为此发明了很多匪夷所思的概念，例如文化、权力、荣誉、阶级、财富等等。这些概念激励着他们，让他们不断地占有、不断地超越，但也会在他们内部引起分化或对抗。所以，来自外部的比较视野就是必要的，例如如何面对植物，如何面对动物，如何面对沉默的自然。这是一种对比的思维，但早期人类将之变成了区分与征服的根据，即人类不同于动物，人类高于动物，人类可以任意压迫或伤害动物。公平的对比变成了刻意的伤害，他们却从中获得了存在的身份。"

"人是什么？这是一个十分简单的语法结构。在识字班第一节课上，猪老师讲过这个语法，例如风是什么、树是什么、石头是什么、太阳是什么、生命是什么、宇宙是什么……然而，最简单的问题往往最复杂。当我们真想寻找答案的时候，我们却不知道自己是谁。"

在迷惑中，识字班的动物们沉沉睡去。第二天拂晓，随行的小公鸡在树上唱起了《动物之歌》。在荒凉的大地上，这首歌响了起来，既是一种关于时间的提示，也是一种关于安全的暗示。动物们很快起身，做好准备工作。昨天，它们已经熟悉了图书馆的知识分布状况，也发现了符合自己兴趣的问题。今天，它们要沿着这些问题前行。

小公鸡要调查早期人类与自然的关系。他们经常说自己热爱自然，但根据它的初步判断，他们的确这样想过，但真正付诸实践时，他们也仅仅是带着食物坐在草地上野餐，或是躺在树荫下睡觉，却粗暴地驱赶过路的蚂蚁，从来不关心这些蚂蚁是否饥饿，遇到了什么困难。小公鸡认为这是口是心非或语言悬空所致。

白山羊要调查早期人类对于自由的理解。他们经常谈论自由，在议会中谈论，在书房里谈论，在课堂上谈论，在监狱里谈论，但自由究竟是不是他们的最高理想？动物的自由与早期人类的自由有什么不同？白山羊隐约觉得动物的自由才是真正的自由，因其符合自然秩序。然而，人类的语言能力太强大了，它需要找到反驳的证据。

在识字班学习的时候，小黄牛就有一个疑惑。以前，它经常听到早期人类谈论"什么是正义"、"人类的法律能维护正义"之类的话，他们的确制定了很多法律，但人类早期文明并没有变得更好，它想知道这是为什么。

小野猪从猪老师那里听说过奥威尔的书，也多次看到猪老师对奥威尔不满。它想知道奥威尔是怎么描写猪的，也想知道为什么奥威尔可以任意讽刺其他人种，而且获得了很多人的叫好，甚至那些被他讽刺的人也为他叫好？奥威尔批评早期人类的专制思维，但他真能理解自由吗？从表面上看，他走出了早期人类的思维，但当他用讽刺动物的方式讽刺人类的时候，他知道动物是什么吗？或者说，他能回答"人是什么"吗？

……

每个动物都有自己的疑惑，它们带着疑惑进入图书馆，忘记了时间，忘记了空间，就像一个个游荡的灵魂，被无数的疑惑包围着，希望在一个时刻顿悟。

在文学区，小公鸡发现了"自然文学系列"：《瓦尔登湖》《梭罗日记》《沙乡年鉴》《夏日走过山间》《醒来的森林》《遥远的房屋》……有几本已被人类翻烂，其中一本是《瓦尔登湖》，另一本是《梭罗日记》。翻烂意味着受到人类欢迎，小公鸡将这两本书取下来，很快沉醉于其中，它仿佛觉得自己在瓦尔登湖边的小树林里散步，看到了忙来忙去的梭罗，他在砍柴、修补房子、采集种子、与田鼠对话……小公鸡认为早期人类的心里隐藏着对于自然的真诚，所以做了很多摘抄：

> 为什么我们不该培养与狐狸和睦相处的邻里关系呢？就像是为了让表面的友好姿态更进一步，一只狐狸跑来，在我们的帐篷帘子的下面用鼻子向我们问好。我们也不粗鲁地拒绝它的好意。人和狐狸就真的是水火不

容的死敌？人和狐狸躺着歇息的日子就不会到来？

（诗人）并非是自然通过他说话，而是自然与他同在。他的声音不是发自自然当中，而是靠她呼吸，用她来表达自己的思想。当他从自然中捕捉到某个真相，然后就在心灵里加以诗化。他不用说出那是具体的何时何地。他的思想是一个世界，自然的则是另一个。他是另一个自然——自然的亲兄弟。他和自然彼此友善地各行其职，都在宣示另一方的真理。

......

读完后这两本书之后，小公鸡又从书架上取下一本：《夏日走过山间》。与梭罗相比，缪尔展示的是另一种风格，批评的愿望减少了，但更加安宁。小公鸡觉得自己与缪尔的距离更近，它甚至觉得能与缪尔一起生活，尤其是他坐在山间描述自然的时候。实际上，动物们也经常会有缪尔面对自然时的感受，在黎明时刻，在日落时刻，或在电闪雷鸣、狂风大作的时刻：

在这里，没有沉闷空虚的时间，没有对过去的恐惧，也没有对未来的忧虑，这片受到祝福的山峦处处充满着上帝的美……透过每寸肌肤流入体内，创造出令人心醉神迷的喜悦感……人变得单纯，宛如水晶般毫无瑕疵……我心怀渴慕，谦卑地匍匐在上帝的伟大力量面前，渴望摒弃自我，并以永无止境的辛劳体会上帝手稿里的教诲。

日暮将至，小公鸡抄得很快，很潦草，但它没有想到晚上讨论的时候，自己的信念会被动物们推翻。它仍旧是人类文字的初学者，无法认识到其中的奥秘：逻辑让文字看起来真实，情感让文字有力量，但人类仍旧会用文字自我欺骗，迷惑动物。

白山羊整天都在政治学区，专注地阅读。一开始，它就陷入了困境。早期人类对于自由的论述太难懂了，不知所云。它翻开柏拉图、亚里士多德、阿奎那、密尔的作品，一本一本地读。这些书在同一个书架上，所以很好找。最初，它很兴奋，但很快就陷入了困境。它认识每一个字，却不知道他们在说什么。

这个困境完全出乎意料。在识字班学习时，白山羊是最努力的一个，多次指明人类语法的错误，也经常受到猪老师的表扬。然而，真正进入人类的文字世界后，它发现了其中的复杂。一直到夜幕时分离开图书馆的时候，它还身处迷惑与失落中。之后的几天，它不但没有摆脱这个困境，反而更加迷惑，更加失落。

当白山羊从怀疑人类走向怀疑自己的时候，它隐约觉得发现了一个秘密。这个秘密比早期人类对于自由的虚无想象更有意义：早期人类有很多美好的理想，无论他们是否有机会实践，无论他们的实践最终失败还是成功，他们却能在文字中一一实现。当文字让他们陷入幻想的时候，他们愿意将幻想当作真实。

小黄牛一整天都在伦理学区，不停地阅读，因为它迫切地想知道人类的正义是什么。温带北部的动物与热带人类交往时，这种正义是有益的，还是有害的？它在书架中间走来走去，寻找那些被人类翻得最多的书，也就是最破的书。这是猪老师告诉识字班学员的诀窍，也就是如何利用最少的时间发现人类的阅读爱好。

在一排书架的最底层，小黄牛发现一本破旧的《正义论》。它不知道罗尔斯是谁，但它觉得这本书一定很重要。它的语言能力很好，所以很快进入其中：

> 仅仅有效率原则本身不可能成为一种正义观。因此，它必须以某些背景制度的约束，一旦这些约束被满足，任何由此产生的有效率的分配都被承认是正义的。
>
> 第一个原则要求平等地分配基本的权利和义务；第二个原则认为社会和经济的不平等（例如财富和权力的不平等）只有在其结果能给每一个人，尤其是那些最少受惠的社会成员带来补偿利益时，它们才是正义的。
>
> 彼此相爱的人，或对别人和对生活方式产生了强烈感情的人，同时也容易被毁掉：他们的爱使他们听任不幸和别人的不正义行为的摆布。朋友和情人冒着很大的风险去互相帮助；家庭的成员也自愿地这样去做。他们如此心甘情愿，和任何其他倾向一样，都是他们的感情使然。一旦我们爱上了什么，我们就有了弱点……

然而，就像白山羊一样，小黄牛也陷入了迷惑，抄得越多越迷惑。它理清了《正义论》的逻辑，却发现这是一个违背现实的逻辑。罗尔斯对于正义的解释是对局部情况的论述，在他的国家也无法突破白人和有色人种的间隔，更无法惠及动物与植物。小黄牛不否认普世正义是早期人类的理想，但这可能仅仅是一种理想。

反复思考后，小黄牛决定相信自己的判断。尤其想到以前的气候危机时代，早期人类不断违背普世正义，最终不得不接受失败的结果后，它基本上将这本书看作是一个深奥的语言游戏。在气候危机面前，坐下来好好谈一谈，这是一个多么正常、多么简单、多么符合正义的要求，早期人类却不愿意这样做，有些国家总是要捣蛋。

不过，小黄牛很快认识到自己的观点并不全面。对于早期人类而言，"国家"是一个重要的概念，就像"领地"对于动物一样重要，但"国家"不会捣蛋，是一些人类种群以国家的名义捣蛋，由于他们获得了国家的代表权，所以看起来就像是国家在捣蛋。想到这里，小黄牛认为应该找到那些捣蛋的人类，这是分析普世正义在人类早期文明时代悬空的关键问题。

早期人类中有一些将征服的野心掩饰为国家正义、普世正义的群体。由于第一次进化的不足，他们无法从内心中获得存在的感觉，就要借助于外在的东西，例如物质、权力或语言去获得存在的感觉。当他们看到一支强大的军队在语言的蛊惑下四处移动，他们就获得了存在的感觉。然而，这种存在感会在军队移动的过程中减弱，以至于消失，所以他们变本加厉，军队不但要移动，还要动刀动枪。那么多年轻的身体日夜奔波劳碌，不顾生命，只是为了那几个人的存在感。

小黄牛对此无法理解。在识字班学习的时候，它喜欢人类早期文明之初的老子，将他的话背得滚瓜烂熟。它觉得老子身上有高贵的动物性，那可能是一种普世正义，或自然正义。想到这里，它写了三句评论：

> 正义的根本在于尊重自然秩序，而不是满足过度占有的欲望。
>
> 正义分为两类：普世正义和局部正义。后一类正义不是真正的正义，而早期人类以为是普世的正义。
>
> 早期人类从语言中获得关于正义的感觉，却无法在实践中理解正义的内涵。

进入图书馆后，小野猪一直在寻找奥威尔的《动物农场》。此前，这本书的一些内容已经在猪群里引起了愤怒，所以它希望看到这本书，好好研究后去找英国人的后代理论一番。小野猪对奥威尔是不满的，早期人类发明了很多专制制度，但与猪没有一点关系，奥威尔却贬低猪。更让它愤怒的是，英国人没有这个资格。他们总是说自己的国家没有出现过专制，但他们在这个世界上堂而皇之地实践过殖民主义，然后用语言掩盖殖民主义之恶。这是一个比地域性的专制更严重的问题。

经过图书馆三楼自由休息区的橱窗时，小野猪偶然发现了《动物农场》，看样子是最新的版本。自出版以来，这本书在早期人类中广受欢迎，但他们都忽视了奥威尔对猪的羞辱。实际上，早期人类不但这样羞辱动物，也这样羞辱同类，然后装作什么都没有发生。想到这里，它不禁感叹：

"只有人类能做出这样的事。他们羞辱动物，羞辱同类，却不必付出任何代价，所以他们不止一次地这样做。这应该是人类早期文明的迷途。"

不过，在阅读时，小野猪发现了一些意想不到的东西，它决定抄录下来，向动物委员会汇报。由于这些发现，它对于奥威尔的愤怒没有完全消失，但至少缓解了一些：

> 所有动物都是平等的。
>
> 英格兰的动物没有一个享受到自由。动物的一生就是苦难和奴役的一生。这是再清楚不过的事实。这难道是大自然的安排吗？是不是我们这块土地太贫瘠了，不能叫居住在上面的生灵舒舒服服地生活？……为什么我们一直活得这么凄惨？这是因为我们的劳动成果几乎全部被人类盗窃走了……人类是我们唯一真正的敌人。
>
> 所有动物都是平等的，但有些动物比其他动物更加平等。

太阳一点点沉落，图书馆越来越昏暗，动物们又在大树下相聚。吃了青草后，它们再次讨论了这一天的收获。

小公鸡首先展示了自己的发现。它拿出一捆树叶子，上面密密麻麻地抄录了自然文学的片段。它高声朗读，热烈地赞扬梭罗对于动物的宽容：

"我觉得梭罗是早期人类的先知，属于提前开启第二次进化的人类……"

还没等它说完，猪老师就打断了它：

"我想这个问题不能怪你。以前，老黄牛和我们讨论这个问题的时候，你还是个刚生下来的蛋。日出日落二十次，你从蛋里出来。你看到了早期人类对于自然的赞美，却忽略了瓦尔登湖区的历史。那片土地本来是印第安人的，他们祖祖辈辈在那里生活。后来，新移民来了，他们杀光了印第安人，或是将他们赶走。那片土地从此归新移民所有，他们的后代在那里一代代繁衍，忘记了那些被屠杀、被驱逐的印第安人。梭罗敬畏自然、信仰自然，这一点我们无法否认，但他是新移民的后代。这是我们分析自然文学的关键，也是分析早期人类与自然关系的前提。如果忽视了这个问题，我们很可能会以为自然文学是早期人类最崇高的理想；如果我们认识到了这个问题，我们可能会感受到自然文学源于早期人类内部的残酷征服。我们一直为那些消失的印第安人难过，因为他们是正直、勇敢的生命，用身体的力量狩猎，而在狩猎时，他们也会被动物伤害。"

猪老师说完后，小公鸡随即提出了反驳。它在梭罗的日记中抄录了一段关于印第安人的话，然后为动物们高声读了一遍。它认为这段话意味着梭罗不同于那些嗜血成性的新移民：

> 印第安人的魅力在于他自由、从容地处于大自然之间。他是大自然的居民，而不是客人，穿戴也来自大自然，宽松而得体。而文明人则有造屋而居的习惯，他的房屋是一所监狱，他住在里面感到的是压抑和拘束，没有受到庇护的感觉。

猪老师安静地等着小公鸡读完，并没有感到意外：

"我对梭罗是尊敬的，他的言行中的确有第二次进化的痕迹，可能与热带人类也有一些相似之处。以前，我们讨论过一个问题，即通过语言分析早期人类的特点时，要提防言行分裂。现在，我想有必要补充一个问题：当我们判断一个人类的行为时，需要复原行为的起源，既包括个体意义的起源，也包括历史意义的起源。在个体意义上，梭罗是一个伟大的早期人类；但在历史意义上，他之所以能在瓦尔登湖区自由自在地生活，一个前提是印第安人的消失。面对印第安人，梭罗一定会放下屠刀，也会劝诫同类放下屠刀，但他无法改变已经发生的历史。他写的都是他自己想的，却没有涉及早期人类的真实历史。这是另一种形式的言行分裂，一种源于时间的分裂。"

小公鸡陷入了困惑。这个困惑会伴随它很长时间，像其他动物一样不知道如何走出来，即使阅读再多的书也无法走出来。它们觉得有必要向热带人类求助，却不希望热带人类提供明确的答案，因为当它们看到热带人类面对这个问题比它们更困惑的时候，它们就不会认为自己的困惑是源于动物的脆弱理智。

这一天的清晨，刚进入图书馆的时候，白山羊已经陷入了关于自由的困惑，小黄牛陷入了关于正义的困惑……对于识字班的动物们来说，这可能是它们生命中最困惑的一天。它们找到了最想了解的问题，却无一例外地陷入了困惑。在冰凉的月光中，它们向猪老师表达了自己的感受。猪老师不知道如何回答，但作为识字班的领袖，它有必要做出解释：

"我们努力学习早期人类的语言，是因为他们是语言动物。离开了语言，他们不会死去，却会陷入虚无。他们是语言意义的生命，却不能完全控制语言。他们高频率地使用语言，创造了无数的语法类型、无数的表达风格，但仍然会被语言控制，陷入迷途。每当说话的时候，他们觉得语言就是一切，而当他们离开说话的地方，就可能会忘记说过什么，而且经常忘记。为此，他们发明了一些唤醒记忆的方式，例如条约、宣言或告示等。即使如此，当有同类提示他们以前说过的话，他们可能还是想不起来。所以，我们的困惑是正常的。我们能很好地理解他们的语言，但我们不能以为就能理解他们。他们陷在语言里，就像陷在符号的迷宫里，并为此稀里糊涂地发动语言的战争。所以，我们学习早期人类的语言，目的不是理解他们的一切。我们当然想这样做，但这是一个不可能完成的任务。我们的目的是了解他们的困惑，尤其是他们使用语言时所表现出来的困惑。确切地说，这是一种启示性的困惑，以后与热带人类交往时，我们会因为这些困惑而不再天真。"

动物们觉得猪老师说得有道理。它们慢慢意识到，在人类图书馆里的获得与之前预想的不一样。它们可能会无数次陷入困惑，但这不是它们的错，而是早期人类语言的错。所以，它们不再纠结于能否找到准确的答案，相反它们珍惜这些出乎意料的困惑。

对于小野猪而言，除了困惑之外，它还感受了屈辱。有时候，它也觉得这种感受有些离奇，因为奥威尔没有用刀子威胁动物，没有将它们送上屠宰生产线。但有时候，它又觉得这种感受是合理的，奥威尔的确没有用刀子威胁动物，但他用语言伤害猪的尊严，所以是一种语言屈辱。想到这里，它忍不住自言自语：

"人类语言所具有的伤害力有时候与刀剑、枪炮同样厉害，动物们不但被人类奴役，还要忍受他们的羞辱。"

猪老师觉得小野猪的话有点深刻，但又好像没说完，所以它希望小野猪勇敢地说出自己的所思所想。整整一天，小野猪一直在思考这个问题，甚至因为太投入而从楼梯上摔了下来，下巴着地，牙齿咬着舌头。想到那种钻心的疼，它更加生气：

"《动物农场》是一本让我感到可耻又愤怒的书。'所有的动物都是平等的，但有些动物比其他动物更加平等'，一派胡言。这明明是早期人类自己的问题，奥威尔为什么要扭曲我们动物？我们生来就是平等的，如果人类不奴役我们，我们死去的时候也是平等的。我们动物之间有冲突，有时也会有死伤，但没有什么比我们动物更平等，尽管这种平等可能有些残酷，因为我们信仰自然正义，陈力就列，不能者止。"

小野猪觉得自己有些意气用事，所以缓和了口气，冷静地阐述自己的观点：

"奥威尔在两方面是有问题的：一是用资本主义讽刺社会主义。在人类早期文明的末期，资本主义展示了强大的力量，但并不高贵。如果资本主义的信徒，或是从资本主义中获利的人将之看作是高贵的，他们就会陷入一个逻辑错误。早期人类喜欢逻辑，有时候也喜欢逻辑中的错误，所以这个错误变成了一个无法辩驳的常识。苏联失败了，这不意味着对于失败的讽刺就是对的。奥威尔因为他的书而名满天下，这不意味着他说的一切都是对的。他好像不知道或不承认所有人类都向往平等与自由，即使在艰难与困苦中，他们也怀着美好的希望。另一方面，奥威尔将动物卷入了人类的纷争，无限度地贬低动物，指责动物是早期人类困境的根源。在早期人类的语言中，我们是可有可无、随意变化的符号。我们出现在他们的寓言故事里，被他们任意摆布。我们出现在他们的道德研究中，帮助他们实现各种虚无的幻想。而今天，在动物觉醒的时代，我们获得了语言的力量，再也不想忍受毫无道理的羞辱。"

等小野猪说完后，猪老师借这个话题向动物们解释了一个道理：

"人类会说话，他们不停地说，反反复复地展示自己的目的，但他们真的能用语言实现自己的目的吗？有时候，他们说的话与做的事并不一致。我们动物的语言的确没有那么丰富，缺乏修辞技巧和逻辑关系，甚至没有可见的字体，但我们是真诚的，既不会滥用语言，也不会被语言控制。我们依靠自己的感觉，就能确定眼前的动物是同伴、陌路，还是危险，然后决定怎么办。一切都是直接的，不会言不由衷，也不会虚情假意，我们没有人类那样复杂的语言体系，但我们的交往效率更高。如果不信，你们可以去看看人类早期文明时代，日本驻美大使是怎么用语言糊弄美国人的。美国人掉入了一个永久和平的语言陷阱，将谎言当作真实，而日本舰队正在隐秘地向珍珠港靠近，然后在一个晴朗的休息日发动突然袭击。有时候，我很佩服这个日本驻美大使的语言技巧，竟然可以将真的说成假的，将假的说成真的。有些早期人类看起来笑眯眯的，优雅从容，却总是埋下语言陷阱，阻挠人类情感共同体的形成。人类早期文明的衰落与他们使用语言的方式密切相关。"

说到这里，猪老师看向白山羊：

"之前，你希望发现早期人类对于自由的理解。这几天，你一定在图书馆里看了很多书。当你进入这个问题最深层的时候，你可能会疑惑，也可能会迷失。这时候，你应该返回自身，也就是返回动物的自由，你会感受到我们的自由是纯正的自由。早期人类的自由是有限度的，超过了这个限度，自由会变成奴役或专制，而他们经常超过这个限度。英国人说他们的自由是最纯正的，但他们只允许自己的种群享有。有些英国人甚至认为其他地区没有自由，事实上那里的人却与自由为伴，只是他们不像英国人一样有强大的语言力量，所以无法对外表达。在繁盛时代，英国人的语言力量很强大，但仍然无法破解语言的困惑。他们经常说 You have my word，意思是'你记着我的话了'，或'我们一言为定、说话算话'，但考虑到早期人类语言的不确定性，这句话应该这样说：'你记着我的话，但你可能永远不知道我的话的意思'（You have my word，but you probably never know the meaning of my word）。"

这是一个让识字班的动物们迷惑的夜晚。它们从来没有这样迷惑过，不仅仅是迷惑，还有无以言表的愤怒。在相互缠绕的迷惑与愤怒中，它们对于一个事实坚信不疑，即早期人类是一种语言动物，个体存在需要语言，群体存在也需要语言。他们用语言确定种群的起源，用语言诉说面临的问题，也用语言描绘对于未来的想象。如果没有语言，他们只能活在变化无常的当下。如果一切汇集于当下，当下就可能被压碎，他们会失去空间感，失去时间感。过去的已经消失，而且不可复原，未来的还会到来，却是谜一样的未来，而当下的一切又是破碎的，他们如何才能幸福，他们的文明如何才能延续?

　　早期人类没有因为复杂的语言而生活得更好，相反语言让他们高傲地迷失、长久地低落，或无缘无故地亢奋。有时候，他们为了一句话而发起长达数年的战争，成千上万的生命化为尘土。所以，语言让他们获得了一点存在感，也将他们置于危险中。对于这个困境，早期人类是有所反思的，却没有找到语言的替代品。有人以为黄金能替代语言，所以拼命地抢夺黄金，但有一天他们发现有的人动动嘴皮子，就能胜过黄金万两。这个发现让他们更加迷茫，不得不返回控制语言、又被语言控制的老路上。

　　长期以来，这也是一个让猪老师感到迷惑的问题。它深陷其中，无法理解人类语言与行为的分裂。但在困惑中，它发现了人类早期文明的隐秘秩序。这是一个由语言、逻辑、理性共同构成的秩序，很多时候主导着早期人类的自我认识，以及他们对于动物的认识。这个秩序有排斥性和压迫性，所以他们才会坚定地认为动物是没有语言、没有意识的低等生命。

　　这是猪老师的顿悟，源于以前它在一本科学书上读到的一段话。那是一个法国哲学家对于动物的离奇认识。17 世纪，马勒伯朗士（Malebranche）做了一个实验。他用木棍打了自己的狗，狗感到了疼痛，于是狂叫，他觉得这是机器遇到撞击时发生的现象。猪老师并不喜欢狗，但看到这个离奇的认识后，还是为那只狗感到痛心。它将真诚、热情与纯真毫无保留地献给人类，却被人类羞辱。有时候，动物们会批评狗摇尾乞怜，不能认清人类的面目，但狗真的错了吗?

听到这个故事后，识字班的动物们决定明天深入调查，因其涉及早期人类对于动物的根本看法，也是动物理解早期人类的重要角度。

夜已深，圆圆的月亮挂在天上，几乎没有一个动物睡得踏实。第二天，它们很早就起来，还没等到小公鸡唱起《动物之歌》，就匆匆忙忙地进入了图书馆。

猪老师想知道马勒伯朗士到底是谁，他为什么提出那个荒谬的观点。它不停地翻书，终于在一本科学历史中找到了他的思想归属：笛卡尔学派。猪老师的语言能力极为出色，想象力也很丰富，每当看到一个新名词，就能猜到隐藏在深处的秘密。自出生后，它就意识到自己的这种能力。在这次人类图书馆之旅中，它充分地运用了这种能力。

猪老师当即意识到笛卡尔是一个人，而且很重要。它很快找到了笛卡尔的作品系列，然后取出了《谈谈方法》。这个题目很有吸引力，翻开目录后，它意识到这是一个早期人类的精神世界，没有任何动物的影子。笛卡尔专注于思考如何处理现代人与古代人的关系、法国人与外国人的关系、自己与自己的关系……这些问题很复杂，但最终可以归结为人类存在的基础问题，即人类是什么，他们从哪里来，又会到哪里去，他们的生命有什么意义……

猪老师沉浸在这些问题中，甚至有时候还会像笛卡尔一样思考。也是在这个时刻，它想到了另一个问题：早期人类尊重祖先，又违抗祖先，但他们最终还是会感谢祖先，将祖先的事业当作立身之本。然而，他们的祖先只是人吗？在自然秩序中，很多动物出现得更早，所以也应该是他们的祖先。

这是一个事实，却被早期人类刻意忽视。因为一旦承认这个事实，他们就要放弃进化论，也要放弃进化论为他们带来的荣耀，甚至会感到一种道义的负担，因为他们忽视了真正的祖先。他们从远古的哺乳动物进化而来，所以动物是他们的祖先，但他们没有尊重真正的祖先，反而将之当成食物来源或奴役的对象。这是典型的人类功利主义，一种删除了自然伦理和生命感受的早期人类理性。在机器文明时代，他们称之为工具理性。

这个想法倏忽而过，却足以让猪老师震惊，但它觉得没有必要如此震惊。有时候，早期人类并不尊重他们的祖先。在功利主义的诱惑下，他们发明了一种可以取代祖先的时间意识，也就是变化莫测的当下，然后对之敬仰，或是无限度地利用。他们总说过去很重要，但这是一个不确定的表象，他们重视的仅仅是当下，这个变化莫测的时刻才是他们的祖先……

临近正午时分，小野猪抱着一堆书到处找猪老师，最后在科学历史区发现了它。猪老师正在思考，闭着眼睛，静止不动，像一座没有生命的塑像。在旁边等了一会后，小野猪决定打断它，尽管不礼貌，但有必要告诉它一个重要的发现。

小野猪找到了笛卡尔与马勒伯朗士的思想关系，这是早期人类对动物残酷、又无知的原因。在两排高高的书架之间，它清晰地向猪老师说明了自己的判断：

"动物是一种物质性的机器，没有情感，也没有理性，所以不会感到快乐与痛苦。笛卡尔据此定义了动物的特点：'作为生命，它们与人类的身体功能相似，却没有语言能力与理性能力，也没有思考能力'。很多人认同笛卡尔的观点,笛卡尔学派于是出现了。他们对于动物的理解推动了动物活体实验。笛卡尔虽然没有发表相关作品,但他支持动物解剖。在机器文明时代,动物的艰难境遇与笛卡尔学派有直接关系。他们认为动物没有感受力,所以动物在活体实验中忍受的痛苦是可以忽视的,动物也就成了最理想的牺牲者。"

猪老师要求小野猪领它到这些资料的发现地。那个地方在图书珍藏库的文学区,坚固的橡木架上塞满了已经发黄的印刷文本和手写文本。猪老师随意抽出一本,伏尔泰的《论宽容》。它觉得有些意外。之前,它就想了解这个素食主义的信仰者,因为他曾经说过一句让动物们感动的话:

"动物所受到的痛苦是人类作的恶。"

临终前不久,在一封信里,伏尔泰又说过一句让动物们感动的话:

"人类对待动物的方式是不人道的。"

猪老师坐在地上,专心地阅读《论宽容》。在学习早期人类的多语言转换技巧时,它听说过一个词:伏尔泰的素食主义(végétarisme voltairien)。今天,它要搞清楚这个词的具体意思,伏尔泰到底是动物的朋友,还是玩弄语言的人类? 很快,它在《论宽容》里看到了一句话:

"由于感受力的存在,我们对于动物应该有同情心。"

猪老师很感动,但很快冷静了下来。根据自己对于早期人类的了解,它不能据此作出最后的判断。在一个书架中部,它找到了一本手写体账本。晚年伏尔泰对他的国家极为失望,于是移居瑞士。这个账本是他在瑞士生活的开支记录。很多人到这里拜访他，他会热情地招待他们。

翻开账本后，猪老师是失望的，对于伏尔泰是失望的，对于早期人类的素食主义梦想也是失望的。伏尔泰说自己是素食主义者，但这仅仅是用语言实现理想。他经常用珍稀的野生动物招待来客，例如火鸡、鸭子、野兔、圃鹀鸟等。酒足饭饱后，他们一边剔牙，一边谈论这些野生动物的身体特点，全然忘记了它们也是有爱有恨、有妻有子的生命。伏尔泰认为人类对待动物的方式是不人道的，但猪老师觉得人类对待动物是人道的，因为只有人类才会这样做。

猪老师示意小野猪离开，也别让其他动物来找它，它要再次陷入迷惑与愤怒的沉思。

对于早期人类使用语言的方式，猪老师向来有两个不满：一是滥用语言，时常将语言置于解体的风险中；二是总是无缘无故地贬低动物，例如笨猪、蠢驴、恶狼、狡猾的狐狸……这是早期人类的无知，却对动物造成了莫大的伤害。很多时候，动物比人类聪明，比人类淡然，比人类知足。但由于语言能力不足，它们受到了人类语言的欺凌。猪老师知道自己无法消除语言的不公，它唯一能做的是将这些材料整理出来，向动物委员会报告，帮助它们确定与热带人类交往的原则，如有可能，要求热带人类向动物道歉。尽管那是早期人类的错，但热带人类有必要向动物保证此类问题不再出现。

昏黄的傍晚像往常一样到来，动物们觉得这一天格外漫长。它们对于早期人类的好奇心已经被语言的迷惑性冲散。暮色将至，它们坐在大树下，沉默不言。它们几乎都在思考同样的问题，但没有动物愿意说出来，因为这个问题的每个细节都是沉重的。

在蟋蟀的叫声里，小公鸡想打破沉默。它早就听说过这个问题，也认真思考过，只是没有机会说出来。现在，它要说出来，即使说得没有道理，但至少是在勇敢地用语言表达自己的想法：

"我总听到早期人类说人性是复杂的。他们的确是这样认为的，而且经常半幽默、半认真地说：'我们可真复杂'。我觉得人性并不复杂，无非是趋利避害，不断寻找对自己有利的，避免对自己有害的。实际上，复杂的不是人性，而是人性的展示方式。他们喜欢用神秘莫测的语言、眼神、表情和姿势展示人性。多数情况下，眼神、表情和姿势并不会违背人性的真实状态，而语言就不同了，因为语言能将人性表现的似真似假，不可理解。早期人类已经意识到这个问题，却仍旧相信语言的力量，即使语言违背了人性，违背了自然正义，他们仍旧相信语言的力量。每天早上唱完《动物之歌》后，我就想想这些问题，想了一遍又一遍，然后我悟出了一个道理：我们动物才是自然正义的象征，绝不会违背自然秩序。早期人类源于自然，却对抗自然，尤其是在机器文明时代，他们越来越走向自然正义的反面。"

小公鸡的话彻底赶走了压抑性的沉默，动物们开始畅所欲言：

"对于早期人类来说，语言是一个仅次于生命的问题，但他们好像忽视了这个问题，经常滥用语言，或者陷入语言的迷途。对于这个迷途，他们视而不见，然后去探究一些无关紧要的问题，例如人是什么，人为什么存在？语言对于人类来说太重要了。我们以后跟热带人类交往时，如果他们想用语言包围我们，让我们难堪，我们就向他们指明这个迷途，让他们知道他们的祖辈究竟用语言做了多少荒唐事，他们就不敢再用语言迷惑我们。"

"我认同白山羊的说法，人类世界是语言的世界。一个群体用语言压迫另一个群体，压迫者说是在实践正义。一个人用语言压迫另一个人，他却说自己在探索真理。有时候，他们用语言给自己制造困难，却以为那是深奥的哲学。所以，人类与语言的关系，或者说人类是如何借助于语言而存在的，是一个比'人是什么'更重要的问题。长久以来，正是因为语言能力不足，我们处在不利的状态。我们为此而难过，但也不必失望，我们不能熟练地使用语言，也就不会在语言中迷失。"

"语言是生命与存在的根本问题。如果这个世界上只有一个生命类型掌握了语言，他们会将语言作为唯一崇高的标准。如果所有生命都掌握了语言，语言也就不再是唯一崇高的标准。但现实的情况可能更复杂。早期人类认为只有他们的语言才是语言，他们不了解其他动物，却拒绝承认它们有语言，也拒绝承认它们有意识。早期人类创造了书写语言，而书写语言能长久地保存记忆，他们由此获得了时间意识，或历史意识。对于动物来说，这是不公平的；对于不善于书写的人类种群来说，也是不公平的。当那些善于书写的种群将自己的存在变成语言形式，并从语言中获得高贵时，不善于书写的种群却是不存在的。"

"我想这是一个事实，我们在这个图书馆里已经确认了这个事实。一个人类种群要想获得坚定的存在感，就需要丰富、完整的语言体系。语言丰富并不意味着这个种群离真理更近，但至少意味着他们有更多展示的机会。语言展示是早期人类存在的方式，我们对此有些难以理解。长久以来，我们总能感觉到自己的存在，既不需要语言，也不需要其他符号。但早期人类迫切需要语言，语言让他们从虚无中显示，显示又意味着存在，所以他们在语言领域中付出的努力最长久，也最密集。"

动物们在这个图书馆里调查了一个多月，日起而作，日落而息，每天睡前讨论当天的收获，并为第二天的调查寻找线索。早期人类的知识体系极为庞大，似乎无所不包。对于早期人类而言，这是一种精神力量的象征，动物们却会迷失。因为在这个庞大的知识体系里，它们几乎没有一点影子，即使偶尔出现，也往往是可有可无的附庸角色。

最初，动物们的确遇到了很多难题。当它们逐渐熟悉了早期人类的思维方式和语言习惯后，它们也就不再感到惊奇，而且接受了很多以前不能接受的现象，例如面对其他生命时，早期人类会以整个人类为中心，而当他们面对人类的其他种群时，他们不再以整个人类为中心，也未必以自己的种群为中心，所以他们将忠诚当作最重要的品质。

动物们还有一个直接的感觉：早期人类的文字越久远，他们的心境越单纯、越肃穆、越高贵。相反，动物们越是读到人类早期文明末期的文字，就越感到匆忙、枯燥、浅薄。对于它们而言，这是一个谜，它们能感觉到这个谜的结果，却不知道这个谜的原因。在人类早期文明的最后时刻，他们的精神应该更加圆满、坚定、明确、深刻……这是理所当然的状态，但当最后的时刻到来时，他们的精神却是飘摇的，好像失去了根源。对于这个现象，动物们有一个大胆的猜测：在最后时刻到来前，早期人类的文字阶层失去了启示的力量，也就无法提升人类的理智与情感。

　　在这个图书馆调查的最后一天，识字班的动物们决定一同探索科学区。这是早期人类引以为傲的知识类别。它们在密集的书架中间穿梭，不时发现有意思的书籍或实验记录。它们无法看懂里面的数字和符号，却体会到早期人类对于技术的依赖，以及技术对于人类早期文明的改变。

　　除了伦理学之外，小黄牛还关注人类与科学的关系，或者说人类与科学的矛盾：

　　"由于科学的进步，早期人类的整体力量变得极为强大，个体力量却在变小。他们很少反思这个问题，因为个体力量变小意味着他们的思考能力在变弱。不仅仅是思考能力，他们的感受力好像也变愚钝了，所以他们对于其中的危险也就没有思考的愿望，更没有改变的能力。"

　　对于其他动物而言，这是一个新问题。之前，它们更关注早期人类的心理，而现在小黄牛想到了一个新角度。它们刚要陷入沉思，却被一阵急促的声音惊扰，"嚓嚓嚓……砰砰……嚓嚓嚓……砰……"

　　一直以来，在苍鹰和其他动物的保护下，识字班的动物们已经有了充分的安全感，不再为一些突发状况而惊慌。当这个声音传来时，它们确定是从科学区外面的大厅里发出的。白山羊向着那个方向跑去，很快回来了：

　　"一只蝙蝠，它被困在大厅里。我想我们应该打开窗户，让它飞出去。但那个窗户有点高，你们过来帮帮我。"

　　白山羊站在小黄牛的背上，用左前蹄推开窗户。一阵风吹来，那只蝙蝠发现了逃离的路，很快消失了踪影。动物们感到高兴，也感到有些可笑：在动物觉醒的时代，蝙蝠还像以前一样混沌。不过，猪老师并不这样认为，它一贯喜欢穿过表象，进入表象的内部：

"诸位，这不是蝙蝠的错。实际上，人类机器文明为我们制造了很多困惑。对于早期人类而言，玻璃是伟大的发明，挡住了风，挡住了寒冷，挡住了灰尘，只透过温暖的阳光。以前，我总看到养殖场的主人坐在屋子里，在窗边眯着眼睛晒太阳，哪怕外面寒风凛凛，屋里依旧温暖。"

听到这里，动物们不再觉得蝙蝠可笑，安静地等着猪老师后面的话。它们已经形成了一个习惯，每当猪老师要评论一个现象，它们就期待着震惊，而猪老师几乎每次都不会让它们失望：

"在清晨与夜幕之间，我们渴望的是光。光意味着空间，意味着没有阻挡，意味着可触摸的存在，但玻璃打碎了我们的常识。那只蝙蝠要奔向光，却不知道会碰到玻璃。玻璃是早期人类所特有的思维，一种关于选择的思维。我们应该记下来，向动物委员会报告。在与热带人类会谈时，我们可以提出一些要求，例如热带人类安装玻璃时要充分考虑到其他动物，事先告知，或在玻璃上贴上躲避标识。"

第二天，在小公鸡的歌声里，识字班的动物们离开这个图书馆，一路向西，一路寻找。之后的一年多，它们在温带北部发现了一个又一个早期人类遗留的图书馆。由于对第一个图书馆调查细致，讨论的问题足够深入，所以对于后来发现的图书馆，它们只需要寻找差异即可。

在调查的过程中，动物们一次次体会到这是一个人类的世界。它们看到的一切，包括城市规划、道路设计、楼梯布局，也包括大大小小的景观，一切都是为了人类的习惯，适应他们的视觉、听觉、触觉，适应他们的身体形状、走路方式、四肢的长度。对于早期人类而言，这些景观是温暖的、优美的、便利的、文明的。但对于动物而言，这是驱逐的仪式。蚂蚁、老鼠、喜鹊、麻雀本来可以进入人类世界，却总是被直接或间接驱逐，一次次感受着人类早期文明的冷漠、野蛮、坚硬。

这就是真相。识字班的动物们可以置之不理，忽视其中的冷漠、野蛮、坚硬，但也就此失去了认识人类的机会。它们当然不会置之不理，而且清楚地知道：要认识早期人类，就不能忽视他们的冷漠、野蛮、坚硬。

在返回的途中，动物们边走边讨论，基本形成了人类调查报告的纲要。回到温带北部的定居地后，猪老师夜以继日，完成了一份正式报告。在向动物委员会提交之前，它又详细地修改了三遍。这个报告共有十二条，基本包括了识字班对于早期人类的判断：

《早期人类调查报告》

第一条　自诞生以来，早期人类陷入了人类中心主义。他们不知道这种倾向是如何形成的，甚至不关心这个问题。这种态度让他们从来不把动物视为平等的生命，也导致了人类内部的分化与对立，一些种群被其他种群视为低等生命，甚至连动物都不如。尽管人类有避免分化与对立的愿望，并制定了很多法律，例如国际法，但有些种群总认为自己更高贵，生来就有奴役其他种群的资格。人类早期文明为此付出了沉重的代价。

第二条　早期人类喜欢因果关系，却会陷入因果关系的迷途，为了最后的结果而否定最初的原因。对此，他们有过反思，希望拒绝因果关系的变种，例如功利主义、实用主义、投机主义等，但他们还是喜欢因果关系，甚至崇拜因果关系。对于他们来说，因果关系变成了伟大的信仰。

第三条　早期人类有时候看起来很坚定，有时候很迷茫。每当迷茫时，他们经常思考自己的存在，其中一个核心问题是：人类是什么，或者说人类的生命有什么意义？他们将自己看作是这个世界上唯一的智慧生命，越来越骄傲，也越来越孤独，所以始终找不到这个问题的理想答案。

第四条　早期人类是一种语言动物。他们用语言展示自己的希望，也用语言展示自己的不安。很多时候，他们将希望完全寄托在语言上，用语言实现希望。所以，他们总想控制语言，控制每个词、每个句子。鉴于此，我们应该以冷静与公正的态度提出一个观点：我们动物难以理解早期人类，但他们并不复杂，他们运用语言的方式让他们无限复杂。

第五条 早期人类滥用了语言的力量，并颠覆了语言。尽管如此，动物们仍旧有必要借鉴人类语言的记忆功能，记录我们当下的生活，保留存在的证据，作为过去的结束，作为未来的开始。我们应该保护、利用人类遗留在温带北部的图书馆，这是人类语言所成就的伟大事业。我们建议在这些图书馆里开辟动物知识区，广泛收录动物的作品。

第六条 早期人类对于自身存在的迷茫导致了符号的过度使用。他们希望将自己的一切都加上符号，既包括日用品领域，例如 Chanel、Benz、Nike，也包括行为领域，例如局长、经理、县长、教授。这是被动的存在逻辑，也就是用符号证明生命的存在，生命本身反而变成了附属物。这些符号本来是附属的，是可有可无的，他们却视之为最重要的东西，以至于忘记了一个常识：他们的生命，及其所依赖的自然才是最重要的东西。在生命即将逝去的时刻，他们将会知道除了生命，其他的一切可有可无。最后的顿悟总是徒增悔恨，无法改变早期人类对于符号热切又虚无的愿望。

第七条 在机器文明时代初期，当宗教不再是普遍信仰的时候，早期人类找到了新的寄托，即国家。我们从这个变化中发现了一个道理：一个国家要变强大，至少不被其他国家欺辱，他们会有很多应对之策：好好养育孩子，为之提供健康的食物、坚实的安全感，从小鼓励创造精神；每个家庭要竭尽全力，整个国家也要竭尽全力。根据详细的调查，我们有一个判断：哪个国家对孩子投入多，关心他们，照顾他们，哪个国家就会强大。但在人类早期文明时代，一个国家变强大，并不意味着就会成为最高正义的象征。这个国家的孩子一定是这个国家的支持者，却不一定是博爱的世界主义者。在国家内部，他们崇尚正义、维护公平，但在国家外部，他们可能是自私的，甚至比那些生于失败国家的人类更具破坏力。鉴于此，我们提出一个建议，希望动物委员会向热带人类转达：他们应该珍惜自己的孩子，并让他们从小认同一切生命平等的道理，放弃弱肉强食的规则，不论是对待动物，还是对待其他人类。我们动物应该借鉴早期人类的经验，爱护幼年生命，竭尽全力养育我们的幼崽。

第八条　在早期人类中间，总有一些人是孤独的。这是一种消极的孤独，会将他们引入绝望。有时候，他们又觉得自己是幸运的，因其找到了存在的归属感，也就是对于权力的向往。这个愿望让他们看起来真诚、纯粹、可爱。从此，他们生活在一个诱惑性的信仰中，为了这个信仰不辞劳苦、变化莫测、残酷无情。他们最终会陷入更深刻的孤独，几乎无一例外，我们对此并不吃惊。当他们梦想着权力，并被权力眷顾的时候，他们表现出了一种人性；当他们感到被权力弃绝的时候，又会表现出另一种人性。这些人类不能代表人类早期文明的特点，却是我们理解人类早期文明的必经之路。

第九条　早期人类是群居动物。群居既是日常生活方式，也是个体应对存在感不足而导致心理动荡的方式。不过，我们还是在人类知识中发现了一些纯粹、伟大的孤独者。他们内心安静、深奥、伟大，生来就是绝对的存在，无需外在辅助。在与热带人类交往前，为了避免动物们的无知，有必要向全体动物介绍这些伟大的孤独者。我们最认可的是老子、苏格拉底和古道尔。动物们可以根据老子了解早期人类思想的深奥，他的文字里有一种符合自然秩序的力量。动物们可以根据苏格拉底了解人类共存的艺术，那是人类早期文明的正义根源。动物们可以根据古道尔了解早期人类创造美好世界的努力，她一生在非洲大草原生活，感受到了自然生命的平等，并始终致力于改变人类中心主义的弊端。

第十条　殖民主义是早期人类精神的不良倾向，喜欢欺压同类，无限度地奴役动物，惯于以强力或阴谋实现自己的目的。动物委员会有必要向全体动物发出警告，提防可能残留的殖民主义者，无论他们是微笑的，还是深沉的，总之避免与他们直接接触。如果无意中与他们遭遇，在危险到来的时刻，动物们要勇敢地战斗，不要被他们的语言和表情所迷惑，因为只有击溃他们才是保护自己的最好方式。

第十一条　我们应该向热带人类表明动物存在的正义性，彻底改变他们对于动物的无知或轻视。如有必要，我们可以采用局部对抗或有限进攻的方式。相比而言，最理想的方式是发起一场语言学革命，热带人类和动物们共同创造一个平等的语言体系，改变热带人类谈论动物的方式。

第十二条　我们对于热带人类要怀着希望，不只因为他们在第二次进化中获得了自然性，也是因为他们的祖先中有一群素食主义者。他们无论是坚定的素食主义者，还是装模作样的素食主义者，都应该是与我们对话的优先对象。

七

孤独的殖民主义者

在地球历史上，这是一个动荡的时代，也是一个伟大的时代。很久以前，大概是三十万年或更久以前，人类开始统治地球。这是一个有智慧的物种，但他们的智慧又不是那么完善，总是被过度占有、过度控制的欲望干扰。这些欲望为之赋予了源源不竭的生命力，却破坏了自然秩序的平衡，人类早期文明由此衰落。

小冰期日益加剧，人类不得不向热带迁徙。候鸟对于这次迁徙是乐观的，因为它们发现一个新人种诞生了，自由自在，内心坚定，不再违抗自然正义。每年春天，候鸟飞回温带北部，向动物们传达新人种的消息。在亲眼见证这个变化之前，动物们仍旧有疑惑。它们不知道热带人类会不会像以前那样，安静片刻之后再次开启对于自然的专制。

温带北部的动物们决定与热带人类直接对话，开诚布公地讨论这个世界的未来。为此，动物委员会委托识字班调查了温带北部的图书馆，发现早期人类的特点，进而判断热带人类的习性。经过识字班的不懈努力，人类调查报告很快完成。在正式对话之前，担任信使的鸟类将这份报告送达温带北部的诸多动物种群，包括养殖类动物，例如羊群、猪群、牛群、鸡群，也包括野生类动物，例如虎、熊、田鼠、草原狼等。

读完报告后，动物们对之几乎无可反驳。它们对于早期人类的特点已有所了解，报告在一些方面证实了它们的认识，在另一些方面深化了它们的认识。但热带人类的精神状态究竟有什么改变，它们还是不确定的。鉴于此，动物委员会决定派遣多物种调查团，秘密深入热带人类的生活区，搜集他们的言行，据此判断人类第二次进化的状况。

多物种调查团很快组建完成，包括空中分队、陆地分队、水中分队。空中分队由苍鹰和猫头鹰负责，苍鹰观察热带人类白天的行为，猫头鹰观察热带人类夜间的行为；陆地分队由田鼠和野兔负责，野兔观察热带人类的田间劳动，田鼠观察热带人类的作息规律；水中分队由鳄鱼和青蛙负责，观察热带人类在近水地带的活动。

此外，动物委员会又组建了后勤分队，包括候鸟和识字班的众多学员。候鸟负责在三个分队间传递信息，并使之与动物委员会保持紧密的联系。它们还要复述热带人类的声音，识字班的动物负责将声音变成文字，并尽快向动物委员会报告。这些文字将永久留存，动物的后代也就知道它们的先辈为了这个世界的未来而付出的努力。

春天来临之前，多物种调查团在各自的领地上练习观察技巧，以及在艰苦状态中生存的能力。其间，老黄牛写了一封信，苍鹰将之送到各个动物领地。在信中，老黄牛说明了这个世界的新形势，以及多物种调查团的使命：

"此前，我们的动物识字班已经在温带北部调查了早期人类遗弃的图书馆，目的是了解他们的过去，当然也是为了解我们的过去。我们发现了早期人类高傲又脆弱的原因，也发现了动物们纯真与无力的原因。但这次调查是有欠缺的，并不是因为识字班的能力不足，而是因为根据候鸟的消息，热带人类正在变化。我们希望这是一种好的变化，但谁都不能证实这个预测，所以我们有必要派遣多物种调查团，既要了解热带人类的过去，也要了解他们的现在，然后规划我们的未来。"

一场大雪之后，温度起伏不定，但动物们明显感到北风在一点点变暖，多物种调查团准备出发。但在动身前的一刻，从热带回来的候鸟带来了热带人类的一封信。这封信让动物们摸到了它们的希望，因为写信的人类称温带北部的动物为"可敬的精灵"，或"伟大的北方生命"。读完后，它们感到了一些急迫。热带人类说他们受到殖民主义者的进攻，殖民主义者想再次控制这个世界，然后复兴机器文明。他们从狂风肆虐的海浪中驾船奔袭，一举一动里有无所顾忌的野蛮。

刚刚安定下来的热带人类没想到他们中间残留了这个种群。他们已经驱赶了过度占有欲，也就不再有对抗这种欲望的力量，所以对于野蛮的进攻没有招架之力。而殖民主义者一直信仰征服、占有与奴役，所以在人类第二次进化的过程中竭力搜集能源、钢铁、弹药，并成功占领了太平洋、大西洋中的很多岛屿，在那里复兴了人类机器文明时代的统治模式：分工制度作为生存规则，因果关系作为道德激励，离奇古怪的符号作为无尽的诱惑。他们也会用变化无常的语言修补各种逻辑漏洞，确立了一个看似正义、实际上无比邪恶的行动纲领：活着是为了征服，征服是对正义的最好实践。

在一个月黑风高的夜晚，殖民主义者向热带太平洋西侧的知识界发动进攻。在变化的灯光里，在轰隆隆的炮声里，他们所向披靡，很快占领了大片丛林。如果不是地形复杂，植被丰茂，他们一定不会停止向前的步伐，因为这里的热带人类几乎没有对抗突袭的能力。

在人类早期文明时代，殖民主义曾经让人类十分困惑。殖民主义违背了自然正义，违背了人类正义，却所向披靡。在困惑中，他们想了很多办法，却仍旧无法解释向善之心被人性之恶压倒的结果。人类早期文明有很多问题，但向善之心从来都让他们感到欣慰。然而，如果一味强调向善之心，他们就不知道如何对抗人性之恶。他们想过用语言学的方式解决这个困惑，例如缔结条约、发布宣言、制定法律等，但终究无法阻止殖民主义。

在新时代之初，当殖民主义在海洋上出现时，这个困惑再次出现：热带人类的向善之心还是脆弱的，不能阻止恶，更无法消除恶的根源。一系列溃败和重大的人员伤亡之后，他们开始直面这个困惑，努力寻找反击的方式，并在两个方面有所改变：一是明确区分人性中的善与恶，寻找对抗恶的方法，从而完善第二次进化的不足；二是向温带北部的动物求助，希望它们与热带人类一道击退殖民主义。

对于热带人类而言，这封信意味着后人类时代的正式开始。对于温带北部的动物而言，它们根据这封信了解了人类第二次进化后的心理。它们对写信者充满了好奇，虽然直到与热带人类会谈的时候，它们才知道写信的是那个与老黄牛一起长大的小女孩。在热带定居后，她成了知识界的领袖。她以为再也见不到老黄牛，却不知道老黄牛最先读到了她的信。

殖民主义的枪炮声刚刚退却，她在一棵大树下写了这封信。树枝碳粉笔在晒干的芭蕉叶子上快速滑动，"唰唰……唰唰唰……"。她对于动物充满了愧疚，这是一种历史性的愧疚，无以言表，字里行间却无所不见。就像其他热带人类一样，她对于生命已经有了全新的认识：人类不再是万物尺度，不再肆意地炫耀种族的优越性、语言的优越性、符号的优越性，总之第二次进化后，热带人类不再喜欢区分。

她用"伟大的北方生命"开篇，但让动物们印象最深的是第一段话，读了就不会忘记：

"当人类认为自己是这个世界统治者的时候，他们一定不知道他们所努力创造的文明会因为这个观念而衰落。他们总在回避这一天的到来，但这一天还是到来了，而且以出乎预料的方式。人类想到了后人类时代，却没有想到这个时代是在能源耗尽的时候出现的。当这个时代到来时，另一个让人类意外的事发生了：他们并没有因为能源耗尽而消失，相反他们迎来了新生。这个新生源于人类对于一个常识的认可，即在这个世界上最重要的是生命本身。然而，当人类以为只要知道这个常识，伟大的时代就会开始的时候，野蛮的殖民主义打碎了他们的愿望。人类的祖先经常陷入一个错误，也就是将愿望当作真实。第二次进化后，人类对于这个错误是有所提防的，却再次陷入其中。在鲜血、伤痛与烈焰中，他们重新觉醒，并且认识到人类早期文明衰落的根源。他们本性是善良的，却是懦弱的善良，没有对抗恶的能力。当殖民主义再次袭来的时候，他们终于想通了一个长久以来让他们困惑的问题。他们决定彻底解决这个问题，以此作为后人类时代的开端。此外，他们又获得了一个新的认识：善与恶就像一个难以解开的辩证法，有善就有恶，有恶就有善，然而恶最终会让善更坚定。想到这里，他们不再迷惑，不再悔恨，不再犹豫，在恶的包围中，善的力量将会复活。"

识字班的动物们熟悉人类语言，读完一遍后竟然没有完全明白。于是，它们放慢速度，逐字逐句又读了一遍，才大体认识到其中的意图：热带人类不再是以前的人类，他们向往自由，尊重生命，但美好的愿望受到了殖民主义的干扰，确切地说，不仅仅是干扰，而是灭亡的危机。

在这封信的第二段，热带人类说明了他们的困难之处：

"来自海洋的殖民主义者是强大的、野蛮的、残忍的，为了征服热带无所不用其极。征服热带后，他们还会向温带、寒带进军，直到征服世界，奴役所有的生命。在热带定居的人类已经觉醒，他们奋力向殖民主义者发起反攻，虽然在人数上有优势，却已经无法适应人类早期文明的战争方式。面对密集的炮火，他们一边躲避，一边反击，伤亡惨重，却仍然怀着慈悲之心。被抓到的殖民主义者跪地求饶，涕泪交零，用'亲爱的朋友'或'我们的兄弟'之类的语言迷惑他们，他们无法区别真伪，于是允许他们离开。当这些求饶者手持刀枪，再次作为入侵者站在他们面前的时候，关于善与恶的困惑让他们几乎无法喘息，甚至失去了对于美好生活的向往……"

最后，热带人类希望温带北部的动物们帮助他们击垮殖民主义，"这是对于自然正义的保卫，也是对于我们共同未来的保卫"。

在新时代的开端，热带人类刚刚从剧变中恢复过来，他们对于动物的了解要比动物对于他们的了解要少得多，但他们知道动物已经在温带北部定居，也知道动物的情感和智力有了巨大进步，所以决定向它们求助。

看到这封信的时候，老黄牛并不知道是谁写的，但它想知道是谁写的，因为这封信与早期人类的逻辑大为不同，里面隐藏了一个关于美好未来的理想。觉醒之后，动物们也有这个理想，它们还没来得及提出来，但看到这封信之后，它们隐约觉得这个理想将会实现。

当然，动物们知道这个理想有些飘忽不定。热带人类遇到了前所未有的挑战，于是写了这封信，但最终会怎么样，谁都不知道。况且，即使动物们答应了热带人类的请求，他们也要等三个月或者半年。在这段时间里，谁都不知道他们是否有力量独自对抗早期人类的野蛮。

殖民主义者一定希望在深秋之前结束进攻。在小冰期日益加剧的时代，每逢冬天，热带海洋漂浮着来自北方的冰川，行船不便，而且近地空气不足，尤其是在海拔高的地区。所以，他们在春夏之交发动了大规模的进攻，从一开始就是无区别、高烈度的进攻。

为了这场战争，或者说为了他们所期待的未来，殖民主义者准备了三年多。他们的内部出现过很多分歧，但最终都是用强力的方式解决。那些理想不坚定，或不认同殖民主义理想的同类都被驱赶到海里，任其生死。这是殖民主义者最喜欢的方式，虽然残酷，却能高效地解决问题。之后，他们秘密深入人类以前的生活区，搜集油料、煤炭、钢铁，并在向南迁徙的人类中招募潜在的认同者。

这场战争结束后，热带人类将会有一次讨论，主题是为什么他们在向南迁徙的时候没有发现殖民主义的迹象？经过反复的分析，他们找到了一个答案：这些在海上流窜的殖民主义者错过了第二次进化，他们的思维像以前一样，热衷于过度占有和过度控制，沉迷于各类符号，善于用表象掩盖本质，以正义之名争权夺利。

动物们读到那封信的时候，殖民主义者正在向知识界发动第二次进攻，热带人类一次次被击溃。殖民主义者首先占领了知识界的边缘地带，然后在一个大雨滂沱的夜晚向核心区进攻。他们的弹药虽然不多，对于热带人类的木质建筑却极具破坏力。一个建成不久的图书馆被炮火击中，瞬间坍塌，在附近居住的人跑过来，高喊着三个管理员的名字，却没有得到任何回应。另一个刚建成的实验室也被击垮，所幸里面没有人。面对炮火，热带人类除了离开没有更好的办法。等到天明，他们回到核心区的密林，眼前尽是惨烈的景象……

然而，在任何一个事件中，最初展现的从来不是最终的结果。早期人类有时不理解这个问题，经常被最初的景象迷惑，然后陷入虚无的命定论。热带人类打碎了这个命定论，深秋时节，一个预料之外的结果将会在他们面前展现。尽管在这个时刻，殖民主义者还沉浸在胜利的喜悦中，但最终他们将不得不接受惨败。

在绝望与希望的缝隙里，热带人类写了这封信。写信的时候，他们一定是悲观的，因为希望的影子极为模糊，而且也一定是不情愿的，因为他们一直怀着对于动物的歉意。但他们已经无路可退，只能将渺茫的希望当作全新的可能。

这封信有三个版本，内容一致，但包裹的方式不同：第一个是适合水中传播的版本，热带人类将它投入向北的洋流，希望鱼类能帮助他们；第二个是适合陆地传播的版本，他们将它放在一片灌木丛中，希望狼群、鹿群帮助他们；第三个是空中版本，他们将它挂在一棵百米高的黄柳桉上，希望过路的候鸟或长途飞行的鸟类帮助他们。

热带人类对于第三个版本寄予了最多的希望，而鸟类最终没有让他们失望。附近的猫头鹰发现热带人类夜间的隐秘行动。他们将一个神秘的袋子放在黄柳桉的顶端，上面有一个简易的图像：左侧是一只展翅而飞的鸟，背负着这个东西；右侧是一群等待的动物，抬头望天。猫头鹰熟悉热带人类的行为，也就明白这个图像的意义。第二天，它将袋子转交给向北迁徙的燕子，它们将与苍鹰合作，转交给温带北部的动物。

在热带人类等待期间，殖民主义者占领了一个城市。在街上巡游时，他们发现了一个大教堂。一个知识丰富的殖民主义者立刻认出这是殖民主义的古老象征：

"我们正在菲律宾的首都，殖民主义曾经在这里统治了四百多年，控制着一切，奴役着一切。那真是让我们无限向往的时光。"

在教堂前的广场上，在胜利的荣光中，殖民主义者进行了集体祷告。之后，他们召开了一次前瞻性的会议，主要讨论对于征服区的管理。

与此同时，殖民主义者开始了对于热带美洲宗教界的进攻。进攻前，他们一直梦想重现皮萨罗征服印加帝国的奇迹。每当想到 16 世纪的那场战争，一百多个西班牙人将七八千的国王禁卫军杀得血流成河，他们就陷入了对于征服的陶醉与迷狂。

为了再次体会这种感觉，殖民主义者准备好了各种物资，包括制造巨大声音的火炮、四个人才能穿得起来的四边形迷惑装……他们在加勒比海上聚集，然后幻想着自己突然从亚马逊丛林中出现，让那群进化过度的热带人类恐慌不已，就像当年印加人面对西班牙人穿盔甲的马一样恐慌不已……这群鲁莽者将自己幻想成了突袭印加帝国的那群幸运儿。

做好准备后，殖民主义者驾船在近海游弋，等待着这一年第一场暴风雨的来临。实际上，之前已经下了一场雨，雨量足够大，但没有响起夏日之雷。他们犹豫再三，推迟了进攻，等待更好的时机。

七天后，傍晚时分，坠落的太阳被阴云遮盖，继而狂风骤作。尽管还缺少一点神秘，但他们认为进攻的时机到了。雷声即将响起，滂沱大雨也会落下，他们唯一要提防的是不能让雨水打湿火炮的引线。

明亮的闪电从西北方的天空滑过。在巨大的雷声到来之前，领头的殖民主义者吹响了进攻的号角。他们没有使用原始的木船，而是用搜集到的铁皮修补了百余只早期人类的游艇，燃油所剩不多，但足以完成这次进攻。当号角吹响后，这些船飞快地向陆地驶去。

风雨交加，闪电在头顶上炸裂，天空被撕碎，然后是巨大的雷声。他们像失去理智的野蛮人一样兴奋。这是一种极端的兴奋，让他们不惧生死。他们向天吼叫，发出了通向死亡的声音。他们无妻无子，无家无国，也就无牵无挂，征服的理想足以支撑着他们活下去，而且要像很久以前那些伟大的殖民主义英雄一样顶天立地地活下去。

根据事先的侦查，殖民主义者知道热带人类在附近定居，用简单烧制的土坯砖立起了墙面，屋顶搭上树枝，可以应付烈日和小雨，但无法应对雷电交加的瓢泼大雨……由于缺少便利的机械工具，热带人类耗费了两年多才搭建了这个居住区。

殖民主义者迅速接近，然后在丛林中点燃了大炮。他们并不关心炮弹能否穿过树枝，或击中热带人类的房屋，他们只关心大炮能否发出比雷电更大的声音，最好能震碎热带人类的耳膜，至少让他们惊慌失措。

炮声密集地传来，还有耀眼的火光。热带人类的确有些惊慌，看到一群野蛮人突然出现在眼前时，他们无法从惊慌中恢复过来，反而深深陷了下去。人类早期文明的征服悲剧又复活了……

殖民主义者一路向西，沿着当年西班牙人皮萨罗的征服路线。但他们的美梦很快就会消散，因为热带人类终于想通了一个问题。在人类早期文明时代，这个问题曾经困扰过最有智慧的人：当人类都希望变成好人，而且他们几乎都变成好人的时候，一个坏人出现了，他能轻易地征服这群好人，压迫、奴役，任意屠杀，这群好人应该怎么办？

早期人类无法回答这个问题。他们不只是无法回答，也无从应对现实之恶，因为他们没有理解善的内涵。他们只知道善是恶的对立面，却不知道善应该有震慑恶、消除恶的力量，而且必须有这种力量。与恶对抗的时候，善要学会使用强力。由于最终目的是正义的，所以善的信徒可以无限地使用强力。

第二天傍晚，热带人类看到了同伴死伤无数的景象。在悲伤中，他们想通了这个问题，也就不会滑向懦弱与绝望。在之后的一个多月里，他们击溃了殖民主义者三次无比野蛮的进攻，之后又发动了一次异常勇敢的反攻。

殖民主义者的能源和弹药很快就要耗尽。他们从早期人类遗弃的城市里收集的各种机器，包括摩托车、小型汽车等，在密集的丛林里几乎没有用。他们意识到短期内无法实现预期的目标，却不想退却，所以暂时返回登陆地，在那里安营扎寨，然后派人四处搜刮，获得补给。

其他地区的热带人类虽然没有像美洲人类那样视死如归，但也开始了勇敢的对抗。殖民主义者的进攻不得不停滞，而且几乎都承认低估了热带人类的力量，然后被虚无的理想引入了征服的泥潭。休整期间，他们多次争论，并将失败的责任归咎于侦察机构。侦察机构做了必要的辩解，尽管不想完全承担责任，却无法忽视眼前的困难：

"我们派遣了大量卧底，与热带人类一起种地、一起盖房子。他们发现了一个现象：第二次进化后，热带人类不再有进攻性。这是一个经过实地调查后得出的结论，我们至今坚信不疑。但在我们发起进攻后，热带人类很快开始了激烈的反抗，一方面是因为我们高估了自己的能力，另一方面是因为我们没有真正认识到第二次进化的秘密。热带人类已经回归远古时代的体力秩序，对于善与恶的理解却不同于以往。我们原先想用恶的表象让他们惊慌，重现皮萨罗的伟业。这条路已经行不通，我们一定不会就此放弃，但在下次进攻之前，我们应该回答一个问题：什么是热带人类？"

然而，开弓没有回头箭，残留的殖民主义已经向热带人类暴露，这将是一场必定有胜负之分的战争。深夜时分，潜伏在热带的殖民主义卧底偷偷离开，登上早已准备好的小船，借着风力或洋流，返回他们的岛屿，或是与大部队会合。

热带人类知道殖民主义者的进攻并未结束，他们短暂停止，是为了搜集能源、弹药和武器。他们可能还有一个隐秘计划：从热带人类中征集殖民主义的信徒，参与侵略热带的计划。殖民主义者熟悉早期人类的语言策略，所以在征集信徒的时候没有用"殖民主义战士"或"侵略"之类的词语，而是用"拯救人类文明"或"开创伟大新时代"之类的词语。这个计划最后还是无果而终，派遣到热带的殖民主义宣传员会有两个结局：一是没有完成任务，回来后反而开始批评殖民主义；二是被热带人类归化，从此在热带定居。

得知这个隐秘的计划后，热带人类迅速筹建了第二次进化学校，为归化者提供弥补错过的机会。这类学校的规模最初很小，之后慢慢变大，因为来自殖民主义岛屿的归化者越来越多。

殖民主义者知道这个消息后，立即停止了之前的计划，并在内部严密封锁殖民主义归化的问题。之后，他们派遣大量人员到温带北部搜集能源、弹药和武器，以誓不妥协的态度为下一次进攻做准备。他们搜集到了大量物资，包括成箱的子弹、手雷、火箭弹，虽然已过了保质期，破坏力有所降低，但基本能用。他们还在丛林深处的山洞里发现了早期人类隐藏的自动导弹，由于缺少足够燃油，所以无法运走。

这些野蛮人去温带北部寻找物资，虽然蹑手蹑脚，但还是被动物们发现了。最初，动物们没有对他们抱有敌意，因为他们遇到动物时会使用温暖的语言与表情。然而，当动物们看到他们发现武器后的狂喜后，它们觉得这是一群需要提防的人类。

在疑惑不定之际，热带人类的求救信在温带北部快速传播。想到这些野蛮人发现武器后的傲慢，动物们已经知道怎么办。而当白羽鸡说他们侵入了自己的定居地，并肆意杀戮的情况后，动物们对于早期人类的痛苦记忆再次复活，一种类似于复仇的心理出现了。

在白羽鸡的领地上，这些野蛮人就地生火，将打死的白羽鸡烤熟。他们的确饿了，饿得意乱神迷，失去理智，所以并不知道会因此得罪已经觉醒的白羽鸡。一群白羽鸡就在附近，愤怒地看着他们，听着他们的对话：

"秋天的进攻将是血腥的。血腥是我们的信仰，只有血腥才能实现我们的目的：征服热带，征服温带，征服寒带，征服人类，征服动物，征服自然……为我们的胜利吃掉这个鸡腿……"

白羽鸡被野蛮人吓坏了，当然还有震惊。在恍惚中，它们以为人类早期文明复活了，而且是那种最残酷的人类文明。它们心惊胆战地藏在那里，不敢发出一点声音，直到野蛮人吃饱后离开，它们以最快的速度向视觉委员会报告，视觉委员会当即向动物委员会报告。知道这个消息的动物们几乎都有一个幻觉，像是回到了屠宰生产线的时代，它们的出生、成长、死亡被一一规划好。它们不希望这样活着，就像热带人类不希望被殖民主义奴役一样。这一次，它们决定砍掉爬满了痛苦记忆的尾巴。

当动物们商讨对策的时候，不同地区的热带人类也举行了很多场会议。殖民主义者已经退回海边，但一些归化者告诉他们：在深秋，殖民主义者还会进攻，用最残酷的方式，重现皮萨罗的奇迹。

在讨论的时候，种族界差一点儿失控。在这里定居的人类要用民族主义对付殖民主义。这纯粹是早期人类的对抗逻辑，民族主义能快速地击退殖民主义，却不能根除殖民主义，因为民族主义与殖民主义有很多隐秘的联系，有时候民族主义甚至就是殖民主义的根源。在迷茫中，一个民族主义的信仰者提出了自己的观点：

"早期人类有很多对付殖民主义的方法，最有效的是民族主义。我知道民族主义有时会失控，但在这个时刻，它能保护我们不受殖民主义掳掠。我知道这是要试图恢复人类早期文明的对抗逻辑，对于我们的未来可能是糟糕的，但如果殖民主义想再次征服这个世界，而且他们有征服这个世界的力量，那么用民族主义打碎殖民主义就是一个迫不得已，却合情合理的策略。早期人类一直困惑于善与恶的问题，我不想看到善因为无限宽容而被恶击垮。我们允许悲剧出现一次，但不允许悲剧出现两次、三次。"

说到这里，这个民族主义的信仰者有些激动。他的手在微微颤抖，他的声音也在微微颤抖，他还想继续说下去，但他的嘴已经变形。对面的一个人随即提出了反驳：

"在这个世界被殖民主义征服之前，我们被迫用民族主义回击殖民主义，这的确是一个方法，但不是这个时代的方法。我们完全有可能找到更好的方法，例如与动物联合。我们已经向温带北部的动物们投递了信件，而且有人看到猫头鹰取走了树端上的包裹。所以，无论最后是否复活民族主义，但在这个时刻，我们应该等待。几乎所有的希望都是在等待中出现的。"

当会议主题转向人类与动物联合的时候，所有人都愿意等待，怀着希望，也不回避绝望。实际上，他们都知道，一旦民族主义复兴，并打败了殖民主义，很多人就会拥护民族主义，然后变成民族主义者。当外部威胁消失后，民族主义会不会蜕变成种族主义、极权主义，或其他野蛮的权力，他们对此并不确定。

毫无疑问，没有一个热带人类希望这种事情发生。他们从世界各地来到种族界，怀着伟大的理想，也就是消除种族主义的贻害，以及种族主义的根源。当他们意识到反抗策略会重新滑向种族主义的时候，他们都想极力避免民族主义的失控，或者说民族主义的复苏。

之后，种族界的热带人类在沉默中等待，太阳升起，太阳降落，月亮升起，月亮降落……究竟如何与温带北部的动物联合起来，他们并不清楚，他们唯一确定的是这种联合应该源于不同生命关于美好未来的共识。如果这个共识建立在奴役、服从或压迫的基础上，这种联合也就没有意义。

与此同时，宗教界讨论了殖民主义对于这个时代的影响。在这里定居的人类几乎都是虔诚的信徒，谁都不想看到伟大的信仰被滥用。以前，殖民主义、种族主义、民族主义、扩张主义都曾滥用过信仰，在不同的信仰之间制造对抗，或在一个信仰的内部制造对抗。第二次进化后，离奇的现象已经消失。不同宗教的上帝都向往平静与安宁，他们的信徒也就没有对抗的理由。所以，在殖民主义的第二次进攻之前，他们完成了一个让他们骄傲的伟业：筹建热带信仰学校，为殖民主义的归化者提供开放、宽容的学习环境，让他们感受平静与安宁，并有力量保护平静与安宁。

最深刻的讨论出现在语言界和知识界，他们都想知道：在人类第二次进化的过程中，殖民主义者为什么没有得到丝毫感化？鉴于此，语言界和知识界的领袖决定共同召开讨论会，追溯殖民主义的心理根源。

会前，他们首先明确了一个问题，即殖民主义是一个文化遗传现象。获得了这个认识后，他们不再纠结于殖民主义为什么还存在，转而重视如何才能根除殖民主义。他们想了很多办法，例如在语言界和知识界的中间地带成立"伟大自然学校"，尽最大可能收留归化者，让他们像热带人类那样思考。

为了制定教学计划，他们委派了很多语言和心理分析能力卓越的人，与归化者一起生活，观察他们的行为，思考其中的内在逻辑。例如，一个语言学家听到一个归化者经常提起他的童年。妈妈生下他之后消失无踪，父亲从他记事起就没有出现过，他与祖父生活到十四岁。有时候，祖父会讲一些征服的故事，每次讲完后都会强调：征服是英雄的摇篮，懦弱是奴隶的坟墓。

这些故事并不是纯粹的幻想，很多情节都是祖父的经历。在一个闷热的夏日午后，他讲述了自己入侵阿富汗的往事：

"我们遇到了伏击，毫无人性的伏击。我们的情报系统被下贱的叛徒欺骗了，我们盲目地进入了伏击圈，结果死伤大半。但我活着回来了，还有十个幸运者，我们必须得扔下同伴的遗体……"

最后，他重复了自己的名言：征服是英雄的摇篮，懦弱是奴隶的坟墓。

有一次，这个归化者又谈到了祖父唯一的懊悔。根据最高指示，他们不久要从阿富汗撤军，但撤军前要向一个小村子发起攻击，情报系统提示有一伙反抗分子在那里躲避。他们不确定这个情报是否准确，甚至情报系统也不确定这个情报是否准确，但他们必须进攻，哪怕遇到的是手无寸铁的老百姓，也要格杀勿论。指挥官认为这些人有手有脚，就有反抗的能力，也就是无法回避的威胁。他们首先向那个小村子发射了巡航导弹，又近距离投放作战机器人，最后是三人快速行动小组。

在一个墙角，他的祖父发现了一个四岁或五岁的小女孩。她坐在那里，安静地看着他，没有哭。她一定是陷入了惊恐，所以忘记了哭。讲到这里，他的语速变慢了，不断地停顿：

"在那个时刻，我突然意识到我才是入侵者……我不知道她的父母去了哪里，但我希望他们活着……我走到她旁边，蹲下来，安静地看着她……她露出了一点微笑……我不得不承认那是真诚的微笑、天真无邪的微笑……她不知道我是入侵者……但我知道我是入侵者，我痛恨我是入侵者……我将她抱在怀里，她是那样可爱。"

除此之外，调查团还与另外十多个归化者交谈，他们几乎都有文化遗传的迹象。第二个归化者说自己的祖上曾经是哥伦布船队的船员，并以这个身份而自豪。调查团没有迎合他的自豪感，也没有强迫他承认殖民主义与人类早期文明衰落的关系，但他们意识到要在教学中增加历史课程。

第三个归化者的祖上曾经在巴巴多斯经营种植园，经过海路向欧洲出售蔗糖，然后用获得的资本到非洲捕获奴隶。对于祖辈经营殖民地的艰辛，他感慨万分：

"16 世纪的航海技术并不好，他们要借助于海风和洋流，也就无法避免暗礁和风暴，很多时候九死一生。"

第四个归化者的祖上是西班牙人。他在西班牙生活困难，几乎要饿死，只能逃离，迁徙到美洲北部。在他们看来，这是一块希望之地，只要能从印第安人那里抢到土地，就能实现自己的愿望。然而，除了强壮的身体，他没有其他的谋生能力，只好参军入伍，施展身体的力量。

有些早期人类天生不喜欢平静与安宁，只喜欢动荡与战乱。他就属于这种人，不怕动荡与战乱，而且总会从中获得意外的惊喜。在一次次的惊喜中，他获得了将和平变成动荡的能力。这是非同一般的能力，他很快成为团队的首领，带着百余人在西部平原游荡，风餐露宿，消灭所有遇到的印第安人。

有时候，他也会想自己为什么这样残忍，但他很快就能赶走这个想法，因为他觉得存在的并非就是合理的："为什么印第安人占领了这片土地，而不是我们？"他曾经向一个即将被杀掉的印第安酋长提出这个问题，酋长嘀哩嘟噜说了几句，然后安静地看着他。他没有听清楚，或者说，他之所以提出这个问题，并不是要得到一个答案，而是源于战胜者的炫耀。但他永远不会忘记酋长的眼光，那是他从未见过的深邃与凄凉。

这些归化者的祖辈从事的职业各不相同，除了上述类别之外，还有在海洋里运输的、在非洲抓捕奴隶的、在秘鲁管理银矿的，或在拉斯维加斯经营赌场的……但他们有几个共同点：

一是勇敢无畏，或按照一个归化者自己的说法，"就是不怕死，即使死亡来了，也能把它吓跑，死亡还会第二次来、第三次来，但每次来都会被吓跑。"

二是清醒冷静，或按照另一个归化者的说法，"他们不会被道德压着，因为人类不是天生的道德动物，在刀剑举起来的时刻，最终的结果并非取决于哪把刀更锋利，而是哪个人的心更坚硬、更冷漠、更残酷。"

三是希望有一天成为道貌岸然的典范。他们从殖民主义的事业中获得了丰厚的财富，热爱动荡与战乱的心灵慢慢平复，对于权力的向往让他们看起来温暖、优雅、博学、深奥，一言一行都充满了正义感，然后经过复杂的选举程序，他们进入了权力体系，从此光宗耀祖。

经过一系列的访谈，调查团找到了殖民主义与文化遗传的关系，而且确信殖民主义是早期人类的精神现象，在个别种群内部隐秘地传播，却不会在教科书上出现：

"一旦发现一个种群中的少数人信仰殖民主义，实践殖民主义，我们就可以断定这个种群的心理中存在殖民主义。在特定的情况下，这种心理会发作，例如争夺领土或财富的时候。每次发作几乎都会与民族主义联合，并使用语言掩盖的策略，将侵略变成实践正义的方式，将杀戮变成迫不得已的反抗等等。殖民主义的语言状态与实践状态是不同的，而且可能完全相反。在实践中，殖民主义违背了普世正义，在语言中却会被这个种群描述成对于普世正义的向往。"

最后，调查团完成了一个详细的报告，其中一段话让热带人类几乎都意识到应该向动物求助，因为这是击溃殖民主义进攻的最好策略：

"即将到来的战争将会更惨烈。殖民主义者复活了早期人类的征服逻辑，并在很多方面补充了这个逻辑，征服的目的更直接、更残酷，也更迅速。为了这个目的，他们搜集了更多的能源、弹药和枪炮。休整期间，他们根据战场特点训练进攻队形，完善补给策略。根据一些归化者的信息，他们甚至已经制定好了征服后的秩序。20 世纪后期，早期人类曾经批评过这类秩序，他们称之为'极权主义'或'技术极权主义'，但殖民主义者放弃了这些暗黑权力的游戏，他们突发奇想，准备复活远古时代的极权主义，类似于奴隶制度：取消一切法律，取消一切道德，取消一切注视，实行绝对的服从，热带人类要绝对服从，温带北部的动物也要绝对服从，总之，有生命的一切都要绝对服从。"

热带人类代表决定再次给动物写信，种族界、语言界、知识界和宗教界领袖共同拟定草稿，并根据各自的情况做了补充。这一次，他们情真意切，尤其是当第一封信迟迟没有回音，而他们意识到面对殖民主义的倒行逆施，动物是唯一可以依靠的力量的时候，他们甚至有些急迫，希望这封信尽快送达，希望动物们不会拒绝他们的请求，更希望它们前来相助。

但在这个时刻，热带人类与动物之间的信息传递是极为困难的，因为陆地方式和水路方式都被殖民主义者中断。在热带以北收集能源、火药和钢铁后，这些野蛮人就在温带与热带的交界线上驻扎。当他们知道热带人类联合动物的计划后，立刻加强巡逻，彻底阻断这封信的北上。

热带人类只剩下空中传递的方式。即使如此，困难仍旧是可以想象的。盛夏时节，候鸟已经飞回北方，而在秋初，殖民主义者就要进攻。麻雀、喜鹊是短途飞行鸟类，它们支持热带人类与动物的联合，但它们也都清楚：力量决定态度。

热带人类只能求助于苍鹰。第二次进化后，他们获得了与动物交流的能力，尤其是苍鹰。苍鹰在温带北部参加过动物的识字班，也就知道热带人类的请求。苍鹰同意将这封信带到温带北部。但困难还是存在的，因为殖民主义者已经想到这种情况。他们觉得可能无法完全禁止空中方式，但他们可以干扰，用枪炮的声音恐吓，或用小型飞行器冲撞。他们的油料不多，但可以满足小型飞行器巡航。

热带人类获得了十只苍鹰的帮助，最后只有一只能安全抵达温带北部，其余的或是由于干扰而迷路，或是殒命于殖民主义者的枪弹，或是受到飞行器的冲撞，受伤后坠落。

苍鹰起飞后，热带人类等待着，有时候平静，有时候焦急。尽管他们的心理空间变得无限广阔，看淡了生死，也不再被焦虑控制，但面对野蛮的殖民主义者，他们还是不想返回那个已经远去的暴力时代。他们等待着，日复一日，每一天都比前一天要长。有时候，他们觉得时间静止了，太阳在空中悬停，或是黎明被黑夜禁锢，迟迟不来。

这仍然是一次不会有回音的等待，因为动物们一开始就没有答复热带人类的愿望。收到第一封信后，它们讨论过是否帮助热带人类。当它们确定热带人类不同于早期人类之后，它们已经做出了决定。当它们从白羽鸡那里听说殖民主义者的计划，以及他们如何野蛮对待动物的时候，它们很快制定了行动计划。当第二封信到达的时候，它们正在按部就班地实践这个计划。

实际上，动物们没有回复热带人类，是因为它们觉得没必要。它们从来都不喜欢用语言干扰实践，说的只是说的，做了才是目的。有时候，热带人类还是受制于语言，以及语言构成的因果关系，他们希望用语言控制原因，也希望用语言控制结果。

动物们对此并不认同。它们知道殖民主义进攻的具体时间，也知道热带人类已经做好了准备，所以它们只要在最后的时刻出现，这个结果就会冲散这个过程中出现的那些无用的心理变化。它们喜欢语言之外的突然、瞬间、不可预测。

热带人类期盼的回信迟迟未到，他们只好反求诸己，用自己的力量击退殖民主义，然后确定这个新时代的秩序。在殖民主义者的进攻路线上，他们修筑了重重堡垒、壕沟，又组建了各类作战队伍、供给队伍和救治队伍，确保食物和饮水供应，以及可能出现的大规模伤亡。

当这个世界的能源耗尽之后，热带人类以及殖民主义者都意识到以前的战争方式无法重现。在体力回归的时代，强壮的身体会豢养侵略的动机，也会激活保卫正义的愿望。在广阔的热带，很多男人离家弃子，义无反顾地奔赴前线，在堡垒和壕沟中等待，握着木棍，举着弓箭，或抱着石头。

夏末秋初，他们听到了殖民主义者的声音，从海上、湖上、密林中传来。夜深人静的时候，他们甚至清晰地听到野蛮人不小心摔倒在泥水里的惊叫声。声音越来越密集，他们在准备，准备着进攻，也准备着死亡。

热带人类看向温带与热带交界处的山岭，那里每天都会增加很多大炮。一场伟大的战争即将开始，一场残酷的战争也即将开始。

在最终的结果出现之前，殖民主义者已经陷入了虚妄的狂欢。他们不是为了永远不会到来的胜利而狂欢，而是为了意料之中的血腥而狂欢。一想到血流遍地，或吹来的风里充满了杀戮的气息，他们就兴奋。只有征服能为他们带来无与伦比的兴奋。战争结束后，在动物和热带人类的会议上，动物们将会根据这个特点定义哪种人类是彻底的殖民主义者。

温带北部的动物对于这场战争越来越关心。它们虽然没有将自己的决定告知热带人类，却已经做好了进攻准备，而且充满了信心。失去机械力之后，人类在很多方面都不是动物的对手，无论奔跑、跳跃、隐藏，还是静止不动。他们的生存能力也无法与动物相比，因为动物与自然秩序更亲密，不需要用火烹饪，也没有严格的食物要求。它们能在狂风怒号的夜里安睡，或在大雨滂沱的草丛里觅食，也能应对长达五天、七天、十天的食物短缺。

动物们决定用一次前所未有的进攻开启这个新时代。它们组建了四支庞大的志愿队。第一支是养殖动物类，包括牛、羊、猪、鸡四个纵队。第二支是野生动物类，包括虎、熊、狼三个纵队。野猪虽然是野生动物，但它们的职责是担任两个志愿队的联络员，以最快的速度传递信息，协调行动。第三支是空中志愿队，主要由苍鹰、猫头鹰和候鸟组成。第四支是水路志愿队，包括淡水动物和海水动物。其中淡水纵队由鳄鱼负责，海水纵队由海豚负责。

根据地形、气候和植被的情况，动物们制定了初步的进攻计划。但在付诸实践之前，它们发现了一个更好的方案，能避免最血腥的对抗。在动物觉醒的时代，每种动物都是勇敢的，但它们也珍惜生命，包括自己的生命，以及敌人的生命。所以，这个方案从备选状态变成了优先状态。动物们决定联合蚊子、苍蝇等飞行昆虫，以及老鼠、蛇等人类所惧怕的爬行动物。长久以来，这些动物处在人类文明之外，甚至被人类视为"异端"或"不祥之物"。

最初，昆虫和爬行动物并不愿意卷入其中。对于人类，它们素来有怨气，但即使在人类力量最强盛的机器文明时代，它们依旧有足够的生存领地，它们的爱情与事业没有受到太大的影响。然而，动物们提及杀虫剂的时候，昆虫和爬行动物决定参与这场战争：

"只有人类能做出这样的事，我们的后代在变异，甚至失去了原始的理智。"

但是，昆虫和爬行动物提出了一个条件。战争结束后，动物委员会要向热带人类提出这个条件：

"不能用毒药伤害任何动物，包括老鼠、蛇等，不能用杀虫剂喷射任何动物，包括蚊子和苍蝇等，更不能用妨碍生殖功能的药物破坏昆虫和爬行动物的繁殖力。"

动物委员会认为这些要求并不过分，所以第五志愿队很快组建完成。最后让动物委员会没有想到的是，参与进攻的不止苍蝇、蚊子和老鼠。苍蝇、蚊子联合了蝴蝶、蚂蚁、瓢虫、蚂蚱等陆地昆虫。老鼠将这个任务告知了夜间飞行的蝙蝠，虽然与人类一样都是哺乳动物，但蝙蝠素来看不惯早期人类的恶劣行为，例如言不由衷、过度占有、强力崇拜等。当蝙蝠知道殖民主义者要将这些行为复活，破坏人类进化的时候，它们决定不再忍耐。

愤怒已经无法遏制，只有向殖民主义发起进攻才能让动物和昆虫们畅快地呼吸。五支志愿队秘密地向战场边缘聚集，悄无声息。

黎明时分，雷电交加，大雨滂沱。听到进攻的号角后，殖民主义者亢奋地举起了刀剑，准备向前冲。突然间，他们发现最紧迫的敌人不是热带人类，而是那些无处不在的爬行动物、飞行动物。

白天，苍蝇负责骚扰，干扰殖民主义者的视线，影响他们的听觉，使之无法集中注意力。晚上，蚊子飞来飞去，加大翅膀振动的力度，想尽办法让殖民主义者不能睡觉。如果他们挂了帷帐，猫头鹰就将之扯掉。老鼠不分昼夜，以团队或个体的方式在他们的据点到处穿梭，咬碎粮袋、衣服、鞋子、刀把。只要它们的目的是破坏野蛮人的东西，温带北部的动物就不会嘲笑它们，更不会将暴饮暴食看作是不知羞耻的贪婪。

最初，第五志愿队的力量无法充分表现出来。由于降雨的缘故，蝙蝠、蝴蝶、蚂蚁、瓢虫、蚂蚱、蚂蚁的行动受到了很大影响。殖民主义者发现了异常，但仍旧在稳步向前，几乎到达了火炮的射程。

中午时分，雨过天晴，第五志愿队开始了一致行动。蚊子在殖民主义者的头上聚集，密密麻麻，不断变换队形。突然间，它们提高了翅膀振动的频率。本来微小、沉闷的声音变得亢奋。这是让热带人类紧张的声音，殖民主义者也不例外。他们用水泼，用刀砍，用树枝拍，但几乎没有用。成群结队的蚊子漫天飞舞，像一块灰色的布从天上落下，伴着高频率的嗡嗡声，将殖民主义者包围，落在他们的眉毛上、鼻子上、耳朵上、手臂上。有些敏捷的蚊子会趁机吸几口血，然后在野蛮人的巴掌落下前迅速离开。

傍晚时分，殖民主义者终于想到了一个办法：在裸露的皮肤上涂泥巴。这个方法能够对付蚊子的嘴，却无法对付蚊子的翅膀。到处都是嗡嗡声，他们无法睡觉，耳膜整夜都在震动，或紧或慢。

第二天凌晨，蚊子的进攻渐近尾声，殖民主义者本以为可以好好睡一觉，但蝴蝶、蚂蚁、瓢虫、蚂蚱成群结队地出现。它们没有撕咬的计划，但当它们在一个时刻突然无处不在的时候，殖民主义者甚至忘记了脸上被蚊子叮咬的包。

漫天昏黑，黎明的太阳不再有光芒。殖民主义者的枪上爬满了蚂蚁，帐篷外面落满了瓢虫，他们的食物被一层蚂蚱覆盖，蝴蝶飞来飞去，翅膀略过他们的鼻尖、眉毛、嘴唇。对待热带人类时，这群野蛮人的凶恶是有力量的。但面对密集出现的昆虫，他们的凶恶变成了无用的面部表情。他们试着用手拍，用棍子驱赶，还用珍贵的汽油浇在昆虫出现的地方，点火烧死它们，却无济于事。

对于殖民主义者而言，这是艰难、痛苦、迷惑的一天。日落西山，他们再次听到了蚊子振动翅膀的声音，所以对于即将到来的夜晚是绝望的，对于准备已久的进攻计划也是绝望的。

对于有血有肉的生命而言，充足的休息既是做好事的前提，也是做坏事的前提。昨天晚上，殖民主义者一夜未眠，今天又被飞行的昆虫骚扰了一天。当他们再次被蚊子包围的时候，也就知道明天蝴蝶、蚂蚁、瓢虫、蚂蚱还会出现。在这个时刻，他们陷入了愤怒的深渊，一腔怒火，却不知道如何发泄。殖民主义者的内心是强大的，强大到冷漠，强大到无耻。即使如此，他们仍旧无法应对一起袭来的愤怒与绝望。

一切变得不确定。殖民主义者早就做好了击败热带人类的准备，也做好了处理各种意外的准备，包括如何对付身强力壮的，如何对付提供协助的，如何切断他们的联系，如何用杀一儆百的方式树立权威，如何在新领地上恢复经济秩序，如何让热带人类重新燃起对于名利的过度热爱等等。为了殖民主义的理想，他们费尽思虑，却没有想到伟大的征服之路被渺小的昆虫破坏。

蚊子的声音越来越近，殖民主义者心中的愤怒压倒了绝望。这是一种无法缓解的愤怒，他们开始紧张，然后变得惶恐，就像罪恶滔天的人等待惩罚时那样惶恐。而当惩罚的方式无法预测时，他们只能听天由命，然后陷入彻底的绝望。一些悟性高的殖民主义者知道这种绝望在人类早期文明时代经常出现，只是坠入其中的不是他们的祖先，而是那些被他们的祖先杀戮的土著人。

殖民主义者本来已将热带人类包围，准备从海路袭击，从陆路袭击，从郁郁葱葱的森林中袭击。他们的指挥官坐在修复好的汽车上，享受着最后一点燃油所制造的优越感。他们本来认为这是一场无比正义的战争，此时却陷入了绝望的末世论，一切都在向着最糟糕的方向滑落。

失败还是到来了，但没有一个殖民主义者能够阻止。其中一些人是信仰上帝的，他们就跪在地上祈祷，或举行庄严的救赎礼，但什么都改变不了。一个跪在柴火前祈祷的人突然间号啕大哭，因为他在祈祷的时候，裸露的脖子被蚊子咬了十个包，脸上还有很多。那是一种难以忍受的痒，他恨不得将自己的皮肤挠破。当他用力挠脖子的时候，难耐的痒变成了啃噬灵魂的绝望。所以，他是因为绝望而号啕大哭。

进攻北非的殖民主义者，进攻南亚的殖民主义者，进攻东南亚的殖民主义者，进攻亚马逊丛林的殖民主义者，几乎遇到了相似的困境。白天到处是苍蝇、蝴蝶，晚上到处是蛇和老鼠。当他们预见到明天、后天同样的境遇后，他们知道殖民主义的伟大理想将会破败不堪。

动物们根据经验判断，殖民主义者绝不是意志薄弱的莽夫。征服的欲望既是他们的行为向导，也是坚强的精神支撑。他们的确感受到了末世论的压迫，甚至为此失去了正常的意识，看起来浑浑噩噩，但他们不会轻易屈服。即使无法扭转颓败，他们也不会轻易屈服。

热带人类隐约觉得自己的命运迎来了转机，因为他们看到海上威胁有溃散的迹象。一艘飘着骷髅头旗帜的大船在黎明前消失了，有人说它悄悄返回了出发地，有人说它已经驶向附近的陆地，向那里的热带人类投降，并如实供出了殖民主义详细的进攻计划。

在北非金字塔附近的休整地，殖民主义者的内部发生了一场小规模暴乱。一个殖民主义者被蚊子的声音吵得精神错乱，他的名字叫约翰逊。不过，他与18世纪那个编写英语字典的约翰逊博士没有任何关系，与21世纪初担任过英国首相的约翰逊也没有任何关系。他有坚定的殖民主义信仰，精神却陷入了错乱，挥舞着木棍打蚊子，不小心将同伴的眼睛打瞎了。两个人本来属于意见不同的阵营，在末世论的压迫下，两个阵营持械斗殴。双方领袖本来还想隐忍克制，但未来的希望已经消失，所以发泄当下的愤怒就是有意义的。当抢起棍棒的时候，他们至少感觉到自己的存在，因为愤怒而存在，因为叫嚣而存在，因为疼痛而存在。

鉴于此，各地的殖民主义者只好暂缓进攻的节奏。众领袖纷纷召开会议，在密密麻麻的昆虫包围下商讨对策。他们都是经历风浪的人，也有应对更大风浪的能力。最后，他们想用仅剩的一点希望去刺破无限蔓延的绝望：要完成伟大的事业，就要克服前所未有的困难，通向胜利的困难越是出人意料，越是让人绝望，最终的胜利才越伟大，而且是空前绝后的伟大。

会议结束后，一个虚无的希望在殖民主义者的休整地上空飘浮。当天晚上，蚊子再次用高频率的声音发动袭击。但在这个希望的支撑下，殖民主义者并未陷入狂躁。他们在等待黎明时分，然后发动一次大规模的进攻，用最猛烈的炮火展示无法遏抑的愤怒。

新的一天开始了，太阳从南美洲的东海上升起，隐藏在亚马逊丛林中的大炮首先开火，射向热带人类的聚集地。他们希望以此消灭身强力壮的热带人类，然后用恐怖的方式让活下来的人服从。太阳又在东南亚的海上升起，这里的殖民主义者采用了从海洋包围的策略。大量帆船按进攻队形排列整齐，一边向前行驶，一边瞄准热带人类的聚集区，然后猛烈炮击。同样，在太阳升起的时刻，殖民主义者也向南亚和北非发起了进攻。

在殖民主义者的心里，那个希望虽然有些模糊，但他们用杀戮发泄怒气的愿望是真实的。正是这个愿望支撑着他们，让他们忽视了漫天飞舞的昆虫，不顾一切地向前冲。为数不多的汽车加满了油，除了突然坏掉的几辆之外，都处在怠速状态，发动机每分钟转动 600 转或 800 转。驾驶者等待着进攻的号角，时刻准备踩下油门，向前狂奔。

那个希望毕竟是虚无的，也就无法刺破日益迫近的绝望，殖民主义的溃败是从亚马逊丛林开始的。炮火的攻势刚刚结束，进攻的号角已经吹响。他们抬起脚，左脚或右脚，正要向前冲，突然觉察到身后有什么东西穿越草木，迅速有力，像奔跑的野猪，但听起来又不像，因为只有成千上万的野猪才能发出那样的声音。他们不应该怀疑自己的感觉，因为那确实是一大群野猪，足足有一千六百多只。野猪群后面还有其他动物，包括牛、羊、鸡、虎、豹、熊……它们的头顶上还有苍鹰、喜鹊、麻雀、猫头鹰……

当殖民主义者意识到动物正在全速奔来，是为了击败他们时，那点虚无的希望所激发的勇气彻底消失了。他们四散而逃，有的被奔跑的动物撞飞，有的被奔跑的动物踩在脚下……跑得快的发现只有向前跑才是安全的，他们就毫不犹豫地跑向热带人类的聚集地。在这一瞬间，对于殖民主义的叛变不再让他们感到可耻，因为对于自然正义的归化已经变成了最崇高的道德。

殖民主义的众多领袖一贯心思周全，却未曾想到这是一场不对称的战争。此前，他们很喜欢这种战争类型，当然他们要属于占尽优势的一方。而现在，他们处于劣势。在不对称的战争里，策略往往是无用的，因为真正面对的敌人可能并不是预想的敌人。

殖民主义的溃败像太阳升起的顺序一样，依次波及亚马逊丛林的宗教界，东南亚的知识界，南亚的语言界和非洲的种族界。当最后的希望消失，殖民主义者也就感到了无以言表的孤独。这是人类早期文明所残留的孤独，也是源于过度占有欲的最后的孤独。

当这种孤独在殖民主义者的心里蔓延时，热带人类却享受着突如其来的幸福。为了后人类时代的伟大理想，他们本来做好了舍生取义的准备，然而敌人突然间崩溃了。

当热带人类意识到殖民主义者不是自己崩溃的，而是被动物击败的时候，他们是震惊的，也是愧疚的。不久前，他们还躲在前沿阵地的壕沟里，用希望驱赶绝望，用正义驱赶恐惧。这些壕沟是他们活下去的最后希望，所以挖得很深，纵横交错，像迷宫一样。炮弹密集地落在他们身边，有的剧烈爆炸，有的没有爆炸。殖民主义者知道有些炮弹不会爆炸，却是震慑的好方法，所以全部发射。

在炮火的闪光里，死亡的影子出现又消失，带走一个又一个生命。然而，炮火突然停止了，殖民主义者在奔跑，不顾一切地奔跑。从声音判断，热带人类觉得他们多数是向前奔跑，跑得匆忙又错乱，不像在进攻，而是在逃命。他们听到了凄厉的长嚎，"啊……""唉呦……"，很快又看到跑在前面的是最强壮的，之后是瘦弱的。殖民主义者一边跑，一边举起手。看到这种情景，热带人类知道这是在逃命，惊慌失措地逃命，前途未卜地逃命。当看到在后面追击的动物时，他们瞬间明白了一切。

经事后统计，大概半数殖民主义者逃到了热带人类聚集地，束手就擒。另有三分之一或更多的被动物撞死、踩死，或奔跑时陷入泥潭，窒息而死。投降的殖民主义者将会进入热带归化学校，在那里长期学习，弥补错过的进化。受伤的殖民主义者被送到了治疗区，等到康复后，也要到各地的归化学校学习。

当然，还有一些选择流亡的殖民主义者。失败已经无可避免，但他们没有惊慌失措。实际上，在进攻前，他们已经想好了逃跑的策略，所以战场附近有一些等待发动的汽车，海边也停放了一些小型帆船。他们是最坚定的殖民主义者，自始至终拒绝第二次进化，并想方设法控制这个世界的一切。

傍晚时分，新时代的第一场战争结束了。对于早期人类而言，这类战争并不稀奇。但对于热带人类来说，这是一场让他们感到惊奇的战争，既是第一次，也可能是最后一次。

最后，战场上只剩下热带人类和觉醒的动物。自从地球诞生以来，这是动物与人类之间第一次平等的对视。在这个时刻，他们都将对方视为源于伟大自然的生命，有种类之别，却无贵贱之分。然而，这又是一次不平等的对视，因为动物对于人类还有愤怒。尽管向殖民主义发起进攻时，它们发泄了这种历史性的愤怒，但热带人类从它们的眼睛里还是看到了一些残留的愤怒。

看着眼前的各种动物，热带人类满怀歉疚，而且知道这种歉疚无从弥补。自远古时代以来，为了活下去，早期人类不断地贬低动物、歧视动物、压迫动物。他们的策略成功了，自己变成了高等生命，动物们却从此开始了被奴役、被剥削的生活。

在出奇的寂静里，动物看着热带人类，热带人类也看着动物。站在最前面的猪老师向天拱了拱鼻子，打破了无限蔓延的寂静：

"昂昂昂……我们收到了你们的信，我们知道了你们的变化，也知道了殖民主义者要毁掉我们的未来。这些错过进化的野蛮人到热带以北搜集能源、弹药、枪炮，肆意捕捉动物，杀掉它们，吃掉它们。所以，我们决定向殖民主义宣战。即使你们没有写信，即使你们的信并不情真意切，我们也会向殖民主义宣战。我们对于你们人类是不满的，这种不满持续了数万年，并在机器文明时代到达了忍无可忍的地步。我想这一点你们应该不会否认。"

猪老师说完后，四周更加寂静。热带人类清晰地听到了动物的喘息，动物也能清晰地听到热带人类的喘息。两种喘息是不同的。热带人类的喘息中有担忧，他们害怕动物向他们进攻，就像对待殖民主义者一样。动物的喘息中有释放的快乐，它们意识到原谅热带人类将有利于开启一个伟大时代。看到那封信后，它们对于进化后的热带人类还是有疑虑的，而现在，热带人类站在它们面前，像它们之前听闻的一样。

一头小黄牛再次打破了无限蔓延的寂静：

"你们的那封信让我们对于世界的未来充满了希望，我们想知道是谁写的？"

小黄牛说完后，动物们纷纷睁大眼睛，仔细地看着热带人类，因为它们都想知道。

热带人类本来沉默无语地站着，不知道如何面对眼前的动物。小黄牛提出这个问题后，人群中有了动静。动物们觉察到一个人穿过人群，从后面向前走，前面的人侧身让路，最前面的两个男人闪开身体，一个女人出现了：

"我就是那个写信的人。"

说完后，她安静地看着小黄牛，眼睛里有温暖的期待。在人类早期文明时代，这是人类与动物之间偶尔会出现的期待。在这个新时代，这种期待里的温暖将不会落空。

在这个期待的鼓舞下，她又看了看其他动物：

"很多年前，我与一头老黄牛永久地分别，那是一种无边无际的痛苦，经常在深夜里出现。我不想再次经历这种痛苦，热带人类也不想再次经历这种痛苦。我们向往生命之间的温暖，然后用温暖对待这个世界上的生命。"

暮色将至，热带人类返回自己的领地，动物们就近休息。第二天黎明，它们将陆续返回温带北部。来年春天，动物与人类的会议将如约召开。这是一次前所未有的会议。每个热带人类聚集区都要选派代表，这个女人将是知识界的代表。温带北部的动物也会选派代表，老黄牛将是动物的精神领袖。

八

《动物—人类公约》

为了这次会议，动物们做了很多准备，例如调查人类图书馆，分析候鸟带来的各种消息等。如果没有调查人类图书馆，它们不会知道早期人类的特点，也就无法了解自己以前的悲惨遭遇。如果候鸟没有留意人类的第二次进化，如果动物们不重视这些消息，它们也就不会千里迢迢奔赴热带，心甘情愿地帮助热带人类击退殖民主义。

第二年春末夏初，动物代表与热带人类代表在温带与热带的边界上相见。会议开始前，老黄牛紧盯着一个女人。她已经长大，但老黄牛认识她的眼睛，还有嘴唇紧闭时脸上的坚韧与温情。她也认出了老黄牛，它看起来已经苍老，眼神黯淡，身上的毛发也不再光滑。从她出生后，它就陪伴着她，一直到她十岁。

起初，他们远远地看着，偶尔对视，试探自己的猜测。她觉得自己想的没错，于是缓慢向前，走到老黄牛面前。老黄牛身边的动物们有些好奇，它们不知道曾经发生过什么，但老黄牛什么都知道。

在这个时刻，这个女人是热带人类知识界的正式代表，老黄牛是温带北部动物们的精神领袖。向北迁徙途中，它承担起照顾动物的职责；在温带北部定居后，它凭借丰富的生存经验，帮助动物们学会了荒野生存的技巧，并在不同种群之间确立了友好交往的基础。自然而言，它也就成了动物们的心理依靠。

老黄牛温暖地看着她，她也温暖地看着老黄牛。对于人类而言，这是一个意外，对于动物来说更是如此。在人类早期文明时代，有些动物享受过这样的温暖，但不可预测，而且多数会无果而终。相反，动物们记得最清晰的是早期人类制造死亡的技艺，屠夫将刀刺入它们的身体，一边微笑，一边看着它们被死亡吞噬。那时候，它们与死亡形影不离，成群结队地被赶进屠宰生产线，一个接着一个，不能停留，不能回头，更无法逃脱。那些在第二天、下个月或第二年走进屠宰生产线的动物仿佛看到无数的灵魂在空中飞舞，它们只能用无言的注视为这些灵魂送行。

所有的动物都厌恶死亡，却不得不接受死亡，既然如此，它们也就不再畏惧死亡。但让它们愤怒的是，它们活着的目的仅仅是死亡，而且要在最好的年龄死亡。为此，它们恐惧过。那是一种绝对的恐惧，没有限度，没有止境。但无论如何恐惧，它们的生命还是在人类规定的时刻戛然而止。

在机器文明时代，早期人类曾经发明了一些完美的死亡方式，例如减少痛苦的高压电击，但动物们的恐惧仍旧无法消除。在日复一日的煎熬中，它们的恐惧变为内在的安宁，确切地说，是一种类似于麻木的安宁。它们知道死亡将至，却只能安静地等待，然后让每一个当下都有意义。

在这个新时代，动物们认为应该向热带人类表达自己的愤怒。

在到处涌动的愤怒中，老黄牛与那个女人的对视仅仅是一个温暖的意外。之后在动物与热带人类的对话中，这个意外会起到一些引领的作用，但需要一个前提，即热带人类要向动物们真诚地展示第二次进化的结果，缓解它们对于早期人类的愤怒。

这次史无前例的会议以提问的方式开始。各个动物种群的代表会提出很多问题，这些问题让它们疑惑、恐惧、愤怒、失望，曾经如此，现在也如此。它们怀着希望为热带人类提供了最紧要的协助，当殖民主义被击退后，复杂的情感又在它们心里激荡。实际上，很多动物并不想与热带人类见面。但它们知道，这是从热带人类那里获得答案的最好机会。

第二次进化后，热带人类抛弃了过度占有的欲望，不再无限贪婪，不再肆意掠夺，也不再狡猾地辩解，因为他们获得了感同身受的力量。他们知道自己的祖先制造过数不清的悲剧，这是既定事实，无法改变，又无法回避。然而，新时代已经到来，他们看着眼前的动物，从猪的眼睛、牛的眼睛、鸡的眼睛里看到了它们对于未来的希望，当然也没有忽视其中的疑惑、恐惧与愤怒。

在默默无语的对视中，热带人类是被动的，甚至有些局促不安。向南迁徙时，他们已经意识到动物在人类机器文明时代所受到的伤害，他们一直在想用什么方法能弥补这一切。但在付诸实践之前，他们遇到了殖民主义的进攻，由于情况紧急，只能怀着愧疚向动物们写信求助。他们对此充满了希望，也知道这个希望是多么无理。由于迟迟没有获得回音，他们日渐绝望，就像机器文明时代的动物面对死亡的时候同样绝望。他们不再奢求任何惊喜，因为这是他们应该忍受的。在绝望中，他们又感受到了被迫而生的安宁，就像动物面对死亡的时候同样安宁。

最终，动物们没有辜负热带人类。在殖民主义者发动最后攻击之前，它们用一种让热带人类惊奇的、不对等的方式击溃了殖民主义者。当动物们成群结队出现在面前的时候，热带人类感到的愧疚应该是无与伦比的。他们的祖辈让动物陷入绝境，动物却慷慨地帮助他们。他们看着已经觉醒的动物，看着愤怒的猪、愤怒的鸡、愤怒的羊、愤怒的牛、愤怒的鳄鱼……但它们没有被愤怒控制，也就不会野蛮无度地表达愤怒。

动物们以提问的方式开启了这次史无前例的会议。此前，它们构想了很多方案，其中最主要的是与热带人类共同制定一个类似于宣言的文件。但在这个时刻，它们首先要解决自己的疑问，这些疑问困扰了它们四五百年。它们知道，只有解决这些疑问，动物与人类的关系才会真正改变，它们也才能实现自己的目的。

猪老师第一个提问。来这里的路上，动物委员会委托它向热带人类递交《早期人类调查报告》，但在递交之前，它要提出一个让它百思不得其解的问题：

"请问你们中间有没有奥威尔的后代，也就是那个在早期人类中声名远扬的英国人？他诋毁我们猪，将我们视为暴君、阴谋家、极权主义者。我们不是那样的动物，我们喜欢和平、安宁，除了繁殖期间有一点暴躁之外，几乎与世无争。我们中间也从来没有出现过暴君、阴谋家、极权主义者，奥威尔却这样诋毁我们。这是对我们的误解，也是对我们的侮辱。以前，每当想起这个问题，我会难过得痛哭流涕。现在，我不再那样脆弱，但我希望找到奥威尔的后代，问问他们这样对待我们，是否不公平？"

那个女人，也就是知识界的代表，走到猪老师面前，她希望所有的动物都能听见，所以提高了音量：

"在准备这场对话的时候，我们已经注意到早期人类经常在语言中侮辱动物。奥威尔在早期人类中名声很大，但并不是所有人都敬重他，不只是因为他滥用了语言，也因为他是资本主义制度的受益者。在《动物农场》里，他对动物是不礼貌的。他向往平等、自由、博爱，却忘记了自然正义，忘记了那些被殖民主义剥削的种群。如果你们了解早期人类历史，就会知道英国对于人类早期文明的影响。英国人更愿意强调他们的积极影响，但其他地区的人却承受了他们的征服事业的负面影响。自 16 世纪开始，英国，当然在严格意义上，那时候还没有英国，确切地说是英格兰，就有一个隐秘的愿望：对外扩张，获取更多土地，享受无尽的空间自由，最好能控制全世界。在之后的三百多年里，他们逐步合并了威尔士、苏格兰，又在印度、澳大利亚、中国、美洲抢夺领地。他们的方法看起来很简单，也就是以经济行为掩盖殖民主义。由于率先开始了棉纺织业，而且技术先进，他们能生产便宜的棉布，然后要求其他国家实行自由贸易政策。如果同意这个要求，其他国家的产业体系就会崩溃。如果不同意这个要求，英国就会光明正大地发动战争。自由贸易是完美的战争借口，因为拒绝自由贸易意味着拒绝正义，然而接受自由贸易却会陷入贫困。西班牙、葡萄牙、法国、德国，以及中国的经济体系都受到了严重的冲击。你们可能知道人类早期文明时代的一次革命，也就是1789 年法国革命。很多人类历史学家将革命原因归咎于法国的旧制度，因其不自由，不公平。然而，这不是法国革命的全部原因。

我更愿意将之归咎于自由贸易的冲击。英国的廉价纺织品到来后，法国北部的很多人类失去了工作，忍饥挨饿，被迫向南迁徙，在巴黎聚集，贫困潦倒，无家可归，于是成为一种潜在的破坏力量，随时会被饥饿点燃，被不公点燃，被幻想或谣言点燃。在之后的一百多年里，英国依靠自由贸易和殖民主义主导这个世界，包括经济模式、政治规范，甚至语言习惯。"

说到这里，她将目光转向猪老师：

"您提了一个很好的问题。我们也时常反思奥威尔和他的《动物农场》。他受益于英国的掠夺事业，从中获得了优越感，并用这种优越感讽刺动物，然后变成了一个道德家。你们可能不理解道德对于早期人类的迷惑性。你们不要以为一个人用道德的方式去批评别人，他就是善良的化身。这个问题曾经让我们十分迷惑，有时候我们也不知道什么是道德。奥威尔觉得英国是伟大的楷模，但他忽视了英国是因为殖民主义而富有，反而认为英国是因为伟大与公平而富有。早期人类几乎都经历过专制与暴政，但无论身处什么样的境遇，他们都想过上平静、安宁的日子。由于生存资源有限，他们内部有时会出现混乱。奥威尔并不关心这些混乱的根源，反而将之当成一个道德问题，然后无所顾忌地讽刺动物，讽刺人类。"

她又转身看了看猪老师旁边的动物，它们对于早期人类历史也有很多未解之谜。它们一直不明白，殖民主义对其他地区造成了很多伤害，殖民主义的信徒却觉得自己很崇高？那些被殖民主义伤害的种群也希望富足、高贵、优雅，并为此奋发自强，殚精竭虑，却总是陷入困境。

她不是殖民主义的信徒，也不是殖民主义信徒的后代，所以没有回答这个问题的资格。鉴于此，她适时转变了话题：

"准备这次会议时，我们热带人类有一个共识：在正式对话之前，我们要向那些为人类劳动了一生，却在晚年或在受伤后变成人类食物的动物表达最深的歉意。这种歉意无以言表，因为这是早期人类所犯下的不可原谅的罪过，尤其想到他们经常讨论正义、公平，我们就感到不安。我们知道以前的罪过不会因为我们的悔恨而消失，但在这个新时代，我们不会再那样对待为人类劳动的动物，它们应该在宁静与悠闲中度过余生。至于你们痛恨的奥威尔，至少在热带人类的聚集地里，我们还没有听说谁是他的后代。但逃亡的殖民主义者中间是否有他的后代，我们并不知道。无论如何，我们愿意为奥威尔的无礼道歉。早期人类以语言为傲，经常滥用语言，污蔑不能说话的动物。为此，我们也请求你们的谅解。"

动物们没有获得自己想要的答案，却看到了热带人类的诚意。这种诚意不足以抹平早期人类对于动物的罪过，却好像会通向一个让动物们充满美好想象的未来。于是，猪老师将《早期人类调查报告》放在热带人类的诸位代表面前：

"我们用了差不多一年的时间，调查了早期人类遗留在温带北部的图书馆，阅读了大量书籍，并多次讨论，然后整理出我们对于早期人类的认识。我们知道热带人类不同于早期人类，但认识早期人类应该是认识热带人类的前提。在这个报告里，我们提出了很多观点，也提出了很多猜测，希望你们做出回复，因为在这个世界上，任何生命都没有你们更了解早期人类。"

211

最初，热带人类以为《早期人类调查报告》只是动物对于早期人类的粗浅了解。但读完第三条后，他们决定休会一天，回去仔细阅读。他们隐约地意识到，他们的回答将会影响到这次会议的结果，也会影响到动物对于人类第二次进化的看法。

这个调查报告是深刻的，来自宗教界、种族界、知识界和语言界的人类代表对此无法否认。他们争分夺秒地阅读，不漏一字，不漏一句，一时却不知道怎么回答。在迷惑中，他们发现了一个关键，即人类是什么。这的确是早期人类反复思考过的问题，上了很多课，写了很多书，却没有找到理想的答案。在动物觉醒、人类第二次进化的时代，他们认为应该有一个答案，即使这个答案不完美，却能将这次会议引向更深的层次。

两天后的清晨时分，动物代表和热带人类代表再次见面。动物们发现他们的眼睛通红，好像没有睡醒，或者没有睡的样子。他们的确一夜未眠，不只因为他们要回答很多深奥的问题，还因为他们找到了让他们羞愧、羞愧到眼睛通红的答案。这个答案不是他们独自发现的，而是眼前的动物给他们的启发。

在动物的注视下，语言界代表开始陈述：

"我们感谢你们的调查报告，尽管篇幅不长，却总结了早期人类的特点，我们对此是震惊的。早期人类总以为自己是万物之灵，但他们错了，他们甚至不了解自己。他们应该知道自己的生命源于伟大的自然，这是一个再简单不过的常识。他们会口渴，会饥饿，每当口渴或饥饿的时候，他们都要返归自然，从自然中获得满足。单凭混沌的高傲，他们会渴死或饿死。他们却忽视了这个常识，他们的高傲也就是浅薄的。但他们仍然沉迷于其中，或是受到其他迷惑，总觉得自己是万物之灵、自然的尺度。当他们对此信以为真的时候，他们就成了目空一切的孤独者。目空一切既是对这种高傲的展示，也是他们陷入无助与孤独的原因。当他们把所有动物贬为低等生命的时候，他们也就不愿意与它们交流，更不愿意向它们学习。所以，他们高高在上，失去了其他生命的陪伴与映衬，甚至失去了反思能力。为了缓解孤独与无助，他们发明了一个问题，即人类是什么，或生命的意义是什么？当然，这里的生命指的是人类，而不是动物、植物或深奥的宇宙。"

种族界代表从另一个角度说明了这种高傲的弱点：

"早期人类还有一种能力，也就是用严密的因果关系实现自己的目的，而且他们以为一定能实现。这让他们觉得高傲得有理。他们高傲地对待动物，将它们看作低等生命，也就可以任意处置它们。他们不仅这样对待动物，有时候也这样对待同类，所以人类早期文明时代会出现民族主义、种族主义、殖民主义等。高傲一旦失去控制，就会变得危险。实际上，早期人类历史上的很多悲剧都源于高傲的失控，因为高傲让他们目空一切，失去自我。有时候，我们对于这个问题也很困惑：为什么早期人类觉得自己是万物的尺度，却总在问人是什么……"

听到这里，猪老师打断了种族界代表的陈述：

"十分抱歉，一个问题挡在了我的理解之路上，我认为有必要提出来。这有些不礼貌，却有助于我们理解早期人类。您刚才提到因果关系，我们也注意到这个问题，比你们更迷惑。听到您的分析后，我想知道因果关系是不是早期人类的信仰？早期人类有很多信仰，政治信仰、宗教信仰、财产信仰、审美信仰、声音信仰、线条信仰，总之有很多。如果从这些信仰中寻找一些共性，我们是否可以将之归结为一种诱惑性的因果关系？"

热带人类代表没想到动物会提出这样的问题，一时不知道怎么回答。沉默在蔓延，挤压着空气，挤压着阳光。最终，宗教界代表打破了沉默，他向众生灵示意自己可以回答：

"因果关系对于理解早期人类很重要，但是否像你们想的那么重要，变成了他们的信仰？这个问题是有争议的。因果关系不是早期人类独有的思维方式，动物也有，而且更深沉、更长远。早期人类的因果关系有时候是短时段的，而且变化无常，如果受到过度占有欲的支配，还可能是有害的。因果关系不但影响一个人类的思维，也会支配一个种群的思维。早期人类明白一个道理，即欠债还钱。这个道理是如此明白，我们都认为是常识，却会被短时段的因果关系瓦解。如果一个人不劳动，总是享用其他人的果实，他应该能活下来，但之后他要偿还。我想你们动物也会认同这个常识，因为不劳而获是可耻的。但如果这个常识用在早期人类的国家意识中，它可能会失效。在人类早期文明的末期，有个国家在上百年里借债度日，很多国家愿意提供帮助。这个国家承诺一定会偿还，并出具了看起来极为可靠的法律文书。之后，它的经济状况持续变差。它知道已经失去偿还能力，却仍旧借债度日。更让我们吃惊的是，它用借来的钱制造十分厉害的武器，然后用这些武器向债主们暗示催债的后果。在这种情况下，因果关系就解体了，或者说借钱时的因果关系解体了，一个新的因果关系取而代之。债主们要持续地借钱给这个国家，如果不借，它就会愤怒，并拒绝还债。这是一种混乱的因果关系，或者是一种足以让早期人类的因果关系信仰解体的因果关系。"

这时候，识字班的白羽鸡跳上一棵倒在荒草丛里的枯树上，摇了摇头，清理了嗓子：

"我想提一个问题。这个问题可能与之前的对话有关，或者说，之前的对话应该延伸到这个问题，即什么是正义。在人类早期文明时代，这个问题是清晰的，即正义是存在的，即使不是大面积存在，但每个种群都理解什么是正义，也都向往正义，他们在种群内部也会努力维持正义。然而，如果超越了种群的边界，正义就可能变得模糊。我们在早期人类的图书馆里看到一些种群以正义的名义要求其他种群服从它的权威，满足它的愿望。如果这些种群不同意，它就会用正义的名义发动战争，还会用语言证实这些战争是符合正义的。对于这种情况，我想早期人类是清楚的，热带人类也是清楚的。我们从中明白了一个道理，即普世正义是不存在的。在这个伟大的新时代，动物和人类都要避免这种情况。几乎所有的生命都在提防语言的弊端，不想曲解正义，更不想被虚假的正义诱惑。"

说到这里的时候，白羽鸡停顿了一下。种族界代表示意有话要说，但白羽鸡说它还没有完整地表达自己的观点：

"抱歉，你们知道我们鸡不适合长篇大论，我们的嗓子会沙哑，但这个问题又需要长篇大论，所以请你们再给我一点陈述的时间，也给我一点休息的时间。"

太阳西沉，暖风拂面，白羽鸡是今天最后一位正式发言者。热带人类和动物们给了它足够的休息时间，让它清晰地表达自己的观点。在众多目光的注视下，它又摇了摇头，清理了嗓子：

"所以，正义问题实际上是一个语言问题。此前，我们已经认识到，语言是我们理解早期人类的重要角度。早期人类思考过很多问题，例如人是什么、正义是什么、平等是什么、自由是什么、权力是什么……我们将这些问题看作是理解早期人类的基础，但相比而言，他们与语言的关系更重要。在回答这个问题之前，我们首先要搞清楚另一些问题，例如早期人类是怎么使用语言的？语言是早期人类的对外延伸，还是他们的自我背叛？在脱离存在的情况下，语言为什么还能大行其道？这些问题看起来很复杂，实际上很简单。只要我们回归常识，尊重我们的感觉，就能发现答案。早期人类总以为自己是这个世界的绝对统治者，实际上并不是。有时候，他们连自己是谁都不清楚，却以统治者的角色向其他生命发号施令，任意处置它们。但在内心深处，他们一定知道这个常识，也一定知道自己不是绝对的统治者，他们却渴望绝对的权力。如果这个愿望无法实现，他们会控制语言，然后在语言中获得这种权力。"

白羽鸡说完后，老黄牛看了看各位代表，问他们是否要补充。种族界代表把握住了这个机会：

"对于今天的讨论，我想做一个总结。刚才，猪老师提到因果关系的重要性，但综合白羽鸡和热带人类其他代表的陈述，我认为相比于因果关系，语言对于早期人类更重要。我们无法回避一个问题，即在人类早期文明时代，语言与存在的分裂是普遍的。我们热带人类有时候也不喜欢语言，因为语言既会与客观的存在分裂，也会与主观的目的分裂。一个人对另一个人说'我崇拜你''我信任你'，他可能却在想如何去羁绊他、妨碍他，但他仍旧言之凿凿地对他说'我崇拜你''我信任你'。早期人类将语言的迷惑力用到了极致。实际上，他们也讨厌这个问题，却没有找到解决的方法。"

明天的会议将会更加坦诚，因为动物代表和热带人类代表不再回避任何问题，也不再担心冒犯虚假的尊严。为了所有生命从今以后都能自由自在地活着，他们要用前所未有的勇气和智慧去践行实事求是的精神。

第二天，阳光普照，一个重要问题在会议开始的时刻就出现了，即过度占有。动物代表认为这是理解早期人类的另一个关键问题，热带人类的诸位代表对此并没有否认：

"有时候，我们甚至认为这种欲望造就了人类早期文明。但这是一个复杂的问题，过度占有欲让早期人类获得了四处开拓的力量，也让他们反复无常，相互伤害。为了避免伤害的蔓延，他们制定了很多法律。在调查人类图书馆的时候，你们可能已经看过很多法律。这是一个极为庞杂的语言世界，几乎面面俱到，身体、食物、财产都有相关法律，走路、买菜、视觉、听觉也有相关法律。人类早期文明培养了一大批法律学家，负责补充旧法律，或者制定新法律。为了维护法律的权威，人类早期文明还设置了警察、法庭和监狱。我们可以想象，如果法律不见了，或者维持法律权威的力量不见了，人类早期文明可能会加速解体。然而，我们也不能回避另一个问题：即使法律的力量无处不在，人类早期文明还是衰落了。原因并不复杂，即语言与行为的分裂。一个人明明做了一件事，他竟然可以否认，而且用严密的因果关系否认。"

说到这里，语言界代表觉得有些难为情，但他又不想回避，因为否认真实会被虚妄俘获，然后掉入语言的漩涡。在全新的时代，这不再是一个有必要隐藏的秘密。当决定坦然面对人类早期文明不足的时候，他是心平气和的：

"热带人类已经完成了第二次进化，不再被过度占有欲控制。我们知道要尊重自己，尊重他人，尊重动物，尊重植物，尊重自然秩序。我们获得了感同身受的力量，自己喜欢的应该是别人喜欢的，自己厌恶的应该是别人厌恶的，也就不再强人所难，或夺人所爱。当常识变成共识，共识又被充分尊重的时候，法律也就没有用了。我们在热带定居后，尽管初期很困难，千头万绪，但丝毫没有觉得有制定法律的必要。"

语言界代表停下来，回头看了看热带人类的其他代表，又看了看对面的动物代表，都没有提出否定的意见，所以他决定说下去：

"早期人类的法律之所以繁琐，主要是因为欲望太多，无限地占有，不合理地占有，占有不属于自己的，占有不属于人类的，既占有不属于自己的时间，也占有不属于自己的空间。这种心理导致了很多危险，例如早期人类的对抗，而战争是对抗的极端。其他类型的对抗也是不可忽视的，例如语言对抗、目光对抗、手势对抗等。你们动物可能无法理解这些问题，很多热带人类也很难理解，但我们不能忽视这些问题，因其是理解人类早期文明的重要角度，也是确定未来文明秩序的心理基础。"

老黄牛向前走了一步，安静地看着语言界代表：

"您说的有道理。此前，我已经注意到一个现象，是从早期人

218

类的棋类游戏中发现的。如果要理解早期人类的对抗心理，我建议你们玩一玩他们的棋类游戏，包括象棋、围棋、五子棋、跳棋、军棋，还有我们厌恶的斗兽棋。早期人类总是用对抗思维理解动物的生存秩序，大象吃狮子，狮子吃老虎，老虎吃狼，狼吃狗，狗吃猫，猫吃老鼠，老鼠钻大象的鼻子。你们热带人类一定知道这是错的，我们动物也觉得不可思议，无理取闹，违背常识，但斗兽棋仍旧受到早期人类欢迎。这些棋类游戏有一个共同点，即对抗，从开始就对抗，一直到结束还在对抗。对抗的方式有很多，追捕、围剿、以大欺小、同归于尽，无论哪种方式，最终目的是消灭。玩这类游戏的时候，我们动物一定要丢掉固有的思维，然后每时每刻都想着对抗与消灭。如果我们觉得猫和狗可以成为朋友，或是从常识的角度坚持认为老鼠不会钻大象的鼻子，我们就难以理解早期人类的心理。"

刚接触棋类游戏的时候，老黄牛是迷惑的，但想到早期人类的行为模式，它才意识到这是早期人类心理的映射。听到老黄牛的见解后，热带人类代表不断点头。知识界女代表一直看着它，安静、温暖，老黄牛决定说下去：

"如果不能理解对抗思维，我们也就无法理解早期人类。为了实践对抗思维，他们发明了很多机构，例如军队、情报系统、武器制造系统。但他们又害怕这种思维，担心被没有限度的对抗淹没。在矛盾中，他们只能持续地强化自己的对抗力量，用对抗消除对抗。这是奇怪的思维，却大行其道。在人类早期文明时代，一个人出生后，很快就能掌握这种思维。他们的父母以为只有学会对抗，才能从对抗中活下来。然而，他们忽略了一个事实。当所有人类都在学习对抗的时候，他们不但无法远离对抗，反而会陷入对抗的臆想，就像我们动物陷入了荒草中的泥潭，越挣扎，陷得反而越快。最后，他们不得不时刻生活在对抗中，从出生到死亡。不要忘记，早期人类是语言动物，当他们觉得无法摆脱对抗时，他们就会美化对抗，将对抗看作是荣誉的起源。"

无数的思考在老黄牛的心里闪现，它不想漏掉一个，但说到这里，它想缓一缓。这时候，猪老师示意要补充一个问题：

"人类早期文明时代有一门很重要的语言，也就是法国人的语言。其中有一个复合词，champ d'honneur，即'战场'，但它的直接意思是'荣誉之地'。这与老黄牛的分析是一致的，对抗是荣誉的起源。"

老黄牛看了看猪老师，用一种获得认同后表达感谢的眼神：

"我与早期人类生活了十多年，与他们一起看电视、看电影，经常听他们谈论早期人类的历史，所以了解他们的行为。今天，我想毫不隐瞒地说明我的见解，如果有偏颇之处，各位代表可以随时打断。我接着刚才的话往后说。人种与肤色是早期人类对抗的起点，对抗的直接结果是西方种群主导了人类早期文明的方向，但也引起自然秩序的错乱，以及机器文明的终结。信仰也曾是他们对抗的根源，无数人为此丧命，却最终无法让每个人安静下来，让这个世界安静下来。人类早期文明后期有过一次大规模的对抗，当时的人类称之为'冷战'。当他们发现资本主义和社会主义同样重视自由与平等，并努力付诸实践的时候，他们认识到对抗的理由并不成立。制度差异并不会引起对抗，对抗的愿望才会引起对抗。在人类早期文明即将终结的时刻，对抗的愿望日益缓解，早期人类很少使用'对抗'之类的词，甚至也很少使用'竞争'之类的词。这个变化得益于机器文明所提供的优越生存条件，几乎所有人类都能吃饱饭，都有遮风避雨的家，都能安心地养育孩子。但我们不能回避的问题是：在这个时刻，动物却遭受了最大程度的伤害，既包括养殖类动物，也包括野生动物，以及昆虫、鱼类。早期人类的过度占有欲从来没有大幅度地降低，只是因为这些欲望得到了最大程度的满足，所以他们才减缓了对抗的愿望。"

这一天是老黄牛的高光时刻。其实，它并不想参与讨论，因为其他动物代表会向热带人类代表展示自己的观点。但热带人类代表是坦诚的，提出的问题也是深刻的，所以老黄牛才想畅所欲言。

关于明天的主题，动物代表提议讨论素食主义。热带人类代表听到后立刻松了一口气，他们在调查报告中看到动物对于这个问题的肯定，就以为他们能很容易地与动物达成共识。

这一天的会议在充满希望的氛围中开始。种族界代表准备了清晰的发言思路，并乐观地陈述自己的见解：

"关于素食主义，我想这是人类与动物之间最有可能达成共识的问题。在人类早期文明时代，素食主义是一种美德，很多人类一以贯之地去实践。我们能想到一些伟大的楷模，例如梭罗。你们在调查早期人类图书馆时应该注意到了这个人。他已故去多年，他的思想却有助于动物与我们热带人类实现历史性的和解。在瓦尔登湖区生活的时候，他严格奉行素食主义，抛弃过度欲望，自给自足。更重要的是，他与动物形成了共存共生的关系。在这个新时代，我们愿意将他作为一个象征。每当想起他，我们会得到一种精神意义的启示。他本来是个普通人，在人类早期文明的分工制度中，甚至是个失败者，没有工作，没有收入，怀着对于机器文明的不满四处游荡，但在瓦尔登湖区，他发现了自然正义，也实践了自然正义……"

还没等种族界代表说完，动物们就发出了一阵嘘声，"嗷唉……嘤嘤……嘎嘎嘎……"。动物们之所以讨论素食主义，目的不是赞许早期人类，而是想知道早期人类提倡素食主义，为什么又发明了高效的动物屠宰线。所以，猪老师打断了种族界代表一厢情愿的解读：

"十分抱歉，请原谅我们的惊奇。我们之所以惊奇，并不是为了表达我们的赞许，而是表达我们的疑惑。我们之所以疑惑，是因为我们无法理解早期人类对于素食主义的反复无常。你们总以为自己有良好的历史意识，也总觉得能理解自己的历史，但在讲述梭罗的时候，你们违背了历史意识。你们说梭罗实践了自然正义，但你们忘记了梭罗的历史。他不是孤零零的一个人，而是早期人类殖民主义的间接后果。他的确在瓦尔登湖区生活过，这一点我们不否认，但他之所以能在那里优哉游哉地生活，是因为殖民主义消灭了在那里世世代代繁衍生息的土著人。现在，你们已经知道殖民主义的弊端，但可能还不知道殖民主义的形式。孕育梭罗的人类早期文明曾经极为繁盛，但这种繁盛源于殖民主义的荒地策略，或者说是制造荒地的策略，也就是将一片土地上的原住民彻底消灭，广阔的荒地就会出现。很多早期人类是善良的，尊重原住民的生存权，不愿意占有他们的祖居地。这个愿望阻碍了无限扩张的愿望，所以殖民主义者会千方百计去消灭原住民。

面对广阔的荒地，反对荒地策略的善良人类也就不再拒绝。他们知道荒草里有原住民的血，但眼不见，心不烦，也就愿意到这里来。梭罗就是这样的人。他一定反对荒地策略，而且真心诚意地热爱自然正义，但他还是走入了这片荒地，在树林中建造木屋子，然后将这里当成自己的家。"

小黄牛觉得这个问题还可以深入分析，于是接着猪老师的话往下说：

"我突然有一个想法：梭罗对于自然正义的实践与早期人类对于素食主义的实践有相似之处。在调查早期人类图书馆的时候，我们对于素食主义的印象很深刻。我们曾经为这个词感动过，但很快发现那是早期人类的崇高理想，也是我们的美好幻想。如果一个人想吃牛肉或猪肉，而要自己杀掉一头牛或一头猪，多数情况下他会拒绝。想到一个生命在痛苦的挣扎中死去，他可能也愿意奉行素食主义。但如果能去商店买一块牛排或猪排，他就会丢掉素食主义的理想。所以，他拒绝杀掉牛或猪，并不意味着他是素食主义者，也可能是因为胆子小，喜欢干净，不想自己的手粘上血。而去商店买肉时，杀戮过程是不可见的，他无需面对鲜血、嘶吼与挣扎。所以，早期人类的素食主义是一个关于语言与存在的矛盾。在实践自然正义的时候，梭罗也陷入了这个矛盾。他应该知道这片土地以前是印第安人的，他们世世代代生活在这里，有一天却被新移民杀光。所以，梭罗陷入的是语言与存在的矛盾，或是理想与现实的矛盾。早期人类有很多理想，多得超乎我们的预料，却总是陷入这个矛盾。这本来是一种没有出路的矛盾，但只要不想，他们就能避免烦恼的纠缠。"

对于动物的批评，热带人类代表几乎无法反驳，因为这是他们也都清楚的事实。他们可以忽略、遗忘，或避之不谈，但当动物们告诉他们不能忘记的时候，他们只能用沉默应对。

四周一片寂静。在这个瞬间，热带人类代表意识到：早期人类总认为自己是最有历史意识的生命，实际上却不是。很多时候，他们的历史意识是偏颇的、片段的、局部的、自私的。热带人类代表知道这些问题有时候源于无知，有时候却是早期人类故意为之。当他们发现动物们已经认识到了这个问题，也就只能用更长久的沉默应对。

然而，这是一种浅薄的沉默，足以让未来消失。动物们觉得如果不打破沉默，它们与人类的对话可能会在这里停止。老黄牛抬起头，看了看知识界的女代表，又看了看其他低头不语的热带人类代表：

"早期人类中有一些通灵的人，敬畏自然，尊重生命。尽管他们的愿望被实用主义、功利主义、殖民主义淹没，但我们在调查早期人类图书馆的时候，还是发现了他们，就像混沌里的光，虽然微弱，却依旧是光。我们十分敬重一个人，也就是老子。他生活在人类早期文明的开端，坦然、安宁、自由自在。如果早期人类没有违背他的愿望，这个世界将会更好，他们的文明也就不会因为能源耗尽而断裂。在那个时代，早期人类中还出现了很多卓越的灵魂，例如创作《荷马史诗》的人、创作《尼伯龙根之歌》的人，雄浑、粗野、舍生取义，又崇尚血雨腥风，所以他们的英雄无一不是从人类的鲜血与哀嚎中诞生。我们在读《尼伯龙根之歌》的时候，就像回到人类机器文明时代的屠宰线。但老子与他们不一样，那些嗜血的英雄们用尽计谋都无法实现的梦想，老子坐在牛背上就得到了。我不知道老子骑的那头牛是不是我的祖先，我曾经想证实这个问题，但年代久远，我放弃了这个希望，但我仍旧以此为骄傲。"

老黄牛将热带人类代表从越陷越深的沉默中拉了出来。他们还是有一点惭愧，但也有一点隐秘的、难为情的荣耀。当动物们提出希望他们重视老子，参考他的愿望制定行为规范的时候，他们欣然同意：

"这场会议之后，我们会发布一个约定，这个约定也会参考老子的观点。"

热带人类代表迫不及待地想起草这个约定，但动物们表示它们还有很多未解的问题，需要向他们请教。它们用了"请教"这个词，却让热带人类代表有些惶恐，担心再次陷入无法反驳的境地。

热带人类代表的担心不是多余的。接下来，动物们会提到机器文明的问题，这曾是早期人类引以为傲的事业。最初，早期人类可能不知道机器文明预示着人类早期文明的衰落，但一定知道这种文明将其他生命卷入了无言的痛苦。鉴于此，知识界女代表采取了坦诚布公的策略：

"我们已经向那些为人类劳动，却在衰老后成为人类食物的动物表达了最深的歉意，但这是不够的，我们还要向那些在人类语言里被贬低的动物道歉。早期人类有时候互相轻视，却将动物拉入其中，例如'蠢驴''笨猪''狗娘养的'等等，这是极不礼貌的，既贬低了动物，也是早期人类的自我贬低。除此之外，我们还应该向那些一出生就被规定为人类食物的动物道歉。早期人类只关注它们是否有健康的身体，丝毫不关心它们内心的痛苦。它们坚强地活着，然后在一瞬间变成人类的食物。自出生后，这些可怜的动物就不知道自己的父母，死去的时候也不知道自己的父母。它们甚至不知道自己的种属，也不知道自己的孩子去了哪里。我们不再将这些问题归咎于机器文明，因为机器文明是人类早期文明的一种形式，所以机器文明对于动物的伤害实际上是早期人类对于动物的伤害。在这个问题上，我们不想以热带人类的身份回避早期人类的责任。"

听到这里，动物们开始沉默，就像刚才热带人类代表一样。如果没有外界因素打破沉默，它们可能会永远沉默下去。热带人类代表本以为动物们听到真诚的道歉后，就会释然，却没有想到它们很快从沉默走入了悲伤，一种不言不语的悲伤。热带人类代表可以诱发这种悲伤，却没有办法缓解它。在机器文明时代，野生食肉动物受到的影响是最小的，但面对食草动物的沉默，它们也不知道怎么办，只能陪着这些受伤的生命一起沉默。

夕阳西下，这天的会议在沉默中结束。热带人类代表一直没动，看着动物们转身离开，它们的影子一个个消失。他们知道这是早期人类对于动物最严重的伤害，也是早期人类与动物之间最根本的问题。但他们又不知道能做什么，他们已经多次道歉，但在这种伤害面前，道歉又有什么用？他们希望向动物们展示一个全新的未来：养殖场和屠宰线全都消失了，热带人类尊重各种生命，理解它们的快乐与痛苦，并努力变成素食者，但未来并没有到来，而且动物们也无法从变化的语言中获得确定的感觉，所以会被痛苦的记忆缠绕。

第二天黎明，热带人类代表早早地来到会议现场。他们等待着，最初是满怀希望地等待，之后是焦急地等待，最后是平静地等待，一直到中午时分，太阳挂在头顶上，动物们还是没有出现。他们走来走去，大汗淋漓，却感觉不到热。一只苍鹰落在附近的树上，它告诉热带人类代表，动物们今天不来了：

"它们没有你们想象得那么难过，也没有你们想象得那么愤怒，它们看起来已经脱离了绝望的情感，不再被早期人类的行为困惑。它们想知道机器力量如何改变了人类，如何改变了这个世界，所以明天它们应该会出现。"

苍鹰之所以这样说，是因为昨天晚上旁听过动物代表的睡前讨论会。它们重点分析了早期人类的符号信仰。它们之所以关心这个问题，是因为看到了热带人类的巨大变化。它们知道早期人类对于符号的热爱，还会被符号控制，然而，他们有健全的身体、灵活的思维，为什么还要用奇怪的符号证明自己的存在？但最近几天，它们发现热带人类好像看清了很多道理：活着，哪怕是艰难地活着，也是伟大自然的恩惠；只要活着就能感受生命的存在，所以活着就是意义；有血有肉的生命是宇宙中最值得珍视的东西，既能感知，又能回应……

这次会议之前，鸟类飞过热带人类聚集地的时候，已经发现了这些新变化。热带人类不再花费大量时间去化妆，也不再渴望昂贵的衣服。他们在平原地带种植棉花，收获后纺成棉线，织成棉布，买回家后自己缝衣服。有的人类喜欢棉花的色彩，一种柔软、绵延的白色。如果喜欢红色，就去寻找茜草、红花、苏木；

如果喜欢黄色，就去寻找槐花、生姜、栀子；如果喜欢蓝色，就去寻找蓼蓝、木蓝、板蓝；如果喜欢棕色，就去寻找胡桃、冬瓜；如果喜欢黑色，就去寻找乌桕、皂斗、五倍子。日复一日，他们还发现了其他的染色效果，例如藏青色、靛紫色、米黄色、天蓝色、灰白色……有的人类更为纯真，或者是有点懒惰，所以直接将棉布披在身上，棉线束腰，来去如风。

热带人类终于放弃了符号的重担，自由自在地感受着生命。动物们对此感到惊喜。尽管它们难以忘记在人类机器文明时代所经受的屈辱与伤痛，但这个惊喜激励它们向前看。一番讨论后，它们同意继续与热带人类对话，共同规划这个世界的未来。

这天的夜晚格外漫长，无论对于动物，还是对于人类。当所有生命有了感同身受的能力，他们会在同一个夜晚、为同一件事失眠。当黎明到来，他们也都会眼睛通红地出现，谁都不问发生了什么，但谁都知道发生了什么。感同身受是成就美好未来的心理基础，也是这次会议持续下去的心理基础。

在初升的阳光里，热带人类代表看着动物们从远处走过来、飞过来、爬过来，他们感到了一种难以言表的快乐。这种快乐是那种悲伤的另一端，当它出现后，他们的心灵才会平衡。当然，创造这种平衡的并非快乐本身，而是创造这种快乐的动物。当它们决定帮助热带人类对抗殖民主义的时候，它们已经在努力原谅早期人类对于自己的伤害。然而，当面对面地向热带人类提出这个问题的时候，它们还是陷入了悲伤。经过一天的思考，它们走了出来，并决定用正义与宽容对待人类机器文明时代的极端暴力。

会议再次开始，猪老师首先提出了一个问题：

"以前，我们看到了一个奇特的现象，最近才开始思考。早期人类在温带北部建造了很多高楼，几乎每个窗外都挂着一个铁皮方盒子。麻雀说那是温度调节器，能将热变凉，也能将凉变热，所以夏天能变成秋天，冬天能变成春天。但能源耗尽后，它们也就没用了。最初，我们感到惊奇，甚至佩服早期人类的才华。后来，我们不再感到惊奇，甚至疑惑不解。早期人类难道不是颠倒了自然秩序，这个世界从此不再有春夏秋冬之分？而四季消失，对于我们动物，那真是一个灾难，难以想象。早期人类却热爱这些铁盒子，就像热爱新鲜的情人。只有这些铁盒子启动，发出嗡嗡的声音，他们才觉得平静，否则就心神不宁。"

猪老师又让识字班的动物们抬过来一个机器，四个轮子，轮子上面是动力系统，一侧有长长的扶手：

"这是我们在参会途中发现的。我们试着发动它，但已经没有油了，所以被早期人类丢在草丛里。以前，我们看到他们用它割草，声音巨大，力量很小，半天也割不了很多草，却让动物们厌烦，尤其是昆虫和鸟类。它会发出我们很不喜欢的声音，'嗡嗡嗡……'。刚看到它的时候，我们有过一个判断：人类早期文明迟早会衰落，因为维持这种文明的成本太高了。早期人类希望控制一切，包括地上的草，难道草有贵贱之分吗？然而，他们要控制草的种类、草的高度、叶子的形状。当一种源于自然的生命千方百计地改造自然、对抗自然的时候，你们觉得这样的文明能持续吗？"

动物代表之所以提出这个问题，并不是要强调自己所受的伤害，而是想知道早期人类是如何统治世界的。在自然历史上，他们并不是最先出现的生命，也没有足够的身体力量。如果没有工具，他们与野兽搏斗时几乎无法活下来。但恐龙时代之后，他们控制了这个世界的一切。

在早期人类的图书馆里，动物们看到了他们为了控制世界而发明的各种策略。在实践过程中，他们又发明了很多词汇，例如权力、阶级、治理、垃圾、绿化等。21世纪末，这种控制的策略达到了极致。如果地球能提供无限多的石油、煤炭和矿物质，他们的愿望应该不会落空。但能源不是无穷无尽的，他们也没有搞清楚一个问题，即人类早期文明的根本动力不是他们的智慧，而是神奇的能源。

在人类早期文明最初的一千多年里，早期人类以为信仰是历史的动力，之后他们又认为制度是人类历史的动力。但在能源几乎耗尽的时候，他们不得不承认：在伟大的自然面前，这一切是可有可无的。

动物代表觉得早期人类在认识自我的时候犯了错。为此，它们做了一个假设：如果早期人类没有开启机器文明时代，这个世界可能会更平静。

热带人类代表对于这个假设并不陌生，因为一些悟性高的早期人类已经想过这个问题，并提出了很多分析角度，例如心理异化、机器统治、技术极权等。他们承认机器文明让早期人类获得了前所未有的力量：用内燃机赶走了奴隶制度，平等与自由史无前例地进入他们的生活；建立稳定的食物制度，不再担心忍饥挨饿，从而获得了足够的安全感；让塑料无限变化，变成自己需要的形状或需要的感觉；法律反应速度极快，在街上走路时不再害怕被人掳走，或受到欺压；建造一个虚拟的世界，然后生活在这个世界里，变成虚拟的人类……

所以，生活在机器文明时代的早期人类是幸福的，他们沉浸于其中，没有意识到自己日益变得浅薄。在机器力量的辅助下，他们创造了无所不包的城市文明，汇集了各种诱人的颜色、声音、味道，而且培养了一个巨大的消费群体。自出生起，他们就信赖城市文明，用真知灼见或变幻的语言技巧获得它的眷顾，却忘记了自然秩序，甚至不知道粮食从哪里来，冰冻的鱼曾经也有生命。实际上，这是一种被动的存在方式，因为只有消费的时候，他们才感觉到生命的气息。

早期人类并不想走向浅薄，却被愚钝缠绕，只能对四处蔓延的浅薄听之任之。他们要奋力地对抗浅薄与愚钝，却没有意识到自己竟然变成了自然的异类。他们的行为几乎都是在对抗自然、消耗自然，既包括土壤、水流、空气，也包括植物和动物。

动物凶猛，这是早期人类的常识。火药、汽车、自动机械出现后，动物仍旧是凶猛的，却已经失去了意义。如果它们反抗，死亡将会来得更快；如果平静地接受死亡，它们还可以在恐惧与麻木中活得久一点。对于动物而言，这点多余的时间没有意义，早期人类却觉得这是它们听天由命所获得的奖赏。

在机器文明时代，动物的境遇无比艰难。它们反抗过，为了生存，为了尊严，为了荣誉，但每次反抗都被彻底击败，确切地说，是被机器力量击败。被击败的不只是它们的身体，还有它们的灵魂。在早期人类的意识里，以及在他们控制的文字制度里，动物们被无限贬低，它们变成了凶残、野蛮、无情、狡诈的象征。

对于这个问题，动物们觉得思考得足够深入，而且客观公正，既没有受到复仇心理的影响，也没有受到虚假表象的迷惑。鉴于此，它们决定向热带人类代表提出一个质疑。老黄牛特意强调它们质疑的是早期人类，而不是热带人类。它用"他们"作为早期人类的指代，缓解对于热带人类的伤害：

"第一次进化后，早期人类是高傲的，总认为自己是万物尺度。这种心理最初并不明显，因为他们经常受到动物的威胁。但在机器文明时代，这种心理不再是虚妄的，而是清晰可见的。机器让他们获得了前所未有的力量，改变了他们的神经系统，包括视觉、听觉、触觉、嗅觉，他们生活在不切实际的幻觉中，觉得自己能控制这个世界，并赶走了造物主。这个造物主曾经也是他们的幻觉，而在机器文明时代，他们不再需要这个幻觉。当他们造出了机器人，机器人完全服从他们的意志，日复一日地制造产品、奏响音乐，甚至创作诗歌的时候，他们忽然觉得自己就是造物主。他们希望机器人承担所有的工作，自己成为有闲阶级，什么都不干，或者想干什么就干什么。懒惰像一个充满诱惑的精灵，而当他们将懒惰当作自由的时候，他们希望机器人有独立的意识，能自己制造自己，自己修理自己。这个希望最终失败了，因为机器人无法生育，无法将自己的经验传给后代。机器文明末期出现了一类功能强大的机器人，它们想繁育后代，并勇敢地付诸实践。早期人类发现这是一个危险的愿望，所以更改了它们的程序。不过，它们还是让早期人类刮目相看。它们在内部程序中秘密增加了情感类别，希望像早期人类一样有爱有恨、有情有义。最初，早期人类默许它们这样做，但很快发现这可能会颠覆人类文明，所以再次更改它们的程序，设置不可逾越的情感壁垒，要求它们严格执行阿西莫夫定律：'机器人不得伤害人类，或看到人类受到伤害而袖手旁观；机器人必须服从人类的命令，除非这条命令与第一条相矛盾；机器人必须保护自己，除非这种保护与以上两条相矛盾'。最终，机器人仅仅是早期人类的奴隶。在能源即将耗尽的时刻，他们曾经希望机器人协助克服危机，但它们根本没有承担这个希望的能力，最后只能像汽车和各种电器一样变成了废物。"

听到这里，热带人类代表有些震惊，欲言又止。老黄牛没有询问他们的见解，它要一口气说完：

"第一次进化之后，早期人类处在善与恶的交界地带，他们知道要站在善的一边，有时候却被恶的意志捕获。最初，他们服从了恶的意志，但仍然有深刻的反思能力。他们知道是谁在作恶，那些作恶的人也知道每个行为的后果。但在机器文明时代，尽管恶在他们的心里没有增多，技术却将之无限放大。当恶被技术放大的时候，他们可以对于这些恶视而不见，因为实践恶的不再是他们，而是灵巧的机器。所以，当早期人类的先知告诫他们要提防技术之恶时，他们往往置之不理，或是将这些告诫看作是新奇的逻辑。有些富有远见的政治家认识到这个危险，并采取了应对措施，但这些措施只针对机器本身，而不是操纵机器的人类。实际上，这已经不只是机器的问题，而是早期人类对抗自然的问题。在用机器对抗自然的时候，他们走上了一条无法回头的路，然后在这条路上迷失，无数次摔倒，却不知道是怎么摔倒的。机器文明时代的人类处处需要机器，如果没有机器，他们会失去工作，甚至没有饭吃，所以他们将机器看作是一种信仰。在迷失的路上，他们突然意识到自己是机器文明的受害者，因为机器将他们变成了机器一样的东西。这个过程是神秘的，然而当他们要反抗的时候，却被一种虚无感击垮。当每一次反抗都被击垮的时候，他们陷入了宿命论，就像动物接受死亡那样的宿命论。早期人类的进化并不完美，但仍旧是杰出的生灵，有能力活下来，也有能力改变世界。然而，这种宿命论在一点点剥夺他们的力量。他们不再努力思考，而是变成了会吃的机器、会睡的机器、会高兴的机器。以前，他们任意支配自然，现在却被机器支配。他们所制造的机器，无论是石油驱动还是电力驱动，目的都是征服自然。然而，当他们完全征服了自然，将之踩在脚下的时候，他们已经沉迷于征服行为，喜欢这个行为所引起的混乱，并且能从混乱中获得存在感。源于自然的生灵却在对抗自然，这是一个终将破碎的逻辑。关于破碎的想象让他们痛苦，也让他们思考。在困惑中，他们再次萌生了很多希望，例如制造太阳、移民火星等。他们为了这些希望殚精竭虑，但最终还是失败了。他们经常自我安慰，说自己是在奔向伟大理想的路上失败的。他们还经常私下里念叨'失败是成功之母'或'阳光总在风雨后'……对于早期人类而言，这是最后的失败，他们终于看清了自身力量的边界。他们站在这个边界上，不敢向后看，因为过往多是遗憾；也不敢向前看，因为目及之处都是虚空。"

老黄牛追溯了人类早期文明的最后时刻，说完后看着热带人类代表，等待他们的回答。他们知道这个问题很深奥，也知道老黄牛的意图。表面上，它是在批判早期人类，实际上是想为这个新时代理清思路。对于这个意图，动物代表和热带人类代表是有共识的，一旦有了共识，就能避免没完没了的争论。

热带人类代表提议短暂休会，获得充足的准备时间。太阳在一点点升高，微风吹来，树叶摇摆。在附近的林荫下，他们商定好了回答的思路，然后由知识界的女代表发言：

"我们知道机器彻底改变了人类早期文明的方向，早期人类享受了前所未有的幸福。当他们将这种幸福看作是理所当然的时候，他们也就不再觉得自己是自然中的生灵，而是万物之主。有些人类意识到了这种认识的危险：当他们无限依赖机器的时候，机器会反过来控制他们，他们也就无法避免机器与恶的联姻，而在之后的几百年里，机器的确放大了恶的意志。这种情况本来可以避免，但当他们试图用语言掩盖的时候，也就不再有避免的可能。我们已将这个问题看得清清楚楚：早期人类能用语言制造幻象，却无法用语言代替真实。一种文明如果被幻象缠绕，那么迟早会衰落。今天，我们经历了这个过程，也看到了这个结局。我还想补充一个问题：机器与人类早期文明的衰落是间接的关系，也就是说，机器没有直接让这种文明衰落，它只是利用了人类早期文明的一些内在缺陷。我们热带人类讨论过这些缺陷，其中之一是早期人类的对抗意识，尤其是那些信仰机器的新移民，他们希望对抗，即使身处和平与宁静也要制造对抗。你们动物对此可能难以理解，我们有时也难以理解，但我们有一些猜测，例如他们喜欢对抗，是为了获得存在感……现在，这些问题已经不再重要。我们是自由自在的，即使饿着肚子，也能感受到生命的意义。我们不需要繁琐的法律制止同类相欺，也不再以奴役动物为荣。20世纪，早期人类中有一个声誉卓著的政治家，但我们并不认为他很伟大。在非洲大草原上，他用子弹攻击动物，无情地猎杀白犀牛。如果他用身体力量猎杀白犀牛，我相信你们动物并不会愤怒。但他用的是枪，让人类早期文明屡次失控、走向混乱的枪。他们一伙人蹑手蹑脚地向两头白犀牛靠近，越来越近，丘吉尔向一头白犀牛开枪。事后，他说自己听到了子弹穿透皮肤、肌肉和骨头的声音。那头白犀牛跳了起来，它想来一场公平的决斗。但那伙人带了很多子弹，足以将它打成筛子。他们举起枪，无情无义地射击。在彻底杀死它之前，丘吉尔好像觉察到了第二次进化的迹象。因为在那个时刻，他忽然觉得自己是入侵者，无缘无故地猎杀食草动物。很可惜，这个想法很短暂，转瞬消失，他也就错过了第二次进化的机会。打死这头白犀牛后，他们又去猎杀另一头较小的白犀牛。当他说这是一次'令人激动的经历、并获得了荣耀'的时候，我们知道，他完全没有开启第二次进化的灵性。我本来不想提到这个故事的结尾，但热带人类代表希望你们了解早期人类的过去，也希望你们谅解早期人类的罪过，所以我只好勉力为之。这伙人剥掉了犀牛皮，割掉了犀牛角，将两个庞大的肉体赤裸裸地遗弃在草原上。让我们更加愤怒的是，他们忽视了两头犀牛的关系，它们到底是父子、母子，还是热恋的情侣？早期人类中有一些野蛮的群体，他们不但屠杀自己的对手，也屠杀对手的孩子，哪怕这些孩子只有两岁、三岁，或刚刚出生，有些孩子死去的时候还在母亲的怀里吃奶。这次会议后，你们可以去早期人类图书馆调查，一定能发现哪些种群有这样的劣迹。我们热带人类以之为耻，羞愧难当。他们这样对待同类，也这样对待动物。对此，我们要向你们这些自然的生灵道歉。我们知道道歉是没用的，但面对野蛮人的罪过，我们又能做什么呢？我们的希望是真诚的，从今以后一定会驱逐对抗的意图，也不再肆意无度地伤害自然生灵。"

像老黄牛一样，知识界代表也希望一口气讲完自己的观点，所以短暂停歇后，她继续陈述：

"你们动物对于早期人类的观察是深刻的，我们并不否认，但你们漏掉了一个问题，当然也可能还没来得及提出这个问题。我讲个故事，可能会让你们大笑，但也可能会让你们难过。今天与会的有很多动物，牛、羊、鸡、鳄鱼等，原谅我不能一一列举。从你们的交往中，我发现了一个现象：牛从不要求鸡的头上长角，鸡从不要求鳄鱼在树上睡觉，鳄鱼从不要求羊在泥潭里产卵……"

这时候，动物中间传出了异常的声音，"哞哞……咩咩……嗷嗷……呼呼……"，它们是在放声大笑，她打断了它们的笑声：

"诸位动物代表，如果我告诉你们，一个人的体重足足有两百公斤，身高一米九。他将自己的衣服脱下来，要求一个体重一百公斤，身高一米八的人穿上，而且必须穿上。他觉得这件衣服自己穿着优雅，那个人穿着也一定优雅。如果那个人拒绝他，他就会挥拳头，指责他没有品位，违背正义。你们说这是不是有点儿奇怪？"

动物们很快恢复了平静，似乎意识到知识界代表想说什么。她低下头，缓和了一会：

"在人类早期文明末期，新移民的控制欲望太强烈，不但规定草木的形状，还要规定人类文明的形状。他们不但这样想，也会这样做，一个思想迷途出现了：他们认为其他种群学习自己的制度，这个世界才会变好。在其他种群中，有些人也觉得这种制度是人类最高的追求、最后的追求，在历史终结的时刻也是无法超越的。但他们错了，21世纪初，在新型冠状病毒肆虐之际，这种制度没有展示出应有的力量。那些盲目赞美这种制度，希望将之到处移植的早期人类没有理解自己的历史，甚至有意忽略了新移民以民主的名义发动的战争。这些战争都失败了，没有完成既定目标，反而让很多早期人类聚集地陷入动荡。民主成了战争的借口，我们是无法理解的。民主意味着众生平等、开放包容，从来不应该是非正义战争的借口。在这个新时代，我们应该避免这种情况。鉴于此，我们要明确什么是人类的最高理想？"

说到这里，她停了下来，然后从棉布上衣口袋里拿出了一片干芭蕉叶，上面密密麻麻地写满了字：

"请原谅我的中断，我是代表热带人类提出我们的见解，所以不能信口而言。民主是一个美好的理想，但对于和平的爱要高于这个理想，因为没有和平，民主仅仅是权力的装饰，或战争的借口。如果民主的目的不再是和平，而是战争，这种民主将是有害的。读完你们的《早期人类调查报告》，我们也觉得早期人类忽视了这个问题，以及一些更基础的问题。这些问题可以归结为语言与存在的矛盾，或者说语言对于存在的篡改。在语言中，民主是完美的。新移民发明了完整的辩护逻辑，即使民主制造了灾难，他们也总能证明这不是民主的错。当他们这样证明的时候，他们从来没有离开语言领域，一味沉迷于虚假的逻辑。如果他们走出语言领域，看看早期人类的真实历史，就知道语言是如何被滥用的。我们承认新移民的制度在很长时间里运行良好，但如果将之到处移植，不但会失效，还可能走向反面。这是一个十分复杂的问题，我们热带人类不能提供完美的答案，但我们认为这个观点是准确的，即对于和平的热爱要高于对于民主的追求。对于所有生命而言，热爱和平是最基础、最伟大的政治追求。这个观点源于我们对于人类第二次进化的理解。热带人类放弃了过度占有欲，不再陷入语言迷宫，他们接受了自然秩序，热爱平静与安宁，坦然面对饥饿、病痛与死亡，也就不再像早期人类那样以民主的名义发动战争。"

听到这里，动物们更加清楚地看到了人类第二次进化的结果，它们感到由衷的高兴。热带人类在很多问题上与它们想的一样，尊重生命，热爱和平，敬畏自然。

调查早期人类图书馆时，动物们认识到人类第一次进化的不足。他们希望安静、平和地活着，却不知道自己是谁，有时候忧心忡忡，有时候野心勃勃，有时候瞻前顾后，有时候无比自信，有时候深情脉脉，也会冷酷无情，有时候聪明伶俐，也会愚蠢至极，有时候深明大义，但也经常言不由衷。他们面容安静，心中却波诡云谲，或者惊慌失措，被孤独感侵袭，所以经常问"我是谁"，"人类是谁"，"人类的前途在哪里"。他们希望变得完美，通过知识、财富或幻想，所以拼命学习，老了还在学习，或想方设法赚钱，不惜作奸犯科、奴颜婢膝、伤害同类。他们的目的很简单，用一己之力弥补不完美的进化，但他们选择了错误的路，也就无法实现自己的目的。

第二次进化后，热带人类不再惶恐，也就不再问那些既深刻又肤浅的问题。每个人都是自由自在的，无论独处还是在群体之中，都会内心安宁，也就不必像早期人类一样用知识、财富、肤浅的语言技巧或表情策略获得存在感。

实际上，有些早期人类对自己也是不满的，曾经用魔幻的语言展示了这些弱点：拐弯抹角地炫耀自己，添油加醋地贬低别人，互相窥探地搬弄是非。但在热带人类身上，这些弱点已经消失。他们的存在感是如此坚定，没有什么能撼动，无论饥饿、病痛还是死亡。出生后，他们需要十年左右才能成熟，一旦成熟，他们就会一如既往地尊重生命，热爱和平，敬畏自然。

这是一种真挚的情感。热带人类既会将之变成纯真的信仰，又将之变成日常生活的方式。他们看着奔跑的动物，知道它们一定有自己的理想，可能比热带人类的理想更深沉、更悠远；他们看着太阳升起又落下，看着树木发芽，长满叶子，想象着创造生命的神秘力量，以及伟大的宇宙秩序……

这是一次史无前例的会议，语言密集出现，高频率地传递着各种概念，有时候让热带人类迷惑，有时候让动物们迷惑，但谁都没有掉入语言的陷阱，因为语言与存在始终是对称的，语言没有扭曲存在，存在也就不会被刻意遮掩。

会议最后，动物代表和热带人类代表约定：明年春末夏初，当附近的那棵苹果树结出第一个果子的时候，他们将再次相聚，共同拟定《动物—人类公约》。

第二年春天，太阳鸟带来了第一个小苹果的消息。动物代表和热带人类代表看到对方的草稿后，既惊奇，又喜悦，因为两部草稿主题相似。不约而同源于感同身受。如果要简单地概括动物觉醒和人类第二次进化的结果，动物代表和热带人类代表几乎都会想到感同身受这个词，因为几乎每个生命都有了更高的理性和情感，以及理解其他生命的力量。

经过十个日出日落，《动物—人类公约》很快完成了。苍鹰再次起飞，带着这部公约的副本，向东飞、向西飞，向北飞。在热带人类的聚集地，众多领袖召集会议，商讨这部关乎人类未来的伟大公约。在温带北部的定居地，养殖动物和野生动物也认真商讨了这部关乎动物未来的伟大公约。动物代表和热带人类代表就地等待，然后根据各个种群的反馈修改不完善之处。秋末时分，《动物—人类公约》最终定稿，作为新时代的宣言：

《动物—人类公约》
（众生灵通行版）

这是一个伟大的时代，动物和热带人类共同战胜了殖民主义之后，一致认为有必要制定一部公约，作为这个伟大时代的开端。公约将充分尊重温带北部的动物对于未来的美好愿望，以及热带人类对于未来的美好愿望。对于这些美好愿望，公约既是文字意义的确认，也是关于实践的承诺。在制定公约时，动物代表与热带人类代表相互妥协、相互尊重、相互实现，所以是一部足以体现这个新时代所有生命愿望的公约。

公约有两种形式，即文字形式和感觉形式。为了避免人类早期文明时代诸多公约被遗弃的命运，以及文字制度所导致的存在与语言的分裂，动物代表和热带人类代表一致认为公约的文字形式不是最重要的，感觉形式更重要。在这个新时代，动物和热带人类获得了共同的感觉，所以公约的感觉形式将永久流传，作为启示的力量。动物和热带人类要反复确认公约的感觉形式，使之成为日常行为的普遍规则，之后公约的文字形式将会消失。

公约包括以下条款：

第一条 动物会永远铭记人类早期文明对于动物的伤害，热带人类也会永远铭记他们的祖辈对于动物的伤害。动物和热带人类一致同意：他们不会沉迷于这种感觉，并尽力避免这种感觉所导致的复仇心理和行为。动物和热带人类之所以铭记这些伤害，是为了实现生命平等、生命自由的愿望。每种生命在外貌上各不相同，但每种生命从来是，也应该是平等的、自由的、自在的。动物和热带人类承诺会严格实践这个愿望，一直到新时代的终结。

第二条 热带人类一致同意，并向动物保证：他们服从自然规则，接受自然意义的生与死，不再迷失于语言所制造的幻象，不再被因果关系控制，也不再沉迷于囤积居奇和过度占有。

第三条 热带人类一致同意，并向动物保证：不再用化学方式改变动物和植物形态、生长进程，也不再用枪支、陷阱、罗网、毒药猎杀动物，包括蚊子、苍蝇、老鼠。它们帮助热带人类击溃了殖民主义者，热带人类应该向它们致敬。

第四条　热带人类一致同意，并向动物保证：在热带设立动物生存空间，包括食宿区和医疗区，为迷路的动物提供食物和住所，帮助它们返回自己的领地，并尽可能医治那些受伤的动物，为它们提供安全的疗养环境，直到它们有力量返回自己的领地。

第五条　热带人类一致同意，并向动物保证：第二次进化后，热带人类的独立存在意识已经完备，他们将终结人类早期文明时代的符号化迷途，不再将生命的意义寄托于符号，更不会用动物皮肤或其他部分作为存在感的象征。

第六条　热带人类一致同意，并向动物保证：抵挡语言之害，不再言不由衷，不再道貌岸然；切身实践正义，避免用语言曲解正义，尽力扩大正义范围，不再有种群之别、阶层之别、国家之别；敬畏自然，不再以之为敌。

第七条　热带人类一致同意，并向动物保证：为了避免早期人类对于语言、正义、欲望和权力的滥用，他们将在热带筹建语言—存在博物馆、身份—符号博物馆、早期人类战争博物馆、机器文明时代动物屠宰博物馆。这是关于过去的记忆，作为未来的启示。

第八条　热带人类一致同意，并向动物保证：在热带设立劳动动物纪念碑，包括牛、马、驴、骆驼等，感谢它们为人类付出的体力与情感，以及为人类付出的身体。除了感谢之外，热带人类要有愧疚之心，杜绝此类现象再次出现。

第九条　热带人类一致同意，并向动物保证：认真阅读老子的《道德经》，将之作为新时代的精神启示；为古道尔设立公共节日，倡导生命之间的尊重、理解与宽容；深刻反思奥威尔的《动物农场》，避免再次出现此类作品。

第十条　热带人类还保持着对于路的迷恋，没有路就会失去目的。虽然沥青已被耗尽，水泥也无法大规模烧制，他们仍在用石头和沙子铺路，所以热带人类聚集区有很多八米宽或十米宽的路。对于蚯蚓、蜗牛等缓慢爬行动物而言，这些路可能是生命的终点。下雨天，它们从窝里爬出来，爬上热带人类的路，在那里迷失，然后被雨后的太阳烤干。修路不是热带人类的错，然而当缓慢爬行动物在路上死去，修路就是热带人类的错。鉴于此，热带人类有责任帮助那些在路上迷失的缓慢爬行动物离开险境。

第十一条　动物在早期人类的语言里受尽了屈辱。这是源于人类第一次进化不足的问题，他们想表达不满或愤怒，却没有勇气，就用羞辱动物的方式。热带人类有必要清理早期人类语言，例如"笨猪""熊样""狼狈为奸""猪狗不如""冷血动物""狗娘养的"等等。热带人类可以谈论动物，但不能间接或隐秘地羞辱、欺凌、鄙视动物。

第十二条 在这个伟大的新时代，动物已经觉醒，热带人类经历了第二次进化，但自然秩序仍有不足之处，例如一些动物仍然是另一些动物的食物。热带人类和食肉动物无法改变这些不足，但他们一致向食草动物承诺：

（一）狩猎是身体的较量。热带人类和食肉动物不能偷袭食草动物，在发起进攻之前，要看到食草动物的眼睛，并确保被食草动物看到。这是一种相互的观看。

（二）对于狩猎所得的动物要有虔敬之心，从相互观看的那一刻开始，直到公平战斗的结束，无论是热带人类还是食肉动物，都不能轻蔑食草动物的身体，包括爪子、腿、眼睛、皮毛。严禁微笑着终结食草动物的生命，这将会受到自然正义的谴责。

（三）一定不会伤及食草动物的幼崽，直到这些幼崽能全速奔跑；一定不会伤及怀孕、待产和正在哺乳的食草动物，无论它们是否能全速奔跑。

（四）向食草动物学习吃草的习惯，努力变成食草动物。这个过程是漫长的、艰难的，却是正义的，所以是值得期待的。

第十三条 食草动物一致同意，并向热带人类和其他动物保证：它们不会忘记祖先的耻辱，但不会被复仇心理控制。它们知道那是一段残酷的历史，却是这个世界从动荡走向安宁的必然阶段。它们会延续优良的生存规则，定期向热带人类和食肉动物传授吃草的经验，制作植物分类图谱，说明各类植物的生长特点、营养价值，帮助热带人类和食肉动物避开有毒的植物。

第十四条　所有动物，包括养殖动物、野生动物、食草动物、食肉动物、陆生动物、水生动物、飞行动物等在这个世界出生、繁育和死亡的生命，应该重视人类早期文明没落的原因。在机器文明时代，早期人类改变了自然秩序，自以为是万物之主、最高贵的精神。所有动物认识到他们违背了自然正义，沉迷于过度的欲望和剥夺性的因果关系。鉴于此，所有动物一致同意创造一个符合自然正义的秩序。这个新秩序源自对于所有生命的尊重，而不是对于过度欲望和剥夺性因果关系的实践。在这个新秩序里，以水母为代表的水生动物享有最高辈分，因为它们源自最古老的时代。

第十五条　热带人类和所有动物都认识到这个伟大的时代并不完美。在等待自然秩序进入更高境界的过程中，他们一致同意向植物学习。在这个世界上，植物是最伟大的生命，因其几乎从来不剥夺其他生命、征服其他生命、奴役其他生命，它们用自己的力量存在着，哪怕在岩石的缝隙里也能生根发芽，从来不畏生死，自由自在地生长、繁育、枯萎、凋落，然后在沉默中等待新生。

第十六条　热带人类和所有动物都重视幼年的意义。温暖的幼年生活会让一个生命成年后内心温暖，举止优雅。冷漠的幼年生活会让一个生命成年后变得残酷无情，愚蠢顽固，将刻薄当作正义，然后肆意地表达刻薄。鉴于此，热带人类和所有动物一致同意：不得以任何借口伤害幼年生命，无论是身体伤害，还是精神伤害。热带人类和所有动物已经约定再次召开会议，制定保护幼年生命的规则，以及保护与幼年生命有血缘关系的成年生命的规则，优先保护母性情感，弥补自然秩序的缺陷。

在《动物—人类公约》正式定稿的那天，热带人类代表中间出现了几个陌生的面孔：一个希腊人、一个意大利人、一个英国人，还有一个中国人。这是动物代表在会议闲谈时无意间表达的希望，热带人类代表心领神会，悄悄请来了四个种群的人。会议谢幕之际，他们一同站起来，让动物代表感到既惊奇，又喜悦。

动物代表想见希腊人，是因为人类早期文明的西方类型源于他们的创造精神。动物们想见意大利人，是因为这个种群统治了西方文明类型一千多年，既高尚，又堕落，既多情，又残酷，像一个谜一样。动物们想见英国人，是因为在西方文明类型陷入危机的时刻，他们为之赋予了机械力量、资本制度，以及世俗因果关系，却最终无法避免对抗心理所导致的危险。动物代表想见中国人，是因为他们的文明一直在艰难与希望中延续着，当然也因为老子是他们的先知。

在动物代表的注视下，四个人各自代表自己的种群发言。首先是希腊人，他知道自己的祖先开创了一个文明类型，但他并没有为此而感到骄傲：

"在精神意义上，我们的确是西方精神的根源。我对此又无法感到喜悦，因为他们没有完全继承我们祖先的事业。他们强调亚里士多德的工具理性，却扭曲了我们的酒神精神。他们认为酒神精神是狂放与破坏，实际上，真正的酒神精神是对工具理性的反叛，放松一点，不要那么急功近利。不过，我不想苛责那些继承者，因为我们也有问题。由于进化不足，我的祖先被嫉妒与复仇的愿望诱惑，渴望鲜血与杀戮。但我们是真诚的，从来不用语言掩饰存在，曲解存在。那些人口口声声说继承了希腊精神，但在语言与存在的意义上，他们背叛了希腊精神。他们喜欢用语言掩饰，用语言制造战争的借口。如果他们真正继承了希腊精神，就不会漠视我们的狄奥尼索斯。如果狄奥尼索斯知道他们喜欢用语言制造幻象，他一定会说他们背叛了希腊精神。"

之后发言的是意大利人。动物代表从他的眼睛里看到了谜一样的东西，智慧、优雅、深奥、忧伤、冰冷，还有一点隐秘的狡猾……它们无法理解这些东西，却知道其中没有一点轻浮。这个意大利人用高亢与雄浑的声音开始了他的陈述，就像他们古代的演说家一样：

"如果我说我们是早期人类精神的代表，这是有些夸大其词的。但如果我说我们是西方人类种群的代表，我想你们不会反对。对于西方文明而言，我们是一门伟大宗教的开创者，赶走了希腊人的神话；之后，我们抛弃了之前的信仰，重新复兴了多姿多彩的世俗生活，而且建立了富有成效的议事制度，西方人谈论的共和、正义、公民精神都是我的先祖提出来的。我为此感到骄傲，也为此感到难过。我们是共和、正义、公民精神的奠基者，也是它们的埋葬者。我能用元老院证明我们是奠基者，也能用元老院证明我们是埋葬者。我们用信仰统治了欧洲一千多年，所以我们是有信仰的，但我们又没有信仰，因为信仰有时候竟然是阴谋的装饰。我可以用教会证明我们的信仰，也可以用教会证明我们没有信仰。我们热爱科学、艺术，却伤害过科学，也滥用过艺术，使之变成权力的玩物，或愚蠢者的消遣。我们热爱优雅，又精通团体主义，也就是早期人类所厌恶的黑社会。我们用团体主义获取生存资源，却腐蚀了纯真的信仰和世俗的美德。在人类早期文明时代，我们的确是一个复杂的种群。"

最初听到希腊人的发言时，英国人就有些紧张，甚至想不辞而别。热带人类代表希望他如实陈述自己的观点，因为一切已成往事，动物们不再为此而愤怒。英国人也知道这是一个新时代，与过去完全不同的新时代，无论自己的祖先做了什么，都不会让他蒙羞，相反他会因为坦然面对过去而获得荣耀。最终，他决定勇敢地陈述：

"我想过放弃这个机会，因为你们都知道英国曾经用种族主义、殖民主义、帝国主义彻底改变了这个世界，很多本来生活在安宁中的人类与动物被卷入了血与火。但我敢于站在这里，没有逃避，是因为我想说明一个观点：在人类早期文明时代，我们并不是一无是处的种群。我们对自己人特别好，优雅、礼貌、开放、包容，所以我们才有力量实践种族主义、殖民主义、帝国主义，然后共同享用群体之恶的果实。我们偶尔向其他种群展示我们的优雅、礼貌、开放、包容，所以我们的语言突破了英格兰的边界，覆盖了威尔士、苏格兰，又覆盖了印度、南非、美国、加拿大、澳大利亚和新西兰，最后成为世界性的语言。你们动物可能不熟悉人类早期文明时代的地理状况，等会议结束后，你们可以去查阅 19 世纪的世界地图，你们就会了解那个日不落帝国的往昔。我们的祖先以'日不落帝国'而自豪，但这是热带人类不愿提及的往事，因为我们都认识到这是种族主义、殖民主义、帝国主义所致。我们的祖先喜欢动乱，而且能驾驭动乱，在动乱中发财致富，其他种群却因为我们发起的动乱而陷入不断恶化的循环。实事求是地说，我们的祖先中间还是有很多怀着普世精神的人，善良、温暖、博爱，他们一定不希望损人利己、以邻为壑，可是当这个世界陷入动乱之后，这些人只能哀叹，几乎无力改变。但在这个新时代，我想我们有力量，也有责任去创造和平与安宁。这是纯粹的正义，而不是虚伪的正义。"

最后发言的是中国人。他十分了解自己的古老文明，也知道这个古老文明对于新时代的意义，所以他的陈述既深奥，又从容。他没有回避这个古老文明所经历的艰难困苦，也不会为之惊奇、难过或愤怒：

"早期人类几乎都无法避免深重的苦难。刚才发言的几位都是自己文明的代表，你们的文明有强大的力量，却无法避免苦难，中国文明同样如此。但中国文明与你们的文明有一个不同：你们给我们带来过苦难，我们没有给你们带来苦难。我不想批评你们的先辈，但这是事实。"

说到这里，他看了看之前发言的几个人，又看了看动物代表和热带人类代表，之后他提到了机器文明：

"我承认机器文明对于中国是极为突然的现象。远古时代，我们已经建立了系统的生存秩序，有时会挨饿受冻，有时会发生内乱，但我们以为这是人类的命运，所以坦然接受，没有将内在的动乱向外输送。机器文明时代开始后，在最初的一百多年里，中国几乎被机器的力量淹没。但这不是没有原因的。人类第一次进化后不久，我们的祖先希望立刻开启第二次进化，所以中国的神话中有很多半人半兽的生命，牛首人身的蚩尤、牛首人面的神农、半人半龙的计蒙……早期人类的很多神话几乎都有这种现象。我无法确定这些生命是否真正出现过，但我觉得这是人类第二次进化的痕迹，与自然万物融合，安宁、平和地生活。面对机器文明和殖民主义，中国长期处于劣势，因其缺少对抗的愿望，也就缺少对抗的力量。受尽屈辱后，我们适应了机器文明，并改造了机器文明，使之不会受到殖民主义、种族主义和帝国主义的胁迫。我们之所以有这样的力量，是因为我们有古老又连续的精神，热爱和平，厌恶战争，宁愿独自承受艰难，也不为世界制造动乱。"

动物代表实现了最后的愿望，所以是高兴的。热带人类代表同样如此，他们没想到能与动物实现和解，而且还发布了一部意义重大的公约。但会议解散之前，他们还要讨论一个问题，即如何对待逃亡的殖民主义者？

在中国代表发言的时候，飞鸟再次传来了殖民主义的消息。实际上，在整个会议期间，飞鸟一直在逃亡的殖民主义者头顶上观察，看着他们丢下同伙、仓皇地跑到船上，看着他们不顾一切地挥动船桨，看着他们三番五次地寻找洋流，看着他们找到洋流后张狂地呼喊，看着他们呼喊之后再次陷入失望。根据他们的表情，飞鸟认为这种失望最初是很细微的，但很快占据了他们的心，然后变成无法挽回的绝望。他们意识到已经被伟大的自然遗弃，自己又错过了第二次进化。但自然终究是伟大的，它的确遗弃了他们，却没有将他们逼向死亡。

逃亡的殖民主义者顺着洋流，在太平洋或大西洋里沉浮，偶尔还幻想再次用殖民主义控制这个世界，但众生平等的时代已经开启。他们无法理解自然，也就无法理解这个时代，所以他们不明白为什么热带人类不再向往绝对权力和无尽的财富，在这个时刻不明白，在他们将要死去的时刻可能也不明白。在迷茫中，他们只能接受已经发生的一切。这是一个痛苦的过程。不过，他们所信仰的殖民主义缓解了他们的痛苦。只要一个人无条件地信仰一个观念，哪怕这个观念会将他们引向死亡，他们也是坚定的。

在恍惚中，殖民主义者在海风和洋流中前行，穿过烈日，穿过暴风雨。他们远远地看见了一个岛，有些惊喜，并计划在这里靠岸。但暴风雨再次袭来，他们错过了这个岛，继续在茫茫的海上漫无目的地活着，几乎失去最后一点希望。

这群被时代遗弃的流亡者本来还是有希望的，所以十分坚定，甚至有些迷狂，但是想到机器文明已经结束，他们要独自面对自然的时候，就感到了前所未有的孤独。这种孤独越来越浓密，在将他们完全吞没之前，他们想到了最后的策略：麻木，无限麻木。他们决定什么都不想，既不想如何活着，也不想如何死去，然后麻木地坐在船上。

七天前，随身携带的食物已经吃完，他们就捞海水里的草，以及草上附着的贝壳。然而，当随身携带的淡水喝完后，他们看到死亡在周围聚集，撩拨他们的头发、眉毛、胡子。每天夜幕降临的时候，他们已经做好了在黑暗中永远沉睡的准备。

在海上逃亡的第四十天，在淡水喝完的第六天，或者说在他们做好死亡准备的第四天早上，太阳刚露出火红的圆弧，他们似乎看到了希望，远处又出现了一个岛。最初，他们并不确定这是一个岛。这几天，他们饥渴难耐，视力日益减退，所以看什么都模糊。昨天，他们还被一个海中的幻境欺骗，几乎用尽所有力气奔向那个幻境，却扑了个空。这时候，他们决定首先要仔细观察。他们还有一点力气，但那是最后的力气，不敢贸然使用。

当太阳露出了一半，视野逐渐清晰，他们确信那是一个岛，高大石崖露出了清晰的轮廓。他们的嘴里塞满了海草，用力咀嚼，艰难地咽下，他们希望这些草能给他们力量。然后，他们挥起船桨，不顾一切地向前划。他们宁愿死在通往希望的路上，也不愿死在跌入绝望的路上。他们闭着眼睛，咬紧牙，不顾一切地向前划。有些人胳膊抽筋了，或者腿抽筋了，躺在船上嗷嗷叫。

他们接近了这个岛。这一侧是上百米的悬崖，没有靠岸的可能，只能改变方向，寻找合适的登陆点。在另一侧，他们看到了一片开阔地，那里长满了树和草。上岸后，他们踉踉跄跄地跑到草丛里，像饥饿的牛羊一样吃草，喝叶子上的露水。在那一刻，他们突然觉得变成牛或羊也不错。歇了一会儿后，他们决定在这里活下去。

不幸的是，两个人躺在草丛里死去了。在一个微小希望的鼓励下，他们用尽了最后的力气，其中一个人的眼睛还睁着，面容里挤满了愉快的笑。但看到这个笑容的人感到的却是悲伤，一种刻骨铭心的悲伤，不只为死去的同伴，也为自己未知的命运。

他们沿着草地一路向上走。有个人突然意识到这是启发笛福写作《鲁滨孙漂流记》的马斯蒂拉岛（Más a Tierra）。自1704年9月，塞尔柯克（Alexander Selkirk）在这里生活了五年。最初，他陷入了孤独，然后接受了孤独，一边读圣经，一边等待途经的船。笛福知道这个故事后，将之改编成一部殖民主义史诗。其中有一个殖民主义的象征，即鲁滨孙，他用机器文明征服了一个野人，即星期五，然后在他身上实践各种殖民主义权力，包括身体权力、语言权力、命名权力。一个微小的殖民主义秩序在一个荒岛上出现了。

流落至此的殖民主义者似乎感到了命运的垂顾。他们认为一定有一个隐秘力量在主导他们的命运，鼓励他们完成这部史诗的第二部。想到这里，他们又陷入了迷狂，觉得笛福在看着他们，鲁滨孙在看着他们，塞尔柯克也在看着他们。

一个梦想成为领袖的人萌生了一个渺茫的希望：在这里重整队伍，反攻热带大陆。为了实践这个计划，他提议寻找塞尔柯克的遗迹：

"以前，我就对他充满了敬意，为此还画过一幅世界地图，将马斯蒂拉岛当成一个殖民主义世界的中心。而塞尔柯克是殖民主义的精神之父，为了向他致敬，为了我们获得重生的力量，我们要寻找他的遗迹。"

在一个山坡处，他们找到了一块破损的石碑。上面残留了一些文字，下半部分几乎不能识别，但足以让他们确定这里是塞尔柯克的定居地：

CHOZA
DE
SELKIRX

ALEJANDRO SELKIRX 1704—
1709（ROBINSON CRUSOE），
EN SU CONFINAMENTO VO-
LUNTARIO BUSCO UN SITIO CON-
VENIENTE PARA VIRIR，ENFREN-
……

　　纪念碑附近有很多石头。他们猜测这些石头有两类用处：一是塞尔柯克搭建茅草屋后，用这些石头固定根基；二是有些石头有烧烤的迹象，尽管在上千年里日晒雨淋，缝隙里还有黑色的灰渍，他们判断这是塞尔柯克烧火做饭的简易灶台。

　　那个幻想成为领袖的殖民主义者拿起一块被烟火熏烤过的石头，放在鼻子下闻了闻，又用舌头舔了舔，揣摩片刻后，将之高高举过头顶，向身边的人高喊：

　　"兄弟们，团结起来，为了伟大的殖民主义理想，即使在通往这个理想的路上死去，也要抱紧它。那是高贵的死亡、伟大的死亡、与天地同在的死亡。兄弟们，笛福与我们同在，鲁滨孙与我们同在，塞尔柯克与我们同在。"

　　这个权力狂希望用精湛的语言策略树立自己的威望。实际上，这群流亡者都知道，用语言制造的幻象等同于虚无，但在明天吃什么都不清楚的时刻，他们没有反抗的愿望。而他将他们的沉默当成了认同，所以开始谋划如何在这里定居，包括临时住在哪里，以后住在哪里，今天晚上吃什么，从哪里获得食物，如何磨炼身体和意志，什么时候反攻热带大陆，在只有石头和木棍的情况下最好采取什么策略……

在此后的多次聚会上，他又做了很多触不可及的承诺，例如如何不用进攻的方式让热带人类服从，如何复兴机器帝国，如何重启具有隐秘剥削功能的货币制度，不用劳动，却可以无限量地发行纸币，热带人类必须使用这些纸币。他还向他们承诺：事成之后，每个人都能获得崇高的职务，例如议员、州长、法官，如果他们有足够的语言技巧和表情能力，还可以竞选总统。

在这个权力狂信誓旦旦描绘未来的时候，人群里传来了打呼噜的声音，一个胖子将他的演讲变成了催眠曲。但密集的呼噜声并没有妨碍他为自己授予领袖的渴望，他已经为这个角色准备了很久。他信仰殖民主义，而且有能力实践殖民主义的暗黑逻辑：用铁石心肠杀戮，无穷无尽地占有，然后用虚伪的正义展示杀戮和占有的合理性，对于不正义的痕迹，要用最深奥、最无耻的方式否认，总之，打死也不承认。

他在时大时小的呼噜声里滔滔不绝，丝毫不受影响。当他要做出一个更虚幻的承诺的时候，他听到了周围的肚子响起了"咕噜……咕噜……"的声音。他本来还想讲下去，但一个身上雕满了青色纹身的人站起来，向着他高喊："我们饿了。"

飞鸟向动物代表和热带人类代表如实地汇报了逃亡殖民主义者的近况。小野猪认为他们还有能力发动最后的攻击，所以有必

要将他们从这个世界上剪除。一个热带人类代表认同小野猪的看法:

"如果我们在他们发动进攻前消灭他们,殖民主义就会彻底消失,一劳永逸。"

为此,动物代表和热带人类代表争论不休。一派认为要在殖民主义者立足之前发动进攻,一派允许他们活下去,因为无论是热带人类,还是温带北部的动物都不希望看到无情的杀戮,更不希望去无情地杀戮。

这时候,飞鸟又告知了两个消息,让动物代表和热带人类代表开怀大笑。第一个消息是:这群流亡者尽管找到了容身之地,但他们中间没有一个女人,所以殖民主义理念不会持续太久。第二个消息是:他们几乎都患上了动物恐惧症,害怕所有动物,包括海鸥、蚊子、苍蝇、海龟、飞鱼、螃蟹,甚至害怕贝壳,担心它们向其他动物透漏自己的行踪。

在塞尔柯克的定居处,那个自封为领袖的权力狂用树枝搭建了一个简易房子,每天早上对着升起的太阳祈祷,希望伟大的自然给他们足够的食物。祈祷的时候,总有苍蝇飞来飞去。前三天,他没有在意。第四天,当他发现那是同一只苍蝇后,突然变得惊慌失措。

笑过之后,动物代表和热带人类代表达成了两个共识:一是善与恶是一个古老的辩证法,纯粹的良善往往难以为继,而邪恶能让良善变得持久,变得坚韧,所以殖民主义者可以活下去,就像是热带人类准备建立的战争博物馆一样,作为恶的象征、善的启示;二是热带人类聚集区的归化学校永久向他们开放,只要他们放弃殖民主义，就要无差别地接受他们，真诚地帮助他们弥补第二次进化。

第二年夏秋之际，热带人类将会发现他们的决定是对的。在海边捡贝壳的时候，他们看到海上漂来了一个木筏子。上面有两个人，一个年老，一个年轻，面容憔悴，反应迟钝，他们已经踏过生死的边缘，即将被死亡吞噬。热带人类将他们救了过来。清醒后，他们讲述了自己的遭遇。他们承认自己以前是坚定的殖民主义者，被动物击溃后，在海上逃亡，顺着洋流到达了马斯蒂拉岛。很多殖民主义者在那里聚集，足足有一百三十人。那个年长的说明了他们放弃殖民主义的原因：

"我不能说自己是他们中最有才华的一个，但我的确是因为我的才华受到排斥。他们错过了第二次进化，是人类早期文明的缅怀者、复辟者，相信强权即公理，坚持用殖民主义统治世界。但他们也忍受着人类早期文明的弊端，尤其是嫉妒。当他们被嫉妒迷惑的时候，就想过度占有；当他们无法实现这个愿望的时候，就会嫉妒提前占有的人，既包括对于物质的占有，也包括对于才华的占有。如果一个人才华卓越，他们认为这是不公平的，是对自己的伤害。但不幸的是，这个道理我知道得有些晚。在马斯蒂拉岛登陆后，我给他们出了很多主意，包括如何获取食物，如何建造房屋，如何保持身体健康……我还告诉他们如何理解被自然抛弃的命运，如何从虚无中重生。塞尔柯克在那里的时候一定感受过深刻的虚无，然后就阅读圣经，但他们没带任何书籍，所以每天在失落与恐惧中越陷越深。我告诉他们要从周围的生命中发现自然正义的眷顾，包括鸟类、鱼类和贝壳类，观察它们的每个举动，认识生命内涵。一开始，有人就认同我的提议，并付诸实践。然而，那个领袖被嫉妒俘获了。他没有当面向我表达恶意，他仍然对着我笑，赞美我的每个提议，甚至说我是'上帝的使者'。但在暗地里，他鼓动自己的支持者，为我的每个提议设置障碍，千方百计打压那些认同我的人。你们看这个与我一起逃亡的年轻人，他也曾努力帮助他们，为他们找到了很多食物。他们吃饱后，却要将他丢到海里，理由是他们在食物里发现了一个小蒺藜。实际上，他并没有错，只是因为认同我。他们被嫉妒俘获，才想出了这个疯狂的计划。海鸥知道他们的图谋，也知道我们向往第二次进化，而且秘密地开始了第二次进化，所以向我们通风报信，告诉我们面临的危险。当天夜里，我们用绳子捆了八根树干，开始逃亡。大海无边，风大浪大，我们几乎失去了活下去的信念。在等待死亡的时候，一群海豚托起了木筏子，将我们送到了海边。他们中间应该还会有逃亡的，因为嫉妒不会从那里消失。"

这年的冬天，飞越马斯蒂拉岛的鲣鸟又带来了一个消息：那个权力狂被他的支持者扔进了海里。他惯于用早期人类的斗争策略驱逐有才华的人，他成功了，却暴露了自己的秉性。起初，他要驱逐所有比自己有才华的人；之后，他要驱逐那些他认为比自己有才华的人，而且用的手段越来越惨烈。很快，他找到了一个他认为比自己有才华的人，要将之活埋。当他再次付诸实践的时候，他的支持者造反了，因为他们都觉得自己很有才华。在一个风急浪高、大雨滂沱的夜晚，他们将他捆起来，堵住他的嘴，不让他说一句蛊惑性的话，然后将他扔进海里，而且是从马斯蒂拉岛最高的悬崖上扔下去的。

　　之后，这群殖民主义者分成了三个阵营：保守派、激进派、温和派。其中，保守派沉迷于词义考古学。他们觉得首先要理清殖民主义的内涵，否则他们的信仰就是虚幻的。激进派是彻头彻尾的实干家，鲁莽冲动，意志坚定。自从占领这个岛的东部之后，他们日夜操练，闲时制造木帆船、熏制木兵器，准备明年向热带人类发起最后的攻击。在休息的地方和训练的地方，他们悬挂了用树枝拼成的标语：当下所有的绝望都会成就未来殖民主义的辉煌。

　　相比而言，温和派是他们中间最有可能开启第二次进化的群体。实际上，在一些先知先觉者的身上，第二次进化已经隐秘地开始，厌弃争夺与杀戮，日渐变得温暖、宽容。他们本来对于殖民主义有坚定的信仰，但在伟大的自然面前，他们意识到这个世界的未来并不属于殖民主义。他们觉得保守派是可以争取的，等到他们从迷惑中醒悟，就向他们说明殖民主义的未来，以及这个世界的未来。对于激进派，他们断绝了所有的希望。只有衰老的身体能让这群顽固的笨蛋醒悟，只有在死亡降临的时刻，他们才会认识到自己的无知。但那时候，一切都晚了。

九

来自非洲大草原的邀请

《动物—人类公约》正式公布后，这个新时代的幕布缓缓升起。在语言密集的讨论会上，动物代表充分表达了自己的愤怒、疑惑和希望，热带人类代表一次次表达了真挚的歉意与善良的愿望，打破了本来会无果而终的结局。所以，当幕布缓缓升起的时候，所有生命都在谨慎又热切地期待着。

离开前，动物代表和热带人类代表一致同意在会议举办地种下一棵树，作为新时代的象征。为了避免因为树的种类而导致的不公平，他们将众多树名写在地上，然后选派一个代表，蒙上眼睛，将一块圆圆的石头扔到密密麻麻的名字中间。这块石头落在地上，向前滚，由快变慢，依次经过榆树、橡树、棕榈树、楠木、苹果树、梨树、柠檬、悬铃木、蒲桃、珙桐、木棉、冷杉、油茶、蓝桉、桑树、垂柳、刺槐……最后在白杨树的名字上停下来。然后，动物代表和热带人类代表一同种下了一棵小白杨。

这时候，担任信使的苍鹰带来了一封信，是一封来自非洲大草原的邀请函。苍鹰告诉动物代表和热带人类代表，一只非洲的黑猩猩委托鲸头鹳完成这个任务，鲸头鹳将之传给火烈鸟，火烈鸟又传给阿尔卑斯山的雨燕，最后由苍鹰送达。

猪老师打开了信，在小白杨树边大声朗读：

"自从地球诞生以来，所有的生命都想过上自己想要的生活。为了这个希望，它们努力过，失败过，碰到了很多意外，也承受了很多屈辱。长期以来，这个愿望并未实现，却一刻也没有消失。这是一个伟大的新时代，所有生命都有了自我存在的意识，也有了感同身受的能力，所以这个愿望再次燃起。在这个新时代，热带人类由衷地热爱安宁与和平，自由自在地生活，放弃了言行分裂的企图，也不再被过度占有欲控制。动物们有了定居地，它们将会实现本初的愿望。非洲是一片伟大的土地，在这里生活的人类最早开始了第一次进化。但在人类早期文明时代，由于缺少语言力量、实践力量，他们受到了歧视、奴役与屈辱。殖民主义者总以为他们是低等人类，是第一次进化的差等生，甚至根本不把他们当人。这个认识是错误的。对于自然正义而言，非洲人的进化程度更高，尤其是那些一直处在原始部落阶段的种群，他们没有开启机器文明时代，也就不会过度压迫自然。如果不是殖民主义干扰，他们可能已经完成第二次进化。尽管受到殖民主义的干扰，他们的进化程度仍然是很高的，因为过度占有欲很少侵蚀他们的心灵。然而，他们为此受到殖民主义的侵袭。他们缺少对于因果关系的把握，缺少实践功利主义和实用主义的愿望。这是非洲人种纯真的原因，他们世世代代在非洲生活，不会无限度地伤害其他生命。这也是他们受苦受难的原因，但在歧视、落寞与屈辱中，他们渴望着新时代的到来。当新的时代真正到来时，他们一定是高兴的，欢呼雀跃。与之同样高兴的还有非洲的动物，它们几乎从来都是自由自在的，而现在，它们意识到自己将永远自由自在。这的确是一种美妙的感觉，前所未有。非洲众生灵获悉动物与热带人类召开会议的消息，等到会议结束后，他们真挚地邀请这些代表到非洲参观，去看一看这片曾经被殖民主义压垮，又在这个新时代重生的土地。"

动物代表和热带人类代表没有拒绝的理由。他们一路西行，到达北非后短暂休整，然后一路向南，穿过一片似乎没有边际的森林。在人类早期文明时代，这里本来是一片大沙漠，那时的人类称之为"撒哈拉"。小冰期再次来临后，这里降雨充沛，很快变成了茂密的森林。

在森林里穿行时，动物代表和热带人类代表看到了几座巨大的石头建筑，角锥体结构，建筑底部是正方形，侧面是三角形，塔尖高耸入云，石缝间长满了树和草。热带人类代表向动物们简要地解释了这些建筑的来历。但在这个绝对权力已经消解的时代，他们没有炫耀人类早期文明的辉煌，更不会提及绝对权力的展示欲望，以及多少无依无靠的人为了这种欲望而老去或死去的悲伤故事。他们仅仅轻描淡写地说明了这些建筑的特点，诸如棱锥体、建造工艺卓越等。

动物代表在这些建筑的东侧发现了一个石头雕像，掩映在树林中，长满了青苔，但相貌清晰可见，从远处看像一头卧在地上的狮子，正面却是人类的脸。早期人类对于这个雕像充满了迷惑，不知道为什么要将人脸放在狮子身上，究竟要表达什么意思？但动物们一看就明白，这是人类第二次进化的痕迹：

"曾经在这里生活的人，在建造这座雕像的时候，已经开始了第二次进化。狮子与人类合体意味着他们有生命平等的意识，不再将人类视为万物之灵，不再将动物视为低等的生命。你们看那个狮子的身体多么优雅，那个人类的面庞多么安静，他们既不排斥，也不恐惧，而是希望合二为一，他们真的合二为一了。"

听到这里后，热带人类代表就像从迷雾里走出来，眼前顿时明朗：

"早期人类有很多难解的谜，其中一个是美人鱼。有些人类信以为真，编造了很多故事，甚至去海上寻找，却一无所获。有些人类认为这是纯粹的虚构、无稽之谈，因为人和鱼不可能同体。无法理解美人鱼，实际上是早期人类进化不足的标志。中国有部古老的《山海经》，里面有很多奇特的生命，例如人面马身、虎文鸟翼的英招，人面鸟身、身缠青蛇的禺强……听到你们对于狮身人面像的解释，我想我们人类应该重新认识这些奇特的生命。第一次进化后，早期人类一直在准备第二次进化，而且在一些地方或一些人身上，第二次进化已经开始，却由于一些原因而中断。"

对于中断的原因，动物们知道一些，尽管不是很全面，它们还是提了出来，以此缓解热带人类的尴尬：

"这个问题不应该完全归咎于早期人类。第一次进化后，他们身上的毛在减退，骨骼和肌肉也有很大变化，不能快速地奔跑，不能灵巧地攀援，不能长久地生活在阴暗与潮湿中，他们面临的生存环境太艰难了。这种境遇迫使他们过度占有，既占有食物，也占有空间、财富和权力。这是一个恶劣循环的开始，他们屡次陷入争斗，第二次进化不得不中断。早期人类是不完善的，总在寻找自我，虽然付出了巨大努力，却陷入了一个难以解开的矛盾。

他们意识到自己是不完善的，又觉得自己是高贵的。爬行动物威胁到了这种脆弱的高贵，尤其是蛇、鳄鱼、蜥蜴等，因其比早期人类出现得早，所以他们不喜欢爬行动物，却喜欢哺乳动物，尤其是狗、猫等小型哺乳动物，因为它们至少不比早期人类出现得早，早期人类抱着它们的时候也就不会有压迫感。我们不知道这个推测是否准确，你们可以提出疑义。我们的另一个推测是：如果早期人类完成了第二次进化，他们就不会那么排斥爬行动物。尽管这个新时代到来得有些晚，但早期人类一直希望开启第二次进化。如果这个推测是合理的，我们很容易理解早期人类的神话里为什么有那么多人类与爬行动物的合体，以及人类幼崽为什么喜欢爬行动物，例如恐龙、鳄鱼、蜥蜴等。"

一番长途跋涉后，动物代表和热带人类代表穿越了这片森林，然后一直向南，看到了一片大草原。非洲众生灵已经在那里等候。他们相互注视、相互珍惜，在茂密的草地上前行，到达一条河的附近，那里是一大片的生命栖息地。途中，动物代表和热带人类代表看到了一个人类的全身塑像。走近时，他们发现那是一个木头像，两米多高。同行的黑猩猩向远道而来的参观者介绍：

"这是古道尔，珍·古道尔，一个英国人，她长期在非洲生活，曾经救助过我的祖先。她平等地看待自然生命，不分种类，所以我们为她立了雕像，作为这个新时代的象征。"

说完后，黑猩猩看着雕像，就像看着古道尔一样。古道尔在挥手，微笑看着远方。雕像基座上有两句话，第一句是古道尔的原话："惟有理解，才能关心；惟有关心，才能帮助；惟有帮助，才能被拯救。"第二句是非洲的动物们做出的修改："惟有理解，才能关心；惟有关心，才能帮助；惟有帮助，这个世界上生命才能相互拯救。"

动物代表和热带人类代表思考这些话的时候，黑猩猩抬起头，仰天长嘶，"嗷……"，声音温暖悠长。很快，一群鬣狗跑过来。根据古道尔中心的预先安排，它们将带领动物代表和热带人类代表继续参观。在鬣狗跑来的时候，黑猩猩介绍了它们的变化：

"长期以来，由于阴险的狩猎习惯，鬣狗被所有动物鄙视。它们喜欢攻击隐私部位，利用自然秩序的弱点破坏自然正义的名声。现在，它们已经改头换面，尽管没有完全变成食草动物，但狩猎时不再偷袭，而是正面进攻，用身体的力量获得食物。它们经常来古道尔中心的人类影像馆，观看早期人类拍摄的电影《狮子王》。每当看完后，它们就觉得受到了羞辱。早期人类的确有理由羞辱它们，但它们不想永远忍受这种羞辱。其他动物也看过《狮子王》，它们觉得早期人类曲解了动物，也就是根据肤色深浅判断道德的高低，再用曲解的道德确定正义与权力的归属，例如狮子王是浅黄色的，它的伴侣是浅黄色的，它的孩子也是浅黄色的，所以配得上至高的权力。而刀疤，虽然是狮子王的同胞，被涂成了深棕色，作为觊觎权力的小丑。鬣狗被涂成了灰黑色，在黑暗的地下世界里苟活。这是早期人类的思维，并不是动物的等级秩序……"

热带人类代表有些惭愧。此前，他们已经意识到肤色区分对于人类早期文明的不良后果，却未注意到早期人类对于动物秩序的曲解。看到他们的窘迫后，猪老师决定实事求是地向非洲动物说明热带人类的进化：

266

"你们的观察很深刻。肤色的确是早期人类的迷途，有时候比离奇的观念更有破坏力。不过，我要向你们说明热带人类的变化，这个变化会像鬣狗的变化让我们吃惊一样让你们吃惊。我们去过热带人类的种族界，所以对于这个变化印象深刻。我们走在人群中，他们的肤色可以组成一个完整的光谱，足足有十六种，或者更多的颜色，洁白、灰白、浅棕、黄色、深棕、灰黑、黝黑……但他们已经忘记了皮肤的颜色，更不会像早期人类一样因为皮肤颜色而对抗。"

　　在鬣狗的带领下，动物代表和热带人类代表来到古道尔塑像西侧的早期人类机械展览区。这里摆满了各种枪支，包括霰弹枪、狙击枪、大口径自动步枪，以及各种子弹。鬣狗重点介绍了一种会爆炸的子弹：

　　"早期人类称之为达姆弹，击入动物体内后，子弹会分解。如果他们不想让我们有任何反抗的机会，就会用这种子弹，大象、狮子也无法逃脱。真是太不公平了，早期人类赤身裸体、力气微小，却无数次射杀比他们庞大、坚毅的狮子、大象。"

　　在枪支陈列区的另一侧，动物代表和热带人类代表看到了一辆汽车的遗迹。橡胶轮胎已经风化，不见了踪影，车身表面的油漆几乎完全剥落，锈迹斑斑，甚至不敢动一动。发动机上方的铁皮盖子已经锈破，雨水沿着破损处进入发动机舱。唯有车窗的玻璃仍旧通亮，透过玻璃可以看见里面的方向盘、座椅。

　　这辆汽车在这里停留了两百多年，甚至更久。如果不是古道尔中心有意将它变成人类机器文明时代的遗迹，并多次修护，它早已七零八落。而古道尔中心之所以保留它，是为了向这个新时代的生命展示一个道理。以前，早期人类在机器的节奏里生活，他们希望变成机器的主宰者，却变成了机器的附属物。尽管如此，他们仍然是向往荒野的，对于安宁与和平怀着隐秘又强烈的希望，所以经常驾驶汽车来非洲大草原，在荒野中感受自然的力量。这的确是一个启示性的景观，其中隐藏着早期人类对于第一次进化的遗憾，以及对于第二次进化的期待。

动物代表和热带人类代表在这片平等的土地上自由行走，可以观看，可以停留。古道尔中心的黑猩猩告诉他们，在遵守自然正义的前提下，他们可以在这里短期停留，也可以永久定居。

在这片大草原的北部，经过一片小树林时，动物代表和热带人类代表看到了一群哈扎比人。自诞生以来，他们就保持着远古的生活方式。他们是贫困的，没有惊奇的玩物，没有花花绿绿的衣服，但内心安宁，无拘无束。这个时刻，他们正在搭建一个简易的房子。这个房子无法应对狂风暴雨，仅能遮蔽烈日。然而，当它立在荒野上，动物代表和热带人类代表却看到了一种生命与自然的平衡。

这是一个十二人的族群。群首六十多岁，他选择了这个地点，然后带领族群中的男人四处寻找树枝。女人清理草地，并用石头将地面砸平。很快，男人带着树枝回来，女人将枝权去除，剩下笔直的干。男人根据房子的形状挖了八个坑，每个坑一尺深，又将树枝插入坑里，填满土，踩结实。之后，男人又四处寻找叶子茂密的树枝。女人在附近搜集细长草，将之编成草绳。不久，男人带回来很多树枝，用草绳子将八根树干连起来，再将这些树枝搭在上面，作为屋顶。整个过程耗费了半天功夫，从正午到日落。完工后，在这个房子里休息的时候，他们是快乐的。那是简单的快乐，就像这个房子一样简单，但他们为这种快乐而无限满足。只要狂风没有将它吹倒，这里就是他们外出寻找食物的临时休息处。

从这里向北走了一天，这群哈扎比人回到了自己的定居地。在这里，他们有三个更大、更结实的木房子。为了造这些房子，他们耗费了一整年。每个房子都需要足足两百根笔直的木头，还有足足八十多平方米的草席，一半铺在地上，隔离潮湿，一半盖在屋顶上，遮风挡雨。

为了寻找木头，族群里的男人每天出去游荡，顺路采摘供族人食用的果子，太阳落山时背着木头和食物回来。他们身强力壮，但由于路途远，每次只能背一根或两根，日复一日，直到完成。

与此同时，女人用手和树枝挖土，堆积成半米高的地基，踩结实。房子将会建在地基上。她们还负责搜寻石头，摆在地基周围。雨季来临时，房子不会被水淹没或冲倒。在瓢泼大雨的夜里，他们听着水流奔袭，却能安心地睡去。

等到所有准备完成，在正式建房子之前，他们会举行祈祷仪式。在群首的带领下，他们跪在地上，向着神灵祈祷，告知神灵他们要建房子，希望神灵保佑他们，也保佑这个房子，在狂风暴雨中屹立不倒，他们能在里面获得宁静与安眠。

他们首先在地基周围挖了一圈三尺深的沟，埋入两米多高的木头，再次填满土，踩结实，用草绳将每一根连起来，使之成为相互支撑的整体。房子正南方向有容纳两人进出的门，正北方有一米见方的窗户。

之后，他们用较细的木头搭建屋顶。这是一个难度最高的工作。他们首先用木头和草绳做了一个高凳子，放在房子中间。最强壮的男人站在凳子上，接过同伴递过来的木头，东边一根，西边一根。同伴用草绳将这根木头底端捆在立起的木头上，而他将两根木头顶端捆在一起。同伴再次给他递来两根木头，南边一根，北边一根……十多天后，圆锥形屋顶建成了。

在覆盖草甸子之前，他们会用晒干的树皮加固屋顶，从各个方向摇动木架子，看看哪里不结实，然后再次加固。为了对抗大风，他们又用草绳将草甸子附着在屋顶上。这个工作结束后，他们再次向神灵祈祷，告知神灵房子快建成了，感谢神灵的眷顾与恩惠。

最后的工序是在地面上铺木头。这是他们精心挑选的木头，背回来后去掉枝丫，磨掉凸起，又在烈日下晒了足足两个月。他们将之一根根地摆在地上，铺上厚厚的草甸子。

经过大半年的劳动，在这片没有产权、没有使用权，不需要缴纳各种费用的土地上，他们有了自己的家。群首为此感到高兴，也感到欣慰。他的族群将在这里生活五年、十年或更久，直到他们有了更多的成员，或是自由迁徙到其他地方。

这些原始人世世代代地生活在非洲大草原上，作为一种自然生命的形式。他们经常因为贫困而遭遇生死离别，或是因为天真而被殖民主义者贩卖、奴役，或大规模屠杀，却没有为了缓解痛苦而对抗自然正义。所以，动物代表认为他们是一群已经完成或正在完成第二次进化的物种。

根据机器文明时代的历史经验，热带人类代表也能理解这些原始人的困境，以及他们的困境中所隐含的自然正义。一辆小型汽车在人类早期文明之路上高速行驶，驾驶者发现前方有一群过路的野鸭子，为了避免它们受到伤害，他决定突然刹车，"吱吱吱……"，在距离三米远的地方，汽车停止。当他在惊慌中感到欣慰的时候，一辆大卡车从后面撞上来，那个为了给野鸭子让路的人失去了生命。热带人类代表对于他的死是难过的。如果他选择全速行驶，从野鸭子身上碾过，他们对此并不认同，但也无法苛责他。现在，他们看到了这些原始人，并很快意识到那个为了躲避野鸭子而死去的人已经开启了第二次进化，他是一个高贵的生命。

这时候，动物代表和热带人类代表几乎都想到了一个问题：在机器文明时代，一些人类的种群之所以受到压迫，并非源于愚蠢或无知，而是因为他们开启了第二次进化，弃绝了过度占有、过度控制的思维。

然而，殖民主义者征服了非洲，征服了原始人。这片土地从此陷入生死离别的苦境，到处是矛盾、对立与纷争。结束非洲狩猎之后，丘吉尔对于这个问题有过深刻的反思，尽管转瞬而逝，让他彻底失去第二次进化的机会，但他的判断是符合自然正义的：

"内罗毕的每一位白人都是搞政治的，但他们没有让这个地区变得更好。他们制造了很多利益集团，这些利益集团制造了无尽的冲突，这个地区也就陷入了无尽的冲突，白人与黑人对立，印度人与白人、黑人对立，殖民者与种植园对立，城市与乡村对立，官吏与民众对立，沿海地区与内陆地区对立，铁路局与其他机构对立，英王非洲步枪团与东非保护国警察对立。"

殖民主义曾经颠覆了这片土地，非洲原始人只能忍受苦难。但在这个新时代，当热带人类不再过度占有、过度控制，非洲原始人逐渐恢复了原始秩序，并很快认识到：他们生来就是荒野中的高贵者。在早期人类的逻辑中，原始意味着落后、愚昧，但在新时代的自然逻辑中，原始意味着高贵与永恒。

动物代表和热带人类代表发现这些原始人仍然没有连贯的文字系统。在人类早期文明时代，他们为此承受了很多羞辱，但这也意味着他们从来不会被语言迷惑，也无需用语言掩盖离奇的目的。一直以来，他们生活在平静的当下，有时会生气或发怒，但他们的伟大之处在于不过分地改造自然空间，对于时间也没有非分之想，例如长生不老，或来世重生等。他们知道自己是可有可无的，事实上也的确是可有可无的，就像其他生命一样，但他们又觉得自己是高贵的，能真切地感受自然中的一切。

在远古时代，非洲原始人拒绝了帮助人类早期文明走向巅峰的算术。在这个新时代，他们仍然保持着内心的纯净，用以物易物的方式满足日常所需，用苹果交换梨，用柴草交换食物……有时候，他们会出售吃不了的食物，例如八个苹果，他们会一个一个地卖，如果有人买三个、五个或八个，他们要一个一个地收钱，因为数量多了不会计算。

同样，非洲原始人也拒绝了帮助人类早期文明走向巅峰的因果关系。他们不寻求原因与结果的完全对应，即使有时候被这种关系诱惑，却不寻求结果大于原因所带来的惊喜。春天，他们去种地，将种子洒在土里，然后离开，直到秋天才回来收获。春秋之间，他们并不担心荒草吞噬粮食，也不担心鸟类吃掉粮食，因为他们相信伟大的自然会给他们应有的回报。

然而，非洲原始人是贫困的，甚至比动物还要忍受更多的饥饿。在远古时代，他们就是贫困的，在机器文明时代，他们更加贫困。当这个新时代开始后，他们终于知道贫困是自然意义的高贵。实际上，他们曾经意识到自己是高贵的，由于殖民主义的胁迫，他们否定了这种高贵，用低贱解释自己的贫困。他们以为自己是低贱的，生来就低贱，他们的祖先是低贱的，他们的孩子也是低贱的。

最终，非洲原始人意识到奴役源于贫困，而他们是因为高贵才变得贫困，确切地说，是因为没有走上过度占有之路才如此贫困，所以才受到奴役。在过度占有欲的激励下，殖民主义者获得了征服的力量，他们因此而富有、傲慢，也因此失去了第二次进化的机会。

但在这个新时代，非洲原始人终于理解了高贵的内涵。长期以来，他们驱赶各种各样的过度欲望，拒绝将早期人类引入险境的因果关系，所以经常缺衣少食、忍饥挨饿，甚至经常冻死、饿死。这是一种精神意义的高贵。

一个原始人因为高贵的贫困而死去，这是自然意义的悲剧。同一种群的人接受了突然而至的死亡，并用崇高的仪式为这个死去的高贵者送别。然而，如果一个刚出生的小生命因为父母的高贵而被饿死，这仍然是一个让所有生命都无法接受的悲剧。

在一棵大树下，一个母亲抱着孩子放声大哭。她的孩子只有两岁，最多不过三岁，皮包骨头，眼睛深陷，他已经死去。他是不幸的，因为他还没有看清这个世界就离开了这个世界。但他又是幸运的，在母亲的怀抱里死去，从出生到死去都没有伤害过自然，也就不会受到自然的诅咒。

死亡将这个孩子带走了，母亲为他庄严地祈福，然后将他抱在怀里，感受着他的身体一点点变凉，一点点变硬。她要将他埋在这棵大树下，他的生命会变成叶子。她决定再多陪他一会，所以安静地抱着他，直到他的身体完全变硬，不再有任何温暖。

太阳西下，她已经在孩子的埋葬地守候了大半天，筋疲力尽。她站起来，拖着瘦弱的身体。离开前，她又蹲下去，轻轻地抚摸那片翻起来又覆盖好的土。向前走了一段路，她转过身，仰望着那棵大树，眼睛里有悲伤、愧疚、嘱托，也有希望。她知道以后还会来看他，但那不再是告别，而是重逢。他的体温、重量和抱在怀里的感觉会一点点消失，然而除了怀念，她将无能为力。

她走在夕阳的余晖里，慢慢地消失。一群大象从远处走过来，它们将为他守候这个夜晚。在动物觉醒的时代，大象有了同情之心，也有了将同情付诸实践的力量。它们知道这里发生了什么，也知道自己能为这个永远的离别做些什么。它们在这片翻起来又覆盖好的土地周围趴下。一头出生不久的小象跑来跑去，它的妈妈用鼻子将它卷过来，轻声告诉它这里发生的一切。

在这个新时代，人类孩子的意外死亡会在动物心里激起无言的悲伤，动物幼崽的意外死亡也同样会在人类心里激起无言的悲伤。这是同一类型的悲伤，完全对应，没有一点缺损。动物对于生命的愿望与热带人类对于生命的愿望是一致的，敬畏生命的开始，敬畏生命的结束。

看到母子离别的场景后，热带人类代表仿佛又陷入第一次进化后的情感，泪水顺着面颊汩汩而下。动物代表也是难过的，只是因为它们在人类早期文明时代经受了太多的苦难，所以它们的情感更深沉，几乎不会用泪水表达。

为了减少类似的悲剧，动物代表想到了一个办法：在温带北部定居的牛、马等有负重能力的动物志愿申请到热带非洲，帮助原始人耕地、磨面，如果他们有足够的粮食，他们的孩子就不会饿死。

在鸟类的帮助下，这个消息很快传遍了温带北部的地区。动物代表与热带人类代表很快商定了保护性的规则：

> 志愿来热带非洲的动物要受到最好的保护。往返途中和劳动期间，食肉动物不能猎杀它们，热带人类也不能猎杀它们。相反，无论动物还是热带人类，都要全力帮助遇到困难的动物志愿者。
>
> 志愿来热带非洲的动物可以在这里劳动一年、两年，也可以劳动到衰老。如果它们在非洲度过一生，可以随意选择埋葬地，例如草丛、树下或自己曾经劳动的土地上。无论埋葬在哪里，秃鹫不能打扰它们的栖息，更不能吞噬它们的遗体。在非洲生活的鸟类要留意它们的行踪，保护它们的埋葬地。
>
> 如果志愿来热带非洲的动物希望回到温带北部，无论经过哪里，都有不受袭击和打扰的权利，无论它们的身体是强壮的还是衰老的，都不属于合理捕猎的范围。

第二年，首批动物志愿者奔赴热带非洲，包括不怕吃苦的牛、马、骆驼，敢于冒险的鸡、猪、狼等。由于成效显著，越来越多的动物申请到热带其他地区，帮助人类度过这段艰苦的时光。于是，知识界、语言界、种族界、宗教界很快制定了完备的制度，包括接待、培训、餐食、住宿、医疗、安全等诸多环节。

每年春天，一大批动物从温带北部来到热带地区；每年冬初，又有一大批动物从热带地区回到温带北部。它们在非洲、南亚、东南亚、南美帮助热带人类耕种土地、收获粮食、驮运柴草，有时候也与热带人类聊天，接受他们的注视、抚摸。

动物志愿劳动制度成为热带人类与动物之间稳定的交流方式，并好几次化解了一些局部的冲突。这些冲突是偶然出现的，如果没有及时干预，谁都不知道会不会失控。

有一次，知识界的人类去温带地区狩猎时，误伤了一只外出觅食的母狼，她的幼崽刚出生不久，公狼到外面寻找食物，但出去后一直没回来。等了七天后，她决定自己外出觅食，不然她会饿死，三只幼崽也会饿死。狩猎者以为她是头孤狼，所以向她投射了标枪。幸运的是，标枪射中了尾巴上的毛。母狼向天呼叫，"嗷……嗷……嗷……"，希望附近的动物来帮助她，也希望它们惩罚这群不守规则的人类。周围的动物快速向这里聚集，将狩猎者围在中间。他们想要解释，却没有任何证据说明自己是无辜的。这时候，一匹曾经在热带志愿劳动的马认出了他们：

"我认识他们，我们相处了五年。我知道他们是很好的人类，曾经帮助一群迷路的羊走出森林，又帮助它们返回领地。在一次关于如何变成食草动物的讨论中，我听到他们其中一个大声说

'别争了，跟我走，一起去吃草'。所以，我相信他们的解释，他们向母狼投射标枪，应该是判断失误，而不是有意为之。"

动物代表和热带人类代表在非洲大草原停留了半年。离开前不久，古道尔中心提议他们去马拉河边，看一看大地上的生命如何在自然正义的引导下繁衍生息。

这片草原上有很多角马。自从在地球上诞生后，它们就在这里生活，随着雨季和旱季的变化，在塞伦盖蒂草原和马赛马拉草原之间迁徙。每年一到三月在塞伦盖蒂草原南部，四到六月到达塞伦盖蒂草原西部，八到十月到达马赛马拉草原，年末奔向马赛马拉草原东部。每年八月，在向马赛马拉草原迁徙时，它们都要经过马拉河。

对于马拉河里的鳄鱼和草原上的狮子而言，这是伟大自然所赐予的生存机会。一年中，它们经常忍饥挨饿，但在这个时刻，它们可以合情合理地吃饱。对于角马而言，这是一次被死亡笼罩的泅渡，无数角马会死在河里，或死在即将离开河水的时刻。

在马拉河边，动物代表和热带人类代表将目睹挣扎与死亡，角马的生命突然间中断，鳄鱼和狮子的生命也会突然间中断。尽管残酷，但动物代表和热带人类代表知道要接受这一切，因为自然正义并不意味着永生不灭。所有生命都希望远离死亡，但死亡还是会到来。

在动物觉醒的时代，或在人类第二次进化的时代，所有生命已经接受了死亡，既包括食肉动物，也包括食草动物，而且食肉动物会严格遵守关于死亡的新规则：

不能猎杀怀孕的角马，也不能猎杀新出生的角马；

不能偷袭，要光明正大地进攻；

进攻前要看到角马的眼睛，并让角马看到自己的眼睛；

反复练习狩猎本领，在一瞬间咬死角马，不能让死亡痛苦蔓延；

拒绝过度占有，不能囤积角马的肉。

在角马渡河之前，鳄鱼一直在努力练习捕猎本领：高频率地活动四肢，加快爬行的速度；反复张嘴闭嘴，提升咬的技巧。狮子也在努力练习，它们的面部肌肉已足够强健，所以主要训练奔跑速度，以及在奔跑中躲避角马冲抵的技巧。

角马练习得最刻苦，因为这是它们的生死之路。对于奔跑速度，它们是有信心的。如果不是因为身体衰老，或在奔跑中摔倒，它们相信自己不会被鳄鱼或狮子捕获。它们主要练习踩踏技巧，一只老角马为一群年轻的角马示范：

"第一个动作，抬起左前腿，然后用力踩下去；第二个动作，扬起前躯，并将前腿抬起来，同时用力踩下去；第三个动作，高高跳起来，跳得最高，同时将四条腿向上弯曲，在落地的一刻，四个蹄子全力踏下去。"

之后，老角马示范了每个动作的要领。年轻的角马反复练习，抬腿、踩踏、跳起来、全力踩踏。如果说它们有对不起自然的地方，应该是忽视了地上的草。每次训练之后，蹄子下面的草地变得光秃秃。

狮子是另一个强劲的对手，老角马多次从狮子口中逃脱，积累了丰富的经验：

"低下头，两只角对着正前方，眼睛不能只看正前方，还要洞察左侧和右侧的情况，全速往前跑，越快越好，一定不能摔倒，否则死亡会在顷刻间吞噬我们。"

终于，决定生死的时刻来了。浩浩荡荡的角马在马拉河边聚集，年老的角马和强壮的角马在最外层，新生的角马藏在最里层。太阳西下，它们高度警惕，等待第二天的黎明。动物代表和热带人类代表感到这天的黑夜格外漫长。在辗转无眠中，他们萌生了一个幻觉，时间突然静止，死亡不再降临。

当第一束晨光出现的时候，角马变换队形，年老的角马走在最前面，它们要用从残酷的生活中获得的经验对抗死亡，或是用自己的死亡为其他角马赢得活下去的机会。之后是新生的角马，它们要越过老角马的遗体，穿过它们的灵魂，勇往直前。第三层次是年轻力壮的角马，它们要保护那些在水里摔倒、迷失或突然变胆怯的小角马，并用强大的冲击力为母角马闯出一条生路。过河之后，她们要准备生育，所以是种群的希望。

壮烈的渡河开始了。老角马义无反顾地奔下河岸，冲进河里，闯入鳄鱼领地，用最快的奔跑打乱围猎意图。一头老角马右前脚陷入了泥坑，又被石头羁绊，然后倒在水里。在那个时刻，它看到了鳄鱼的眼睛，又看到它张开嘴，然后感到脖子被紧紧咬住。它接受了最后的命运。

向前冲的老角马一时间打乱了鳄鱼的围猎意图，但它们很快从混乱中恢复过来，然后全力向角马的先锋进攻，咬住它们的脖子，让死亡在一瞬间降临。在混乱中，新生的角马努力向前奔。它们看着一头又一头老角马倒在水里，看着它们的灵魂向上飞升，变成夜晚的星光。

鳄鱼的每个动作都符合自然正义，没有出现任何瑕疵。年轻力壮的角马成群结队地冲过来，鳄鱼也会被死亡笼罩。角马的蹄子不断落下来，踩在它们的后背上、嘴巴上、眼睛上。它们感到了疼，扭动着身体，再次变得慌乱。承担生育职责的年轻母角马趁机穿过鳄鱼的领地，拼命地向河对岸游去。

达到对岸后，角马将迎来第二次死亡的袭击。狮子已经饿了很久，很多小狮子甚至饿死，所以它们期盼着伟大自然所赐予的生存机会。已经过河的角马迅速变换队形，年轻力壮的角马冲在最前面，低着头，两只角向前，不顾一切地奔跑。它们身后是小角马和母角马，活下来的老角马在两侧掩护。

狮子们都知道：要获得食物，就要顶住角马的正面进攻，或冲散两侧的老角马。无论哪种方式，它们都得面对锋利的角。一只正面迎击的狮子被角马顶了起来，在空中翻了一圈，落地的一刻，又被其他角马顶了起来。更不幸的是，它刚落在地上，就被成群的角马踩踏，然后在草丛里死去，睁着眼睛，张着嘴巴。

之后十多天，每批过河的角马都要经历死亡的注视、死亡的追逐、死亡的缠绕，每头渴求食物的狮子也要经历死亡的注视、死亡的追逐、死亡的缠绕。几乎所有围猎的狮子都受了伤，或轻或重，下巴被踢肿了，前腿扭伤了，后腿被刺得流血……鳄鱼也无法避免死亡。一只鳄鱼的左腹部被马角刺穿，它爬到河边，感受着生命一点点消失。另一只鳄鱼被强壮的角马踩晕，还没等它苏醒，又被无数的蹄子踩死。很多鳄鱼也都受了伤，或轻或重，眼睛被踢破，嘴巴不能闭合，至少一两天不能闭合……还有一只鳄鱼的尾巴被踩断了，它藏在水里独自忍受着。当然，损失最大的是角马，半数老角马殒命，年轻角马损失了近三分之一。但在自然正义的保护下，小角马和年轻母角马多数顺利地过了河。

在这个新时代，自然正义还有欠缺之处，所有食肉动物都应该向食草动物致谢，向食草动物学习，向食草动物转化。

十

渔猎时代

离开非洲大草原后，动物代表和热带人类代表返回了各自的定居地。漫长的冬天开始了。随着小冰期的加剧，温带北部的土地在六个月，甚至七个月里陷入冰冻。在气候变暖的时代，格陵兰岛曾经绿草如茵、瓜果遍地，而现在又变成了寸草不生的冰原。冰岛、爱尔兰岛和英国岛的冬天也越来越漫长，北风凛冽，大雪铺天盖地，雪花不再是柔软的，而是干硬的。北冰洋的寒气向南蔓延，冰线每年都会向热带移动，热带海洋经常出现从温带海洋漂过来的浮冰。

热带地区有时候不能出产足量的食物，热带人类要想方设法才能活下去。对于温带北部的动物而言，困难同样是存在的。它们的皮毛虽然已经变厚，足以抵御严寒，但大雪限制了它们的行动。在漫长的冬天里，一切被白色笼罩着，每次外出，它们都要冲破茫茫无际的冰雪，经常迷失方向。

在这个世界上诞生以来，动物经历了一次彻底的进化，从此之后遵守自然秩序，自己的存在从来不会破坏自然秩序。在这个新时代的开端，它们又经历了一次觉醒，从此之后自由自在，并有力量敦促热带人类遵守自然秩序。

第二次进化之后，热带人类仍然信仰因果关系，但这种因果关系不再有刻意的伤害性。投机、奴性、高傲、冷漠已基本消失，他们不再被过度占有欲控制，也就无需沉迷于语言游戏，将投机伪装成忠诚，将奴性伪装成谦逊，将高傲伪装成正直，或将冷漠伪装成坚定。虽然生活是困难的，经常朝不保夕，但他们活出了最理想的状态。

早期人类曾经梦想着在乌托邦中实现这个理想，但在强烈占有欲的诱惑下，往往无果而终。热带人类的生活朝不保夕、忍饥挨饿，却轻而易举地实现了这个理想。有时候，他们也会为此而震惊。然而，当他们认识到早期人类因为迷失自我而对抗自然，最后导致人类早期文明衰落的时候，他们无限珍惜这个通向永恒的理想。

早期人类的时间意识与空间意识有过几次重大的改变。在远古时代，他们有自然意义的时间观念，也就是根据太阳、地球和月亮的关系确定时间。之后，西方文明类型中出现了一个迷幻的空间结构，也就是地狱、炼狱和天堂，这个空间结构一度让他们忘记了自然意义的时间，一心想着死后入天堂，而不是进地狱。这是一个既伟大、又让早期人类迷惑的时间—空间复合体，却持续存在了一千多年。

在机器文明时代早期，由于信仰的消失，这个时间—空间复合体随之解体，自然意义的时间再次回归，并被早期人类分成过去、现在与未来三部分。最初，未来吸引了最多的注意，早期人类遇到了巨大的困境，所以几乎都喜欢预测未来，幻想未来的美好生活。

之后，由于机器力量的帮助，早期人类的境遇获得了极大改善，现在又吸引了最多的注意。他们远离了蒙昧的过去，也放弃了模糊的未来，要尽情地享受现在的一切。然而，随着机器力量的扩张，现在变得不确定。无数机器进入他们的生活，改变了他们的视觉、听觉、触觉、味觉和嗅觉，也改变了他们的身体节奏和交往方式。

在机器的轰鸣声中，现在好像变成了一个无法把握的庞然大物，早期人类越来越陷入隐忧之中，一些人开始迷恋过去，另一些人沉迷于未来。然而，当他们发现失去了故乡，失去了睡眠，失去了安全感的时候，他们意识到过去不值得留恋，未来也不值得等待，他们只想把握一个又一个的当下。然而，这些当下好像组成了一个没有起点、没有终点的迷宫，他们身处其中，被变化无常的语言和因果关系控制，不知道向前走还是向后走。在每个转瞬消失的当下，他们忽然觉得人类早期文明既是具体的，又是魔幻的。他们明明看到自己的手在摆弄机器，却感到灵魂被机器控制着。他们日夜辛苦地工作，却发现有人名正言顺地拿走了他们的果实。他们希望获得法律的帮助，有时候却发现法律是语言的陷阱。为此，他们一次次发起了革命，用革命获得生存权。最初，他们反抗机器，打碎机器；之后，他们反抗机器的控制者，义无反顾地推翻资本主义、殖民主义、种族主义。

在人类早期文明末期，也就是机器文明最繁华的时代，早期人类又萌生了对于未来的想象。他们天真地以为机器文明将是人类历史的终结，也就是说，在人类文明终结的时刻，甚至在宇宙坍缩的时刻，他们都会生活在机器文明的秩序中。对于那些控制机器的早期人类，这是美妙的幻想。然而，对于那些被机器控制的早期人类，这是糟糕的幻想，因为控制机器的早期人类越来越严厉地对抗自然正义，并将整个人类文明拖入了困境。

这个困境越来越复杂，越来越神秘，过去转而成为主导性的时间类型。早期人类开始追忆过去，美化过去，历史意识变得前所未有的繁盛。但这种情况并未持续太久，当他们察觉到最后危机的时候，他们再次幻想未来。

早期人类的时间意识陷入了混乱。这种混乱源于一种深刻的担忧，或者说一种宇宙意义的担忧。关于人类文明终结的想象太有压迫感了，难以缓解，也没有出路，一个悲观性的未来出现了。为此，早期人类发明了一个空间策略，也就是逃离地球，重新开始。然而，逃离地球之后要去哪里，他们并不知道。他们想去火星，并为此付出了很多努力，但几乎每个人都知道那是徒劳的幻想，因为在宇宙中，只有地球对有血有肉的生命是慷慨的。

当能源耗尽、最后的危机在早期人类面前高频率闪烁时，所有的幻想露出了真面目。这是一个真实的时刻，也是一个艰难的时刻，又是他们不得不面对的时刻。在这个时刻，他们已经能准确地预见未来，也知道这个世界在终结的时刻会发生什么。自此之后，世界的终结不再是一个突然出现的结果，而是一种静止状态的无限蔓延。

第二次进化之后，热带人类就进入了这种静止状态。他们很快适应了这种状态，而且获得了一种全新的时间意识，也就是当下。在这个新时代，他们意识到当下并不等同于现在。在人类早期文明时代，现在曾经是主导性的时间类型，但它的内涵是模糊的，往往以宏大的状态出现，有时候与空间混在一起，所以经常被看作是一种空间状态。而在这个新时代，当下处处影响着热带人类的观念。他们清晰地意识到自己活在一个又一个相似的当下，每个当下转瞬即逝，又互相连接。当他们意识到这些当下会平稳地延续到未来的时候，他们也就意识到当下等同于未来。

当未来的一切变得清晰，过去也就不再重要，每时每刻不断出现的当下成为热带人类唯一的时间意识。他们喜欢这样的当下，喜欢每个当下展示出来的东西。在黑夜中，他们喜欢黑的颜色；在行走中，他们喜欢身体的节奏；在奔跑中，他们喜欢空气的柔软……他们不再纠结，不再迷惑，所以睡得深沉，很少受失眠之苦，也不再有离奇的梦。他们喜欢这种睡态，既喜欢睡前的疲惫，也喜欢醒来后的短暂迷茫。

之后，热带人类将对于当下的时间之爱变成了对于当下的空间之爱。他们感谢自然，因为自然赋予了他们健全的身体和生存的机会。他们喜欢自己的身体，经常抚摸自己的耳朵、鼻子、胳膊、小腿，或者抬起腿看看自己的脚……他们用自己的身体感受这个世界，然后获得坚定的存在感。在这个时刻，他们崇拜自己的身体，也崇拜伟大、深奥的自然。

在一个又一个转瞬即逝的当下，那些曾经诱惑早期人类，诱惑他们背叛身体、背叛同类、对抗自然的过度欲望几乎都消散了。热带人类看着太阳升起又落下，在黑夜里看着闪亮的星星。宇宙曾经是早期人类无法解开的谜，他们希望看到宇宙的边界，却无果而终。但热带人类有了奇特的想象力，既能打开空间与时间的边界，也能将虚无变成实在。他们经常陷入悠远的冥想，用超越光的速度奔赴宇宙的边界。在那里，他们发现边界之外还有无限的存在。他们又通过冥想奔赴第二层边界、第三层边界……他们终于理解了什么是无限，但他们并不觉得自己渺小，也就不会因为渺小而自卑。他们变成了无限本身。当他们与无限同在，或者觉得自己就是无限的时候，他们就成了永恒，既是时间意义的永恒，也是空间意义的永恒。即使在太阳失去光芒、地球被吞噬的时刻，这种永恒存在的感觉也不会动摇。

不过，这个最终的未来还是遥远的，在新时代开端之际，所有生命要面对的是当下的问题，也就是如何克服困难、适应这个新时代。在温带北部的广阔地带，在动物识字班的推动下，动物们几乎都获得了杰出的文字能力。它们阅读早期人类的书籍，发现人类早期文明的变化。它们也开始记录自己的生活，效仿早期人类建造了很多档案馆和图书馆。

热带人类也非常重视阅读，将阅读看作是生命存在的形式，不阅读就不存在。在冥想之外，他们有了更深刻的判断力，能很容易地识别出那些伟大理想的掩饰。在一瞬间，他们从黑格尔的作品中发现了民族主义的愿望，从巴尔扎克的人间喜剧里发现了早期人类的悲苦。他们也不再敬重爱默生的优雅，因为他的优雅实际上是对种族主义之恶的无视。

《道德经》是热带人类的必读书，但他们去掉了其中关于斗争策略的暗示，更重视生命平等的部分。之后，他们编写了一个通用的删节版：

道可道，非常道。名可名，非常名。

天下皆知美之为美，斯恶已。皆知善之为善，斯不善已。故有无相生，难易相成，长短相形，高下相盈，音声相和，前后相随。恒也。是以圣人处无为之事，行不言之教；万物作而弗始，生而弗有，为而弗恃，功成而不居。夫唯弗居，是以不去。

道冲而用之或不盈，渊兮似万物之宗。挫其锐，解其纷，和其光，同其尘。湛兮似或存，吾不知谁之子，象帝之先。

天长地久。天地所以能长且久者，以其不自生，故能长生。是以圣人后其身而身先，外其身而身存。非以其无私邪？故能成其私。

五色令人目盲，五音令人耳聋，五味令人口爽，驰骋畋猎令人心发狂，难得之货令人行妨。是以圣人为腹不为目，故去彼取此。

致虚极，守静笃，万物并作，吾以观复。夫物芸芸，各复归其根。归根曰静，是谓复命。复命曰常，知常曰明，不知常，妄作，凶。知常容，容乃公，公乃王，王乃天，天乃道，道乃久，没身不殆。

曲则全，枉则直，洼则盈，敝则新，少则得，多则惑。是以圣人抱一，为天下式。

信言不美，美言不信；善者不辩，辩者不善；知者不博，博者不知。

热带人类努力学习食草动物的习惯，勇敢地向食草动物转变。在冥想、阅读与劳动之后，他们会饿、会困、会疲惫不堪，所以需要足量的脂肪、蛋白质、矿物质，例如钙、铁、磷、钾、镁、钠、硫、氯等，尽管如此，他们连续食用青草、蔬菜和水果的时间在变长。当他们的身体提示需要肉的时候，例如浑身无力、头晕目眩、视力模糊等，他们会去狩猎，或去水里捕鱼、捞贝壳，但他们不会违背自然正义。

这是一个全新的渔猎时代，不同于早期人类的渔猎时代。根据《动物—人类公约》，热带人类不再用杀虫剂消灭其他生命，不再用生长激素改变动物的身体，不再猎杀动物的幼崽，不再打扰哺乳期的动物，也不再从劳动动物的身上获取不正义的肉……

狩猎时，热带人类会严格地遵守一个规则：发动袭击之前，必须有相互的注视。所以，每次向动物发起进攻之前，无论是野猪、山羊，还是黑熊或草原狼，他们首先会高呼，"啊呀……呦呦……啊呀……呦呦……"，等到呼喊的声音完全消失，他们才开始追逐。这是纯粹的体力较量，直接、真诚、坦率。逃跑的动物随时会死去，狩猎的人类也做好了随时死去的准备。

在这个伟大的新时代，每种生命都是平等的，平等地出生，平等地活着，平等地死去。面对那些没有反抗能力的生命，例如被潮水遗留在沙滩上的贝壳，热带人类不会过量捕获，也不会将它们埋在盐里保存。他们挑选已经成熟的生灵，然后将幼小的送回海里。

实际上，《动物—人类公约》并未涉及这个问题。热带人类召开了一次内部会议，对之做了两处补充：一是热带人类有在海边捕获水生生命的权利，也有帮助幼小生命回归海洋的责任；二是向那些为了人类的存续而奉献身体的水生生命致敬，它们几乎没有逃亡的能力，它们的死亡更高贵。

在对抗殖民主义的时候，热带人类认识到勇敢的反抗是一种美德，但他们从贝壳的安宁中看到了另一种美德。它们比早期人类出现得还要早，几乎是这个世界上最早的生命种群。当热带人类想到这些安静的生命是自己祖先的时候，他们开始崇拜它们，超越了他们对于自己身体的崇拜。他们看着贝壳上一圈一圈的纹路，就像摸着从远古而来的时间。贝壳吸附了不可见的时间，将之凝固，它们也就变成了古老时间的象征。在深奥的时间面前，热带人类是崭新的，也是浅薄的。他们知道只有向古老时间的象征表达敬意，他们才不会那么浅薄。

早期人类无限信任理性，总以为自己是理性的生命，甚至是这个世界上唯一的理性生命。所以，他们崇拜理性，即使理性将他们引向无以复加的困境，也仍然崇拜理性。但热带人类相信的是感觉，并将感觉视为一种高于理性的力量。他们对此深信不疑，因为他们依靠感觉知道什么时候饥饿，什么时候劳累，为什么而惊慌，为什么而平静……

当热带人类相信自己的感觉，却发现动物才是运用感觉的精灵的时候，他们开始崇拜动物，学习它们用感觉判断温度、预见天气，用感觉寻找食物、发现危险。这是一个艰难的学习过程，他们经常会犯错，而且有的错误会危及自然正义。

深秋时节，热带狩猎者一路向北，追逐一群在温带草原上觅食的野鸡。他们发起了进攻的号叫，"啊呀……呦呦……啊呀……

呦呦……"。野鸡立刻发现了狩猎者，然后有充足的时间准备，准备逃离，或准备死亡。等到号叫声消失，狩猎者开始进攻，野鸡向北狂奔，又飞又跑，进入茂密的树林。狩猎者饥肠辘辘，在树林中寻找，却一无所获。夜幕降临时，他们发现了野鸡的踪影，然后向它们栖息的树上投射标枪，十八只野鸡被射落。

第二天黎明，活下来的野鸡将狩猎者触犯《动物—人类公约》的问题向动物委员会报告，充满了委屈、愤怒与失望：

"夜幕降临时，我们看不清周围的东西，热带人类却向我们进攻，他们违背了发动袭击之前必须有相互注视的规则。"

动物委员会委托南飞的燕子将这个消息转告热带人类委员会，要求他们公开发布道歉声明，并确保以后不再发生此类的意外。收到报告后，热带人类委员会很快查明是谁制造了麻烦，并将他们送入归化学校三个月，重点学习动物视力课程。随后，热带人类委员会将处理情况向动物委员会报告，重申他们一定会坚定地履行《动物—人类公约》。

在实践《动物—人类公约》的时候，动物们也会遇到一些麻烦。其中一个麻烦在温带北部引起了激烈的讨论，也就是偷袭的问题。一天早上，白羽鸡的定居地没有传来《动物之歌》，动物们很快知道发生了什么。在黑暗刚要退却、公鸡准备打鸣的时刻，一只豹子闯进了它们的领地。实际上，它早就来了，在灌木丛里隐藏了一夜。它的隐藏本领很高，没有任何一只白羽鸡听到它的声音，看到它的踪迹。黎明时刻，三只公鸡从树上跳下来，刚要伸长脖子唱响《动物之歌》，豹子将它们扑倒在地，第一只、第二只、第三只……捕猎的动作太快了，事后回忆的时候，豹子都没有想到自己会那么快。

　　树上的白羽鸡看着豹子吃光了三只公鸡，几乎是整只吞下去的，自始至终没有抬头，然后灰溜溜地跑了。白羽鸡赶紧将这个消息告诉了麻雀、喜鹊，希望它们将发生的一切告知动物委员会。知道这个消息后，动物领袖们既惊讶，又愤怒。苍鹰在天上盘旋，很快发现了豹子的踪迹，然后俯冲下来，落在一根低矮的树枝上：

　　"我们都知道昨天晚上发生了什么，你不需要解释，也无法逃脱，你现在能做的是尽快到动物裁判所报到。对你来说，这个决定可能是困难的，但之后你会发现这是最好的决定。"

　　到达动物裁判所的时候，豹子看到了自己所能想象到的各种动物。它们看着它一路走来，眼神中有愤怒、不解、惊奇，还有无法掩饰的恐惧，担心它再次扑过来。它低着头，一路向前。老黄牛看着它走过来，要求它陈述自己的作为。它没有做任何辩解：

　　"我生来就是食肉动物……在动物觉醒的时代，我努力向食草动物学习，饥饿的时候吃草，像牛、马、猪一样。但这个改变并不简单，我羡慕食草动物与自然之间那种温和的关系，然而每当饥饿袭来，我就会动摇。我已经饿了十多天了，我感到死亡在抚摸我，一点一点地包围我。我承认我对白羽鸡实施了偷袭，而且是故意偷袭。我在半夜时分潜入灌木丛，等待偷袭的机会。我想过这样做的后果，甚至想转身离开。但在黑夜即将退却的时候，我已经被饥饿彻底俘获。我无法摆脱它，只能顺着它的路往前走。"

　　动物们听着它的陈述，眼神中的恐惧与惊奇不见了，剩下的愤怒也不再是坚硬的。老黄牛目不转睛地看着它：

"饥饿是狩猎的理由，但不是偷袭的理由。在这个新时代，偷袭让动物们感到愤怒和可耻。"

之后，豹子被猪群、牛群、羊群、鸡群围在中间，动物委员会的诸位代表到一棵大树下商量如何惩罚它。它们的辩论是激烈的。一派认为要严厉惩罚，将它永久关押在北面山林的洞穴里。那是一个早期人类的防空洞，现在已经荒废。另一派认为要从轻发落，因为新时代刚刚开启，动物觉醒的进程并不一致。

由于争论不休，它们决定听取白羽鸡的意见。作为食草动物的代表，白羽鸡长期以来受到食肉动物伤害，但在这个时刻，它们展示了深厚的温暖：

"如果它真诚地认错，并向所有动物承诺严格遵守《食肉动物规则》，不再制造类似的灾难，我们会原谅它，也不希望它受到严厉的惩罚。"

参考白羽鸡的建议，动物委员会商定了一个折中方案。豹子可以免于永久禁闭，但要在动物识字班学习一年，学会尊重其他生命，完整地背诵《食肉动物规则》和《动物—人类公约》。一年后，它要到白羽鸡领地，在白羽鸡的注视下，熟练地背诵了两个文件，如果出现任何一个原则性的错误，它要回到动物识字班继续学习，直到圆满完成。

一年后，在白羽鸡的注视下，豹子熟练背诵了《食肉动物规则》和《动物—人类公约》：

　　　不能偷袭食草动物，在发起进攻之前，要看到食草动物的眼睛，并确保被食草动物看到；

不饿的时候绝不能捕猎，也不能过度占有；

捕猎时绝不能以戏谑的方式，更不能有意延缓死亡的痛苦，甚至将捕猎看作是力量的炫耀，或是对于死亡的迷恋；

尤其不能捕杀新生的食草动物，也不能捕杀正在哺乳的食草动物，尽可能帮助它们克服困难，远离危险；

向食草动物学习吃草的习惯，如有可能，要勇敢地变成食草动物；

……

豹子低着头，闭着眼睛，飞快地背诵，漏掉了一些字，增加了一些字，但没有出现原则性的错误。之后，它又向动物委员会展示了吃草的本领，虽然吃得很慢，但咀嚼动作非常快，牙齿碰得咯哒响。在动物们的笑声里，这个新时代缓慢地向前延伸。伟大的自然开启了这个新时代，让几乎所有的生命获得了感同身受的能力。觉醒的动物和进化的人类将会一同维持这个新时代的秩序，一直到世界的终点。

在通向终点的路上，动物和热带人类都不否认其中的残酷，《食肉动物规则》和《动物—人类公约》有时也无法避免这些残酷，但他们不会为此而失望，因为他们从来没有将伟大与残酷分开，就像早期人类从来没有将正义与虚伪，或权力与阴谋分开一样。

图书在版编目(CIP)数据

我们的未来:一个新世界的诞生/徐前进著.—
上海:上海三联书店,2024.4
ISBN 978 - 7 - 5426 - 8346 - 5

Ⅰ.①我…　Ⅱ.①徐…　Ⅲ.①长篇小说-中国-当代
Ⅳ.①I247.5

中国国家版本馆 CIP 数据核字(2024)第 004092 号

我们的未来:一个新世界的诞生

著　　者 / 徐前进

责任编辑 / 殷亚平
装帧设计 / 徐　徐
监　　制 / 姚　军
责任校对 / 王凌霄

出版发行 / 上海三联书店
　　　　　(200041)中国上海市静安区威海路 755 号 30 楼
邮　　箱 / sdxsanlian@sina.com
联系电话 / 编辑部:021 - 22895517
　　　　　发行部:021 - 22895559
印　　刷 / 上海颢辉印刷厂有限公司

版　　次 / 2024 年 4 月第 1 版
印　　次 / 2024 年 4 月第 1 次印刷
开　　本 / 889mm×1194mm　1/32
字　　数 / 220 千字
印　　张 / 9.75
书　　号 / ISBN 978 - 7 - 5426 - 8346 - 5/I · 1854
定　　价 / 68.00 元

敬启读者,如发现本书有印装质量问题,请与印刷厂联系 021 - 56152633